で神様ゲーム

The God Game

ソラノホシノカゼノヒビ

で
神様ゲーム

此度は誰に、願いの植物《はな》が咲くのかのう？
さぁ、皆で妾を楽しませておくれ！

扉の先に進むために、
私とみなさんで秘密のゲームをします！
神様でゲーム

神様でゲーム

ソラ／ホシ／カゼ／ヒビ

宮崎柊羽

角川文庫　14908

カミサマゲーム・スタート

the god game

生徒会臨時採用

羽黒花南

（はぐろ・かなん）

一騎当千の霊感少女として
叶野高校に転入してきた。
日常の動きはハムスターの
ような愛くるしさ。

game players
ゲーム・プレーヤー

生徒会会計

尾田一哉

（おだ・かずや）

幼いときからの多加良の親友。
繊細でマイペースな性格だが、
ツッコミの切れ味は
生徒会イチ。

生徒会書記

桑田美名人

（くわた・みなと）

お茶とお菓子が好きな
クールビューティ。
可憐な容姿に似合わず、
桑田万能流の師範代を務める。

生徒会副会長

秋庭多加良

（あきば・たから）

“かのう様”に目を付けられたため、
毎度やっかいごとに
巻き込まれている。
ニヒルな切れ者なのに苦労性。

生徒会会長

鈴木朔

（すずき・はじめ）

その行動、その言動、全てが
人間の常識を超越している。
叶野市内にいるときだけ
人間になれる神様族。

かのう様

（かのうさま）

叶野市の土地神様であり、
和家が信仰している存在。
見た目は超キュートなのに、
その実は超腹黒。

game master
ゲーム・マスター

和彩波

（かのう・いろは）

叶野学園理事長の娘にして、
“かのう様”の憑坐。
基本性質はハイテンションで、
多加良のことが大好き。

コンテンツ・オブ・カミサマデゲーム

contents of godgame

口絵・本文イラスト　七草

口絵・本文デザイン　アフターグロウ

リラニノバステ

深く、深く空気《いき》を吸って、吐《は》き出す。

何度も、何度もそれを繰《く》り返すけれど。

少しも呼吸は楽にならない。

苦しい。クルシイ。くるしい。

こんなに苦しいのに、誰《だれ》も手を差し伸《さ　の》べてはくれない。

ああ、出してくれ！

早く、自由をくれ！

1

「図書館には全部で三つだった」

「放送室にはマイクスタンドに一つあったわ」

叶野《かのう》学園高校生徒会会計尾田一哉《おだかずや》と同じく書記の桑田美名人《くわたみなと》の報告を聞くと、俺——秋庭多加良《あきばたから》——はポケットから取り出したメモにエンブレムが見つかった場所と数を書き込んだ。

「で、羽黒《はぐろ》はどうだった？」

「はいっ！　ミロのビーナスの腋《わき》の下と、ダビデ像のお尻《しり》に一つずつ見つけました!!」

それはまた微妙《びみょう》なところに……と、俺達は思ったものの、生徒会臨時採用羽黒花南《てつだいかなん》の喜びに水を差してはいけないので沈黙《ちんもく》は一瞬《いっしゅん》にとどめておく。

代わりに俺は再びメモに目を落とした。

「これで、あと一つだな」

叶野学園に隠《かく》された、花の形を意匠化《デザイン》したエンブレム——その総数は公式発表では108個で某《ぼう》ネズミの国の隠れ◯ッキーと同じノリだが、総数がわかっているだけこっちの方がマシだ、多分——を探し始めて早四日。

今日も休日返上で朝から始めて、昼食以外は休みらしいものも取らずに探した苦労は確実に成果となっていた。

「ようやく、ね」

俺が呟《つぶや》くと、桑田も顎《あご》のラインで綺麗《きれい》に揃《そろ》えられたボブカットを揺《ゆ》らして頷《うなず》いた。

「長かったね、この四日。でも、四日でよくここまでこぎつけられたよ……」

感慨《かんがい》深げに言う尾田の視線がどこか遠くを見ている気がするのは俺だけか？

だが、長かったというその気持ちはわからないでもなく、俺もつられて遠くに視線を投げかけそうになったが、羽黒がそれを許さなかった。

「他《ほか》の学校の方も私達みたいに探しているんですよね！　全国大会はあるんですか？」

「無い！　そんなものは無いぞ！　それ以前に108個もエンブレムを刻んである学校なんてうちだけだ」

つぶらな黒い瞳《ひとみ》も口調もいたって無邪気《むじゃき》だったが、俺は羽黒の思い込みを力一杯《ちからいっぱい》否定した。

「えっ！　あ、そ、そうなんですか……」

すると羽黒は自分の間違《まちが》いに赤面しつつも、どこか残念そうに肩《かた》を落として。

「大会に出たいなら何か部活でもやったらどうだ？」

「……そうですね、上の許可がでれば」

そんな羽黒を見て俺が提案すると、少し目を伏《ふ》せて羽黒は小さく笑った。なんとなくひっかかりを覚える笑い方だったが、それは微妙なものだったから、俺は問いを重ねることをしなかった。

「それにしても、今日も花南ちゃんは凄《すご》かったわ。結局、花南ちゃん一人で半分は見つけたものね」

そして、桑田が口を開いて水を向ければ、俺が覚えた違和感《いわかん》はそこで霧散《むさん》してしまう。

「い、いえ、これくらい、大したことありませんよ」

表情だけ見ても桑田が心からそう思っているかは判別しにくいが、桑田は嘘《うそ》を言わない。短い付き合いながら、そのことをわかっている羽黒は、謙遜《けんそん》しながらも嬉《うれ》しそうに頬《ほお》を緩《ゆる》めた。

俺達とはだいぶうち解けているが、実は羽黒はつい先日、叶野学園に転入してきたばかりだ。その時の触《ふ》れ込みは〝一騎当千《いっきとうせん》の助《すけ》っ人《と》〟であり〝霊感《れいかん》少女〟であったわけだが、正直、その騒動《そうどう》の折にはあまり活躍《かつやく》できなかった。

少なくとも霊感とやらを使った活躍は見られなかったのだが、このエンブレム探しでは桑田の言う通りの大活躍を見せてくれた。

「でも、やっとみなさんのお役に立てましたね。それに、霊感《ちから》も少しは戻《もど》ってきているみたいなんです」

「良かったわね」

羽黒の言葉に桑田が相づちを打てば、羽黒はまた嬉しそうに頷いた。

先日の失態の——俺達は十分によくやったと思うが——結果、しばらく普通《ふつう》の高校生として過ごすことになった羽黒だが、やはりその生活にも霊感は欠かせないものらしい。

ならば俺達は友人として羽黒の力の回復を喜んでやるべきだろう。

「今回は羽黒さんの霊感のおかげで本当に助かったよ」

「そうだぞ、羽黒、胸を張れ」

尾田と俺が桑田に倣《なら》って口々に褒《ほ》めると、逆に羽黒は照れた様子で、一生懸命《けんめい》に首を振《ふ》る。

その度《たび》にトレードマークの長い三つ編みが跳《は》ねて面白《おもしろ》いので、更《さら》に褒め称《たた》えてみようと俺が口を開きかけた時、だった。

「探し物ってナンデスカー？　みっけにくいモノデスカー」

その、とても歌とは思えない、破壊《はかい》的音波が俺の鼓膜《こまく》に突《つ》き刺《さ》さったのは。

「どこの外国人が歌っているんだ？」

なんとか声を絞《しぼ》り出して、思わず皆に問う。

「そ、そうですね。日本語を覚えたての外国の方のような発音です」

「それ以前に、どうしたらあそこまで音程が狂《くる》うのかを知りたいわ」

「……この歌は僕達への当てつけかな？」

耳を塞《ふさ》ぎながらなので、皆自然と声を張り上げることになり、当然、歌っている本人にも俺達の会話は聞こえているはずなのだが、一向に歌をやめる気配はない。

やがて、廊下《ろうか》の先にはあいつの足下《あしもと》が見えて、と同時に俺は軽い目眩《めまい》を覚えた。

「あれって、フライングシューズだよね」

「履《は》いている人を初めて見ました！」

尾田と羽黒はそれぞれ明るい声を上げたが、俺には奴《やつ》が飛ぶ《フライング》ではなく、ジャンプしているようにしか見えなかった。

「……桑田」

よろめきながらも、俺は桑田に手を差し出した。桑田は黙《だま》ってポケットからソレを取り出すと、俺の手のひらに載《の》せてくれた。

「EX41《エクストラ》よ」

受け取ったボールの重さはすぐに手になじんで。

俺はそのまま、奴に向かって渾身《こんしん》の一球を投げるべく大きく振りかぶり、投げる、

「あれー、多加良っち、なにをしようとしているのかな？　君のご主人様に向かって」

……ことができなかった。

いつもの俺ならば、迷わず投げ、迷わず奴——自称生徒会長、鈴木朔《すずきはじめ》を怒鳴《どな》りつける場面なのに。鈴木の言葉の前に、EX41は俺の手を離《はな》れ、虚《むな》しく廊下を転がっていった。

「で、エンブレムはもう全部見つかった？」

ビョンビョンと近付いてくる鈴木は、髪《かみ》も目も色素が薄《うす》く、一見したところは文句のない美形。でも、顔なんか関係なく俺はこいつが嫌《きら》いだ。

第一の原因は、鈴木がこの俺を差し置いて生徒会長をやっているのが許せないからだ。どう考えてもこんなふざけた男よりも俺の方が生徒会長に相応《ふさわ》しいというのに。

「鈴木くんこそ、休みの日にどうしたの？　今日は会長の仕事は無いはずだけど」

「ん—？　会長として、副会長さんがちゃんとぼくの言ったお仕事をしているか、見に来たんだよ—」

尾田の問いに、鈴木の答えは腹立たしいほど能天気だった。そのくせ、副会長の一言を言う時はしっかり俺の方を見ていたのがむかつく。

でも、いまは、こいつに逆らえない。

隣《となり》の桑田を見れば、親指をしっかりと握《にぎ》りこんだ拳《こぶし》を作っていた。だが、桑田もまた、俺と同じ理由でそれを振るわず耐《た》えていた。

ああ、悪夢だ。こんなのは悪夢に他《ほか》ならないが仕方ない。

なぜなら俺達はいま現在、あろうことか鈴木の下僕《げぼく》なのだ。

実に不本意な罰《ばつ》ゲームとして。

すべてはドンジャラから始まった。

いや、俺は別に始める気はなかったのに鈴木が、

「ドンジャラやる人この指とーまれ！」

などと叫《さけ》んでドラ○もんドンジャラセットを生徒会室に持ち込んで来たのだ。

「……基本的に、遊具の持込みは禁止よ」

「うん、そうだね。でもすごく懐《なつ》かしいな」

と、桑田と尾田はそれなりの反応を見せたが、俺はきっぱりと無視してやった。鈴木がやらない生徒会の雑用を片付けるのに忙《いそが》しかったからだ。

「あの、どんじゃらってなんですか？」

世俗《せぞく》から離れた環境《かんきょう》で育った羽黒が桑田に尋《たず》ね、生徒会室の片隅《かたすみ》でドンジャラ講義が始まっても、俺は加わらず仕事を続けた。

こんな雑用を年明けにまで持ち込むつもりはなかったし、正月は有意義に過ごすと決めていた。

桑田が羽黒にルール説明をしている間に、尾田は鈴木と共に散らかりまくっている――散らかしたのは主に鈴木だ――机の上を片付けて、早くもゲームの準備に取り掛《か》かっている。

付き合いの良い尾田はすっかりやる気のようだったが、それでも俺はやらないと決めていた。

もし、昔のように尾田に誘《さそ》われても絶対にやらないと、二人を横目に見ながら、固く胸に誓《ちか》って。

「はぁー、なるほど」

そうして、俺が鈴木達にほんの少し気を取られている間に、桑田のドンジャラ講義は終わった。

羽黒は桑田の説明に八割がた納得《なっとく》したように息を吐《つ》いたが、でも、まだ少しわからない部分があるのか、眉《まゆ》を軽く寄せている。

「やっぱり、初心者は基本ルールで遊んで慣れるのが一番かしら」

それを見て桑田がそう言えば、羽黒は深く頷《うなず》いた。

「じゃ、羽黒っちがだいたいのルールを飲み込んだところで、始めようか！」

「は、い？　あの、わたし、やるとは……」

「習うより慣れろ！　だよ!!　ということで、第２４７回ドンジャラ大会を始めまーす！」

そして鈴木は羽黒の声を無視して、勝手に開催《かいさい》を宣言する。

……前の２４６回はいつ、どこで行われた？　と、突《つ》っ込みたいのは山々だったが、いまは鈴木の横暴を阻止《そし》することが最優先と俺は判断した。

「待て鈴木。俺は、生徒会室でソレをやる許可を出した覚えはないが？」

「ええっ？　いるの、そんなもの。だって、生徒会長はぼく。多加良っちは副会長でしょ」

俺の主張に対して、鈴木はきょとんとした顔でそんな言葉を返してくれた。

ああ、みなさん、鈴木君はいま、俺の逆鱗《げきりん》に触《ふ》れました。ちなみに龍《りゅう》の逆鱗は顎《あご》の下にあるらしいです。まあともかく、俺は切れます。

「うるさいっ！　この幽霊《ゆうれい》生徒会長！　俺がだめだって言ったらだめなんだっ！」

「えー、いいじゃーん。多加良っちも仲間に入れてあげるからさぁ」

「結構だ！　俺はやらない！」

きっぱりと俺は断った。だが、次の瞬間《しゅんかん》、鈴木は唇《くちびる》の片側だけを持ち上げ、実に意地の悪い笑《え》みを浮《う》かべて。

「あっ、もしかして、ぼくに負けるのが怖《こわ》いの？　そのインテリ眼鏡《めがね》は伊達《だて》ですか？」

きっと、その時、目さえつぶっていたら俺は鈴木なんぞの挑発《ちょうはつ》に乗らなかっただろう。

その、人を馬鹿《ばか》にしたような表情さえ目にしていなければ、普段《ふだん》は冷静沈着《ちんちゃく》を絵に描《か》いたようなこの俺が、

「俺がお前に負けるわけがあるか！　勝負だ!!」

なんて絶対に言わなかった……はずだ。

「はい、じゃあ人数が揃《そろ》ったところで始めよう！　花南ちゃんは初心者だから美名人っちと組んでね！」

「馴《な》れ馴れしく呼ばないで。でも、花南ちゃん、やるからには頑張《がんば》りましょうね」

鈴木に冷たい一瞥《いちべつ》をくれることは忘れずに、だが結局、桑田も参戦を決めた。

「は、はい。美名人ちゃん、よろしくお願いします！」

その流れで、羽黒の参加も決定して、胸の前で組んだ手には、既《すで》に力が入っていた。

「ドンジャラか。昔はよくお正月にやったね」

初めから参加するつもりだったらしい尾田は、腕《うで》まくりをしながら、なんだかとても楽しそ

うだ。

「ああ。でもまだ、俺の腕は錆《さ》びていないぞ」

「多加良っちは自信満々だねぇ。じゃあ、負けた人達は勝者の言うことをなんでも聞くってことにしようか？」

「ああ。もちろん、かまわない」

俺は勝つ気満々だったから、鈴木のその申し出を受けることを躊躇《ためら》わなかった。桑田と羽黒も俺に続いて了承《りょうしょう》する。

「……ねえ、多加良。スペシャル技《わざ》は使わないよね？」

ただ、俺の実力をよく知っているはずの尾田だけは、そこで不安そうに尋ねてきたけれど。

「うん？　鈴木ごときにスペシャル技なんて、使う必要ないだろ」

俺の答えを聞くとなぜか尾田はほっと胸を撫《な》で下ろしたような顔をして、この条件を受け入れた。


かくして大ドンジャラ大会は始まった。

ゲームは実に順調に進み、最終ラウンド。この時点でのトップは俺だった。

それに鈴木、尾田、桑田アンド羽黒が最下位と続いていた。

鈴木が二位につけているとはいえ、俺は自分の勝利を確信していた。しかし、獅子《しし》は兎《うさぎ》を倒《たお》すのにも全力を尽《つ》くすべき、と俺は考えた。

ならば、今がその封印《ふういん》を解く時に違《ちが》いない、と。

勝負に熱中するあまり、俺はさっき尾田とかわした会話のことなど忘れ去っていた。

そして、昔はスペシャル技の多加良としてならしていた俺は、牌《パイ》の左下に書かれた数字が全部同じで、絵柄《えがら》は全部バラバラという上手《うま》くいけば大量に点数を獲得《かくとく》できるスゴ技を試みることを決めた。

ドンジャラの基本は同じ絵柄の牌を集めることだが、スペシャル技と呼ばれるものがあるのだ。

そうして、あと俺に必要なのは、青い猫《ねこ》型ロボットの牌のみとなり、だが、その最後の一つを前に俺は足踏《あしぶ》みしていた。

そこに、満面の笑みと共に鈴木の高らかな、

「ドンジャラ!!」

という声が響《ひび》きわたり、次の瞬間、俺はそこで信じられないものを目にした。

それは、すべてが同じ絵柄の最強のスペシャル技で。

「ろ……ロイヤルストレートフラッシュ」

掠《かす》れた声で、ポーカーになぞらえ、尾田は呟《つぶや》いた。

「完全試合、ね」

「ホールインワン、ですか？」

野球に喩《たと》える桑田、ゴルフに当てはめる羽黒。

「ターキー……だ」

そして俺は、ボーリングに喩え——がっくりと肩《かた》を落とすしかなかった。

「わーい、やったぁ！　デキスギ君に逆転なりー！」

両手を挙げて、椅子《いす》から跳《と》び上がり喜ぶ鈴木に、

「不正行為《こうい》は、していないんでしょうね？」

桑田はわずかに目を細めて追及《ついきゅう》の言葉を向けた。

「するわけないよ！」

すると鈴木は滅多《めった》にない真剣《しんけん》な面持《おもも》ちで答えて。

ならば、もう、完全に俺達の敗北だった。

「スペシャル技は使わないって言ったじゃないか」

故《ゆえ》に、尾田がこめかみを押さえながら、咎《とが》める視線を送ってきても、俺には返す言葉がなく。

この時ばかりはデキスギ君な俺も叫《さけ》びたかった。

「助けて、ドラ○もーん！」、と。

けれど、鈴木の下に集結したドラ○もんは、俺の呼びかけに応《こた》えてくれはしなかった。

勝者となった鈴木が俺達に科した罰《ばつ》ゲームは〝学園内の１０８個のエンブレムをすべて見つ

け出すこと〟。そして、それを成し遂《と》げるまでは〝山口《やまぐち》さん家《ち》の三軒隣《げんとなり》の鈴木君の言うことを何でも聞く〟というものだった。

「ああ、喉《のど》が渇《かわ》いたなあ。美名人っち、お茶淹《い》れてくれる？」

「どうして、私がそんなことをしなければならないのかしら？」

「そ・れ・は・ね？　ぼくが勝者で美名人っちが敗者だからじゃないかな」

そう、鈴木が示した後者の条件は、つまり、俺達に下僕になれと、そういう意味で、その結果が鈴木のこの態度である。

だからこそ、俺達は――休日でも校内に入る場合は制服を着用のことという校則の為《ため》に着ている――制服を汚《よご》して、一日も早くこの下僕生活から脱《だっ》すべく日曜の朝からエンブレム探しをしていたのだ。

「ほらほら、早くお茶淹れて」

罰ゲームを盾《たて》に、明らかに調子に乗った鈴木はそう言って桑田を急《せ》かし、俺は偉《えら》そうに胸を反らすその姿に苛立《いらだ》ちを覚える。

ならば、桑田はどうだろうかと視線を向ければ、桑田は丁度握《にぎ》っていた拳《こぶし》に力を込《こ》めたところだった。

「桑田、殴《なぐ》るのはやめろ」

「ええ、殴らないわ。顔はね？」

俺が制止の声をかければ、薄《うす》く微笑《ほほえ》みながらも、桑田は拳を握ったまま腰《こし》を落とす。

「ボ、ボディーもだめだって、桑田さん！」

背筋が凍《こお》りそうな氷点下の桑田の笑みを見て、俺と尾田は必死になって止めた。

「桑田！　落ち着け!!　もう少し、あともう少しの辛抱《しんぼう》だ。耐《た》えろ、桑田」

「あー、多加良っちは肩《かた》揉んでくれるぅ？」

だが、何とか桑田を押し留《とど》めた次の瞬間《しゅんかん》、俺の耳にはそんな声が届いて。

腹が立った時は、目を瞑《つぶ》って十数えなさい、というじいちゃんの教えを唐突《とうとつ》に思い出して、俺は忠実に実行してみた。

昔はだいたい、これで怒《いか》りを抑《おさ》えられた。そう、大抵《たいてい》の場合、は。

「っざけんなー！　調子に乗るのもいい加減にしやがれっ!!」

ごめん、じいちゃん。時と場合と相手によっては怒りは抑えられないみたいだ。

2

「ちっ、鈴木のせいで貴重な時間をだいぶロスした」

呟きながら時計を見れば十四時を半分回っていた。

「きっと、それが目的だったのね」

「僕は暇《ひま》つぶしだと思うけど」

俺と桑田と尾田は、騒《さわ》ぐだけ騒いで去っていった鈴木が残した疲労感《ひろうかん》に、揃《そろ》ってため息《いき》を吐《つ》く。

「だめですよ！　みなさん、元気を出しましょう！」

そんな中、寒さに頬《ほお》を赤くしながらも一人元気な声を上げたのは羽黒だった。

「そうだな、羽黒の言う通りだ」

確かにここで疲《つか》れていてはそれこそ鈴木の思う壺《つぼ》だ。これ以上、あいつの思い通りになってたまるものか。

羽黒の言葉に元気づけられて、俺は目線を上げた。

「とにかく、残りはあと一つだ」

そう、残るエンブレムはあと一つ。しかし、その最後の一つがどこにあるのか見当がつかない。俺は校内の見取り図を出して、エンブレムが見つかった場所に点を打っていく。

叶野学園は旧校舎も合わせて全部で四棟《とう》から成り立っている。だが、校舎の棟数は少なくても増築に増築を重ねているから、新校舎の中にも木造部分が残っていたりと色々とややこしい。

それでも、こうして点を打っていってみると、エンブレムは旧校舎——つまりは旧東棟——に目立って集中していた。

「旧校舎か」

俺はその結果を声に出してみたが、

「でも、もう見ていないところなんてないわ」

それは桑田の言う通りだった。俺達は本当に校内をくまなく見て、廊下《ろうか》を這《は》いずり回ったのだ。

だから、俺は最後の手を打つことに決めた。出来れば使いたくない手だったが、背に腹はかえられない。

「彩波《いろは》を、呼ぼう」

ため息まじりに、でも決意を込《こ》めて告げると、室内には一瞬の沈黙《ちんもく》が落ちた。

「どうして、彩波さんを呼ぶ必要があるのかしら？」

その沈黙を破って、わかりきったことを訊《き》く桑田の声が尖《とが》っているのはなぜだろう？

訝《いぶか》しがりながらも俺は律儀《りちぎ》に答えることにする。

「どうしてって、彩波は和家《かのう》の人間だからな。やっぱり学校を造った関係者に訊くのが一番だろう？」

和家というのは、昔から叶野学園高校の理事長を務めている一族だ。同じ音を名字に持っているることからもわかるように、俺達の住む叶野市の名士一族である。

そして、俺がさっき名前を出した和彩波は現理事長の娘《むすめ》だった。

もうこのカードを切る他《ほか》に、鈴木の罰《ばつ》ゲームから抜《ぬ》け出す方法はないと俺は判断してその名を出したのだ。それに、とにかく、この下僕生活に俺の繊細《せんさい》な神経はもう限界だ。

「まあ、ここまで自力でやったんだから、もう助《すけ》っ人《と》もありだね」

苦笑《くしょう》しながらも、尾田は賛成してくれた。しかし、なおも桑田は引き下がらない。

「でも私達には花南ちゃんがいるじゃない」

言いながら羽黒の腕《うで》を引いて、急に腕をとられた羽黒の方はその場でたたらを踏《ふ》む。

「あ、ごめんなさい」

「い、いえ。でも、あの、頼《たよ》りにしてくださるのは嬉《うれ》しいのですが、さすがにわたしも疲れてしまって……その、秋庭さんに一票です」

体勢を立て直すと羽黒はどこか申し訳なさそうに、上目遣《うわめづか》いに桑田を見ながら、空いている右手を挙げた。

桑田が反対する気持ちもわからないではなかったが、三対一では桑田の方が折れざるを得なくなった。

「絶対に、もれなくおまけがついてくるわよ」

ただ、桑田の最後の抵抗《ていこう》に、その〝おまけ〟に思い切り心当たりのある俺達は、乾《かわ》いた笑いを浮《う》かべたのだった。

「キャー、みんな元気!!　彩波だよ!!　イーアルサンスー、彩波だよ!!」

いつものように、これでもかという勢いで生徒会室の扉《とびら》を開け放つと同時に、ジャンプして飛びついてくる彩波を受け止めるのはどうやら俺の仕事らしい。

中学二年生とは思えない幼い顔立ちと、体型の彩波は、重みもなく、簡単に受け止められる。このハイテンションにも慣れているからどうということもない。ただ、後からついてくるツインテールの髪《かみ》が顔に当たると少し痛いだけで。

「悪いな、休みの日に呼び出して」

「いいよ！　彩波は多加良ちゃんに会うためなら地球の裏側だって行くよ!!」

俺が詫《わ》びると、彩波はそう言って、それが嘘《うそ》ではないと証明するように、にこにこと笑ってみせた。

「こんにちは。今日もお元気そうで何よりです」

「うん！　花南ちゃんも元気そうだね！」

「わざわざ来てくれてありがとう」

「どういたま……どういたしまして、尾田ちゃん！」

そうして、一通り挨拶《あいさつ》をすませた彩波だが、今日も桑田とは一瞬目を合わせただけで、互《たが》いにそっぽを向いてしまう。

桑田が彩波を呼ぶのを嫌《いや》がった一因には、この相性《あいしょう》の悪さがあるのかもしれないが、今日のところはその辺の追及《ついきゅう》は止めて、俺は早速《さっそく》本題に入ることにした。

「それでだな、彩波。電話でも簡単に説明したけれど、エンブレムの場所はわかるか？」

彩波はまだ中等部の生徒だが、それ以前に和一族の一員だ。俺は期待を込めて問うた。

「うん、あのね、ちょっと調べてから来たんだけどねっ!!」

彩波の表情が明るいのはいつものことだが、今日はいつも以上に明るい気がして、俺はますます期待に胸を膨《ふく》らませた。

「わからなかったよ!!」

あまりにあっけらかんと言われたので、俺の脳《あたま》がその言葉の意味を理解するまで少し時間が必要だった。

「わ、わからないのですか？」

「うん！」

羽黒が訊きなおしても答えは同じ。彩波は無邪気《むじゃき》そのもので、悪びれる様子もない。

「は……あ、そうですか」

そのあまりの無邪気さに逆にあてられたように、羽黒は簡単に引き下がってしまう。

「やっぱり、呼ぶだけ無駄《むだ》だったわね」

だが、肩《かた》を竦《すく》めながら、ここぞとばかりに桑田が口を開くと、

「そんなことないもんっ！」

みるみる内に彩波の目には涙が溜《なみだた》まりだして、俺は慌《あわ》てた。

「そうだ、大丈夫《だいじょうぶ》だ、彩波。ほら、泣くな」

近くの箱からティッシュを引っ張り出して、涙を拭《ふ》いてやりながら、軽く咎《とが》める視線をやると、既《すで》に桑田はバツが悪そうにしていたので、とりあえず説教は勘弁《かんべん》してやることにする。

「……ええと、じゃあかのう様はなんて？」

と、そこで尾田が口にした名前に、俺は不覚にも一瞬、肩を震《ふる》わせてしまった。

なぜ、どうしてその名前を呼ぶ、尾田？　尾田はもしかして、アレが嫌《きら》いではないとでもい

うのだろうか？

「……ん？　ええとね、かのう様は」

しゃくり上げながらも、彩波は懸命《けんめい》に尾田の問いに答えようとしたが、結局その言葉を言い終えることは出来なかった。

彩波の言葉を遮《さえぎ》ったのは一瞬《いっしゅん》の明滅《ひかり》。

そうして、短い昼と夜の後には、少女の姿はなく、艶《あで》やかな女が一人。

月光を紡《つむ》いだような銀糸の髪は長く、くるぶしまで届いている。それでいて瞳《ひとみ》は太陽のような黄金《きん》色。透《す》けるように白い面《おもて》の中で唇《くちびる》は際《きわ》だって、ひどく紅《あか》く見える。両方の手首と裸足《はだし》の足首には白金の連環《わ》がはめられていて、女が動く度《たび》に微《かす》かに音をたてることを俺は知っている。

そして、コレは人間ではないということも。

〝かのう様〟と呼ばれ、叶野市の一部の者が信仰《しんこう》する、本来ならば不可視の存在。ただ、俺達は不本意ながら、〝ゲーム〟という形で、かのうと係《かか》わりを持ってしまったからその姿が見える。

「妾《わらわ》を呼んだかのう？　この叶野一の情報通をのう？」

自称《じしょう》情報通は俺達の顔を見回しながらそう言うと、楽しげな笑みを口の端《はし》に浮かべた。

「俺が呼んだのは彩波だけで、妖怪《ようかい》を呼んだ覚えはない」

「妾は妖怪ではないというに。また、つれないことを言ってくれるのう」

ふざけた調子でそう呟《つぶや》きながら、かのうは俺にしなだれかかってくる。だが、重さはまるで感じない。

それはつまり、ここにいるのはかのうの実体ではないということだ。

では、さっきまでここにいた彩波はどこへ行ったのか？

結論から言えば、彩波はこの瞬間もここにいる。

彩波はかのうの憑坐《よりまし》であり、彩波を間に介《かい》してかのうはその姿を現すことが出来る。彩波を介さない場合は、かのうは短時間しか出現できない。

そして、かのうが姿を現している間は、俺達には彩波が認識《にんしき》できなくなる、という理屈《りくつ》らしい。

ようするに、彩波はかのうを映し出す映写機のような存在で、俺達が見ているかのうはホログラムのようなものなのだ。

とはいえ、うっとうしいことに変わりはないので、無駄と知りつつ俺はかのうを払《はら》いのけようとした。

が、俺より先に桑田が実力行使に出ていた。

「馴《な》れ馴れしすぎますよ」

口調は丁寧《ていねい》だったが、空気を切り裂《さ》くような鋭《するど》い手刀をかのうに見舞《みま》う。

これも空を切るのに等しい行為《こうい》だったが、

「まったく、乱暴だのう。もう少し優《やさ》しくしてくれぬかのう」

　かのうはさも痛そうに顔をしかめてみせる。ダメージは確実に皆無《かいむ》のくせに。

「あのですね、本当にみなさん、もう少しだけでも敬ってはどうで……」

　そんな俺達を見て、声を上げたものの、羽黒の声は次第《しだい》に小さくなって消えた。俺と桑田の目に見えないプレッシャーによって。

「ええと、それでかのう様はエンブレムのこと、なにかご存じなんですか？」

　結局、この場で一番冷静なのは尾田だった。つい先日もかのう絡《がら》みで俺と共に大いに迷惑《めいわく》を被《こうむ》ったにもかかわらず、いつも通り接することの出来る尾田を、俺は尊敬しそうになる。

「えんぶれむ、とはなにかのう？　甘いものかの？」

「いえ、食べ物ではありません。アレです」

　それだけで、かのうがこの件に興味がないのはわかったが、尾田は律儀《りちぎ》に生徒会室の柱に刻まれたエンブレムを指し示す。

「どうせ協力するつもりはないんだろ。とっとと帰れ妖怪」

　だが、俺は尾田のように甘くない。俺の記憶《きおく》にはかのうの悪行三昧《ざんまい》がしっかりと刻まれているのだ。

「確かに手伝おうなどという気はないのう。ああ、年をとると腰《こし》が重たくなってのう」

「そうなんですか」

　わざとらしく腰に手を当てながらそう言ったところ、羽黒に妙《みょう》に納得《なっとく》されて、かのうは少々拗《す》ねた表情を浮《う》かべる。拗ねるなら言うな。

「なら、ご老体にはなおさら早く帰っていただきたいわ」

そして、桑田の辛《しん》らつな一撃《いちげき》。しかしこれくらいで倒《たお》れるほど、かのうはやわではない。

「まあ、面白《おもしろ》いことがありそうなのは……〝秘密の部屋〞かのう」

案の定、かのうは桑田の言葉など聞こえなかったように、目を細めると、明らかに何かを企《たくら》んでいる表情で、そう告げた。

かのうが、腹の中に何も抱《かか》えずに俺達にこんなヒントを寄越《よこ》すわけがない。それは分かっていたが、

「秘密の部屋ってなんだ？」

俺は、そう問わずにいられなかった。

秘密の部屋、といえばいまや某《ぼう》有名ファンタジーのタイトルとして耳に馴染《なじ》んでいるが、それと同じようなものが叶野学園にあるなどという話は初耳だ。

「俺は、そんなもの知らないぞ？」

叶野学園の無計画に等しい増築のことを思えば、無いと言い切ることはできなかったが、少なくとも俺がまだ把握《はあく》していないことは確かだ。

「誰も知らないから秘密の部屋なんじゃない？」

しかし、尾田の鋭い突《つ》っ込みに、俺は一瞬《いっしゅん》動きを止めた。

「た、確かにそうですね」

「……そうね」

続いて、なぜか申し訳なさそうに俺の方を見てから羽黒と桑田は尾田に同意して。

ああ、二人とも気にするな。俺もたまにはぼけてみたかった、それだけなんだから。

「……それで、かのうはその部屋がどこにあるか知っているのか？」

気を取り直して、俺が改めて視線と声を向ければ、かのうは必死に笑いを堪《こら》えているところだった。だが、それだけ肩《かた》が大きく揺《ゆ》れていては無意味だ。

「い、いや。わ、妾もはっきりとした所在までは、知らぬのう」

「……笑うか、喋《しゃべ》るかどっちかにしろ」

「いや、すまぬの。もう、大丈夫《だいじょうぶ》だ」

「それで？」

かのうが笑いを収めると、俺は憮然《ぶぜん》とした声で続きを促《うなが》した。

「それで、とは？　秋庭多加良ならばもうわかっておるだろう？　まさか、まだわからぬと？」

けれど、返って来たのは挑発《ちょうはつ》的な台詞《せりふ》と、同じく挑発的な大きく首を傾《かし》げるジェスチャー。

ああ、そうだ。俺は秋庭多加良だ。研《と》ぎ澄《す》まされた優秀《ゆうしゅう》な頭脳と、行動力の持ち主だ。はっきりいって、俺以上に生徒会長に適任者はいない。たとえ今は、副会長だとしても。

「ああ、わかった。お前の力など借りなくても１０８個目は見つけてやる！」

それは、かのうの企みに乗ることに他《ほか》ならないとわかっていたが、売られた勝負《けんか》は買う主義だ。

それに、俺には尾田も桑田も羽黒もついているのだ。これで見つけられないわけがない。

振《ふ》り向いて、全員の顔を一瞥《いちべつ》すれば、みんな俺の意を汲《く》み取って大きく頷《うなず》いてくれる。

「いいか、かのう！　俺達をなめるなよ!!……って、どこ行った？」

そして俺は再びかのうに顔を向けたのだが、

「ならば、あとはおぬしらで頑張《がんば》っておくれ」

声だけを残して、気付けばかのうの姿は消えていた。いつも通り、唐突《とうとつ》に。

代わりに、ついさっきまでかのうのいた場所には疲《つか》れた顔で、放心状態でしゃがみこんでいる彩波がいた。

「彩波、大丈夫か？」

「う……ん」

俺は駆《か》け寄ると、背中を支えるようにして彩波を抱《だ》き起こしてやる。今日の彩波はかろうじて意識を保っているものの、日によってはかのうを降ろした——彩波はかのうの憑坐《よりまし》なのでこの言い方が正しいそうだ——後の彩波は意識を失うこともある。選ばれたとはいえ、かのうを降ろすのはなかなかの重労働らしい。

「んー、でもごめんね。今日は彩波、もうお迎《むか》え呼んで帰るね」

「ああ、ありがとう。ゆっくり休むんだぞ？」

「うん」

声にも力がないが、彩波は大きく頷くと、笑ってみせた。

と、そこに桑田がポケットを探《さぐ》りながら歩み寄ってきて、殆《ほとん》ど表情を動かさずに彩波の手に何かを握《にぎ》らせた。

「なあに？」

「疲れた時には甘いものよ」

きょとんとして首を傾げる彩波にそれだけ言うと、桑田は少し慌《あわ》てたように踵《きびす》を返す。そして、彩波の広げた手のひらにはチョコレートが一つ。やっぱり桑田はいい奴《やつ》だ。

3

彩波を迎えに来た――というより外で待機していた――黒服達に預けると、俺達はとにかく旧校舎に向かうことにした。

かのうの言っていた〝秘密の部屋〟は話半分で考えておくとしても、あいつは俺が既《すで》に答えに辿《たど》り着いているような言い方をした。

ならば、木造三階建ての旧東棟《ひがしとう》、とにかく徹底《てってい》的に調べてみる価値がある。

「あの……旧東棟って、大きな風見鶏《かざみどり》のある校舎ですよね？」

約二十センチの身長差があるため、どうしても見上げる形で歩きながら羽黒が尋《たず》ねてきた。

「ああ、そうだ。羽黒も何か心当たりがあるのか？」

一つ頷き、逆に俺が問いかけると、羽黒は軽く目を伏《ふ》せ、少し考えた後で、大きな瞳《ひとみ》で再び俺を見て、

「その……エンブレム探しと関係があるかどうかはわからないのですが、なんだか不思議な気配のする場所が旧東棟の中にあるんです」

そう言った。霊感《ちから》が完全に戻《もど》っている実感があれば、羽黒はもう少し自信を持って言っただろうが、やはりまだ十分ではないらしい。

俺は、基本的に自分の目に見えるもの以外は信じない主義だ。けれど、羽黒のことは信じている。それに、俺の人を見る目は確かなのだ。

「そうか、それは重要な手がかりだな」

だから俺は、確信を持って、羽黒にそう返した。

「その不思議な気配っていうのは具体的にどんな感じなの?」

旧校舎に向かう足は止めずに、今度は尾田が羽黒に尋ねる。尾田の興味は羽黒にあるのか、それともその霊感に興味があるのか、どうも微妙《びみょう》な問いだったが。

「そうですね、あまりはっきりとは捉《とら》えられないのですが、人間とも幽霊《ゆうれい》とも違《ちが》っていて。でも、どこか自分《わたし》に近い感じがする……」

羽黒は問われるままに口を開き、だが感覚的なものを言葉にすることは難しかったようで、途中《とちゅう》で眉《まゆ》を八の字に寄せると、困ったように尾田を見上げた。

「よくはわからないけど、何となくわかった」

尾田も羽黒を困らせる気はないから、そう言うと、一歩下がった。

そうして、気がつけば俺達は旧校舎に着いていた。

木造の校舎は三階建てで、赤味を帯びた屋根にある黒鉄《くろがね》で出来た風見鶏は、今は東を向いている。

「羽黒、その不思議な気配がするのはどの辺りだ？」

「ええと、二階の……あれ？」

俺の問いに羽黒はしばし視線と指先を彷徨《さまよ》わせ、やがて止めたところで、首を傾《かし》げた。

「あの、あそこの窓があるところなのですが……でも、内側《なか》から見た時には部屋はなかったんです」

戸惑《とまど》いを浮《う》かべながら羽黒が示す先を見れば、確かにそこには窓がある。だが、羽黒の言葉を裏付けるように、俺の記憶《きおく》にある教室の数に比べてそれは多すぎた。

旧校舎は授業で使われる機会も少ないから今まで気がつかなかったが。

「多すぎる窓か。怪《あや》しいな」

「じゃあ、二階から攻めてみる？」

「そうだな。でも効率を考えれば、二手に分かれた方がいいか」

桑田の提案に頷きつつも、俺はそう言うと即座《そくざ》に頭の中で編制を決めた。

「よし、俺と羽黒が二階を重点的に調べるから、桑田と尾田は一階と三階を頼《たの》む」

俺の決定に桑田は一瞬《いっしゅん》不服そうな表情を浮かべたが、結局文句が口をついて出ることはなかった。尾田も頭痛を覚えたようにこめかみの辺りを押さえたが、やはり不満を口にしなかったので、俺は賛成とみなして、早速《さっそく》動き出したのだった。

踏《ふ》みしめる度《たび》に、少し軋《きし》んだ音をたてる木の階段を上って、俺と羽黒は廊下《ろうか》を並んで歩く。

「この床《ゆか》が鳴る音。なんだか、実家を思い出します」

ふいに羽黒がそんなことを言い出したので、俺は羽黒の実家が重要文化財の指定も間近な旧家であるという情報を頭の中から引っ張り出した。

「……旧校舎とどっちがでかい？」

その中には〝とても大きい〟という情報も含《ふく》まれていたので、俺はつい尋ねてしまった。

「うちは平屋建てですけど……もう少し大きいと思います」

自分で訊《き》いておいて、俺はその答えに軽く打ちのめされた。一戸建てだが借家住まいの俺には、そんなにでかい家というのは、憧《あこが》れるしかない存在だ。

「……いいな」

我ながら卑屈《ひくつ》だと思ったが、小さな呟《つぶや》きを止めることは出来なかった。そして、それはばっちり羽黒の耳に届いてしまう。

「良くは、ないですよ」

返ってきた声は、羽黒にしてはひどく沈《しず》んだもので。

「羽黒？」

俺は思わず、その顔を覗《のぞ》き込む。

「わたしは物覚えの悪い子供だったので、叱《しか》られてはよく座敷牢《ざしきろう》に閉じ込められました。何日も何日も。とても暗くて、光の届かないあの場所に……」

それは聞いただけでも楽しくなさそうだ。家の中に座敷牢というのも凄《すご》いが。

話しながら、羽黒が自分の肩《かた》を抱《だ》くのを見て、

「寒いか？」

眼鏡《めがね》のフレームをひと撫《な》でして、間違《まちが》いを承知した上で俺はそう尋《たず》ねた。

すると羽黒はきょとんとして俺を見返した後、

「いいえ。大丈夫《だいじょうぶ》ですよ」

いつものやわらかな笑顔を浮かべてみせたのだった。

「ここは、家に似ていますけど、でも、とても明るくて、まぶしくて……」

木枠《きわく》の窓越《ご》しに、外を眺《なが》めながら羽黒は呟き、そこで一度言葉を止めて。

「とっても楽しいです!!」

それから俺を見上げた顔には、その台詞《せりふ》を裏切らない満面の笑みがあった。

「それは良かった。だがな、羽黒」

「はい？」

俺は、足を止めると、真摯《しんし》にその黒い双眸《ひとみ》を見つめた。羽黒も俺の真剣《しんけん》さに打たれたように
じっと見つめ返す。

「俺が生徒会長になれば、お前の学園生活は更《さら》に楽しく、黄金色《おうごんいろ》に輝《かがや》くぞ。次の選挙では絶対

に俺に一票入れろ！」

「……は、はい！」

「それと、部活もやりたければやれ。許可なんていちいち求めるな」

「はい」

俺の言葉に羽黒は少し目を見開いて、それから、しっかり二回頷《うなず》いた。

そして俺は、確実に一票をものにしたことに気を良くしながら、再び歩き出した。

そうしてしばらく廊下を進んだところで、今度は羽黒が足を止めた。

「この向こうに……妙《みょう》な気配があります」

「ここ、か」

確かにいま立っている位置は、外から窓が見えた場所と一致《いっち》している。けれど、そこにあるのは木の壁《かべ》ばかりで、隅々《すみずみ》まで目を凝《こ》らしても、隙間《すきま》の一つも見つからない。

「入口らしきものは、ないか」

「そうなんです。でも、確かに何かの気配がこの向こうにあるのです、が……」

俺達は壁を前にしばし立ち尽《つ》くす。

だが、じっとしているだけでは埒《らち》が明かないと、試《ため》しに俺が壁を叩《たた》いてみようとした、その時だった。

「あーまーいー」

遠くから、叫《さけ》び声と共に人影《ひとかげ》が見えたのは。

「まだ帰ってなかったのか……」

その足下《あしもと》にはまだフライングシューズ。そんなものを校内で履《は》いているのは一人しかいない。

鈴木は、俺達の前で足を止めると、

「多加良っち、甘いね」

したり顔で、立てた指を振《ふ》りながら、その台詞を繰《く》り返した。

「何が、甘いと？」

苛立《いらだ》ちは隠《かく》して、俺が冷めた声で問えば、鈴木は肩を竦《すく》めて首を振るという、実に気に障《さわ》るジェスチャーをしてみせる。

「わかってないね。どうしてハリーが9と4分の3のホームに行けたと思う？」

ものすごくどうでもいいので、俺は何も答えなかった。

「な、なぜでしょう？」

しかし羽黒が素直《すなお》に反応すると、鈴木は鷹揚《おうよう》に頷いて、大きく息を吸った。

「……それはね、そこにホームがあると信じていたからさ！」

吐《は》き出す息と共に一気にそう言うと、鈴木は助走をつけて壁に突進《とっしん》していった。

だが当然、通り抜《ぬ》けられるはずもなく、鈴木は壁に跳《は》ね返され、背中から転倒《てんとう》した。かなり盛大《せいだい》な衝撃《しょうげき》音をその場に響《ひび》かせて。

俺は、慌《あわ》てず騒《さわ》がず、ゆっくりと倒《たお》れた鈴木に歩み寄った。

「鈴木よ。後のことは俺に任せろ。お前が倒れたいま、俺しか生徒会長を務められる者はいないからな……」

言いながら俺は床《ゆか》に片膝《かたひざ》をつき、さりげなさを装《よそお》い、鈴木の鼻の下に手を持っていくと、呼吸を確かめた。

「ちっ、まだ息はあるか」

「……秋庭さん、あんまりですよぅ」

俺が舌打ちをすれば、羽黒は咎《とが》めるような視線を送ってきたがそれは無視する。

「さて、鈴木はこのまま放《ほう》っておいて、俺達はこの部屋に入る方法を考えよう」

そして俺は、言葉通り鈴木を視界から追い出し、立ち上がると改めて壁の前に立った。

「部屋？　あの、この向こうにはやっぱり秘密の部屋があるということですか？」

鈴木の腹にハンカチをかけてやりながら尋ねてくる羽黒に俺は頷いた。

鈴木がぶつかった時に聞こえた衝撃音は、この向こう側に空間があることを教えてくれた——

——鈴木もごくごくたまには、役に立つものだ。

それがかのうの言っていた場所かどうかは別として、だが、そこに部屋があるのならば、必ず入る方法があるはずだ。

「多分、中に入る為《ため》の仕掛《しか》けがあるはずだが、どんなもんかな？」

「からくり、のようなものでしょうか？　簡単なものなら私の家にもありましたよ」

自分の思考を促《うなが》す為に声にした言葉に、羽黒はそんな相づちを寄越《よこ》して、俺は反射的にその顔を見た。

「は？　羽黒の家は忍者屋敷《にんじややしき》か？」

「違《ちが》いますよ！　でも、隠し部屋とかはありました」

するとと羽黒は首を振りつつそう言った。そんな環境《かんきょう》に育っておきながら、今までその可能性に考え至らなかった羽黒に、俺はちょっとだけ呆《あき》れたものの、

「羽黒、その隠し部屋にはどうやって入る？」

すぐにそう問うた。

「ええと、隣《となり》の部屋に仕掛けがあって、それを操作します」

羽黒家の仕掛けを参考に考えれば、調べる範囲《はんい》は絞《しぼ》られる——この壁の両隣にある教室に。

「羽黒、来い」

俺は踵《きびす》を返すと、まずは向かって左の教室に入ることにした。

「ま、待ってください！」

羽黒の足音を背中で聞きながら、それでも俺は歩みを止めなかった。視界の隅《すみ》に、まだ昏倒《こんとう》している鈴木を見つけて、

「鈴木、お前の天下もあと少しだ！」

そう嘯《うそぶ》くことだけは忘れなかったが。

探索《たんさく》の結果、左隣の教室には何も無く、俺と羽黒はいま、右隣の教室を探《さぐ》っていた。

「家ではこういう壁《かべ》の中にあるんですが」

羽黒はどこかの鑑定士《かんていし》のように、教室中の壁を叩《たた》いて回っている。

そんな羽黒を横目に俺は、黒板の隣の民芸調の棚《たな》に目をつけて、さっきから何か仕掛けはないかと探していた。

「だいたい、こういう板の裏に……」

独りごちながら俺は、棚の奥の、取っ手も何もついていない板を横に押してみた。

すると、そこに現れたのは、いかにも引いてくださいという感じの房飾《ふさかざ》り。

「ビンゴだ！」

叫びながら、俺は躊躇《ためら》うことなくそれを引いた。

そうして、ガタンッと何かの作動音がしたかと思うと、さっきまで継《つ》ぎ目も何も見えなかったはずの天井《てんじょう》からゆっくりと現れたのは、箱を重ねたような階段。

「か、階段が降りてきましたよ!!　すごい!!」

羽黒が手を叩いて喜ぶその脇《わき》で、俺は小さくガッツポーズを決めた。

それからすぐに、ポケットから携帯《けいたい》電話を取り出して、俺は桑田達に連絡《れんらく》を入れた。そして、少し考えた後、二人の到着《とうちゃく》を待たず、俺は部屋への侵入《しんにゅう》を試みることにした。正直な理由を言えば、こんな面白《おもしろ》そうな探検に一刻も早く挑《いど》みたくなって。羽黒もまた好奇心《こうきしん》に駆《か》られたのか、俺の意見に反対しなかった。

階段を上ると、その先には細く狭《せま》い、腰《こし》をかがめなければ通れない通路《みち》が延《の》びていた。

そこをペンライトのささやかな光を頼《たよ》りに――桑田の影響《えいきょう》か俺もなかなか用意周到《しゅうとう》になってきたものだ――進んでいって、通路の下に取っ手のついた扉《とびら》を見つけた時、

「見えない部屋への入口は天井にあったってわけか」

俺は驚《おどろ》き半分、呆れ半分で呟《つぶや》いた。

実は叶野学園内には他《ほか》にも仕掛けがあって、俺も時々便利に使わせてもらっていた。だがそれは場所さえ知っていれば誰《だれ》でも使える類《たぐい》のものだった。でもこれは今までになく凝《こ》った、俺を驚かせるのに十分な仕掛けだった。

「開けるぞ」

「はい」

後ろからついてきていた羽黒に一声かけると俺は、その部屋の扉を開けた。

果たして、そこに部屋はあった。

眼下――というか足下《あしもと》というべきか――に現れた部屋に、俺はまず頭だけを入れると覗《のぞ》き込んでみた。そうして見た部屋の中は、いくら冬の夕暮れが早いといっても、少し暗すぎるような気がした。位置からして、ちょうど西日が入るはずなのに。

訝《いぶか》しく思いつつも、とにかく俺は部屋に降りてみることにした。

現れた部屋の方には、降りる為の階段が無かったので、俺は先に飛び降りると、室内にあっ

た机を羽黒の足場として用意してやった。

「お手数をかけてすみません……わ、あ」

俺に続いて室内に降り立った羽黒は、薄闇《うすやみ》に何度か瞬《まばた》きを繰《く》り返した後、息を飲んだ。

それは、俺も同じだったが。

俺達がその部屋で目にしたのは、四方を壁のように埋《う》め尽《つ》くす〝引き出し〟だった。

俺は最初、直径三十センチ程《ほど》の木箱が積み重ねられているのかと思った。だが、よくよく目を凝らして見れば、そこには真鍮《しんちゆう》らしき取っ手がついていて、故《ゆえ》にこれは引き出しだと理解する。

銀行の貸金庫というよりは、映画で見た昔の薬問屋を——それよりはずっと洗練された洋風のデザインだったが——思わせる部屋は、壮観《そうかん》といえば壮観で、俺達から声を奪《うば》うには十分だった。

はめ込まれている引き出しの他には、机と、木製の踏《ふ》み台、そして窓。うっすらと埃《ほこり》は積もっているが、人の出入りが絶えているという感じはしない。

どうやらここは本当に、かのうの言っていた〝秘密の部屋〟のようだった。

引き出しとはそもそも収納であり、大切なものをしまっておく場所だ。そして、この隠《かく》し部屋を造ったのはおそらく和一族だから、ここは彼ら専用の〝秘密の収納部屋〟なのだろう。

彩波が存在を知らなかったのは、これが高等部にあるからだろうか？

「まさか、秘密の部屋の中がこうなっていたとはな」

そして、一通りの観察と推察を終えて、ようやく俺が発したのは、嘆息《たんそく》まじりの声だった。

「そう、ですね。でも、ここが秘密の部屋だとしますと、エンブレムがあるとすれば……」

続いて羽黒も我に返り口を開いたが、その先の推測は口にしたくない様子で口を噤《つぐ》んだ。正直、俺も、同じ心境だ。しかし、ここは俺が言わねばなるまい。

「引き出しの中、だろうな」

そう言うと同時に俺達は、ざっと百以上はありそうな引き出しを見て、どっぷりとため息を吐《つ》いた。

「……それで、不思議な気配の方はどうだ？」

「それが、部屋の中に入った途端《とたん》に感じ取れなくなってしまって。やっぱりまだ完璧《かんぺき》には力が回復していないということでしょうか？」

次いで俺がそれを問うと、羽黒は軽く目を伏《ふ》せ、声には自嘲《じちょう》の響《ひび》きが宿った。

「じゃあ、まずはエンブレムを探し出すぞ」

だが、俺が、現在の優先順位を改めて示せば、しっかりと頷《うなず》き返したので、ひとまず良しとする。

「とにかく、開けてみるか。羽黒はそっち側を頼《たの》む」

「はい、わかりました」

そうして、俺と羽黒は互《たが》いに背を向けるとそれぞれ探索《たんさく》を開始した。

俺は手近にあった引き出しの取っ手に手をかけると、思い切りよく引っ張った。

「む？」

が、なぜか、引き出しを開けることは出来なかった。

おかしいと思って俺は引き出しに目を近付けたが、鍵穴《かぎあな》らしきものは一見したところない。

首を捻《ひね》りながらも俺はもう一度、さっきよりも力を込めて引いてみた。

だがそれでも、引き出しは開かない。

「まだ何か、仕掛《しか》けがあるのか？」

小さく呟きながら、意見を求めるため、俺は背後の羽黒を振《ふ》り返ってみた。

すると俺の目には、予想に反して、易々《やすやす》と引き出しを開け、中を覗き込んでいる——その小さな頭がそのまま収納されてしまいそうな——羽黒の姿が映って。

「その引き出しは開いたのか。中はどうだ？」

「エンブレムは……ないです、ね。え……？　蝶々《ちょうちょう》？」

驚きながらも俺が問えば、答える羽黒の声はいったん途切《とぎ》れ。

次の瞬間《しゅんかん》。秘密の部屋の空気は一変した。

「な……んだ、これは⁉」

まるで重力が増したみたいに、突然《とつぜん》、空気が身体《からだ》にまとわりつく様に重く感じられて、俺は軽いパニックに襲《おそ》われる。

「秋庭さん、大丈夫《だいじょうぶ》ですかっ？」

そんな俺の混乱を振り払《はら》ったのは、常にはない羽黒の凜《りん》とした声だった。

その声に、なんとか首を巡《めぐ》らせれば、その先にいた羽黒の眼差《まなざ》しもまた鋭《するど》い光を放っていた。

そして、羽黒のその双眸《そうぼう》に俺が気を取られた、次の瞬間。

ガタン　ガタ　ガタタ　ガタガタッ
今度は室内の引き出しが、勝手に開いた。人の手を借りずに、それも一つや二つではなく、全体の三分の二程《ほど》の引き出しが。

「なっに？　この群れ！」

と同時に羽黒は、俺には見えない何かから身を守るように両手を目の前にかざす。何かが、羽黒を目指して集まってきているみたいに。

「羽黒！　いったい何が起こっているんだ？」

「わたしにもよくわかりません。でも多分、原因はこの蝶の大群で、す」

何か――羽黒が言うには蝶――を懸命《けんめい》に払いのける動作を見せながら、羽黒はゆっくりと歩み寄って来るとそう言った。

「蝶？　俺には何も見えない」

「やっぱり、見えませんか。でも確かにいますよ。あまり、いい感じでない思念体《モノ》が」

羽黒の言う蝶が見えない俺は、その表情の険しさから、どうも事態は良くない方向に進んでいるらしいと推測した。実際、俺を背にかばいながらも、羽黒はじりじりと後退して、

「きゃあぁっ」

短い悲鳴と共に、羽黒はついに膝《ひざ》をつく。

それと同時に、引き出しの鳴る音は収まり。

「うあっ！」

次の刹那《せつな》、俺の目は、針で突《つ》き刺《さ》されるような痛みに襲われた。

倒《たお》れ込む羽黒を視界の隅《すみ》で捉《とら》えながらも、俺は激痛に歯を食いしばることしか出来なくなる。

この唐突《とうとつ》な痛みは、〝願いの植物《はな》〟が芽を出す時に伴《ともな》うそれだった。

願いの植物、その〝原石《たね》〟は、叶野市に入った人間すべてに蒔《ま》かれる――かのうの手によって。

この植物は、その人の一番の願いに反応して芽吹《めぶ》き、願いを糧《かて》に成長する。そして、この植物を百本咲《さ》かせ、摘《つ》み取るのが俺の役目であり、かのうとの〝ゲーム〟のルールだ。

けれど、なぜ今、発芽の痛みが俺を襲っているのかわからない。疑問が頭の中で渦《うず》を巻くが、痛みのせいで上手《うま》く考えられなくて。

痛みは発芽が終われば嘘《うそ》のように消えるとわかっていても苛立《いらだ》って、俺は更《さら》にきつく奥歯を嚙《か》みしめた。

そして、ようやく痛みが訪《おとず》れた時と同じように唐突に去った時、俺が見たのは。

羽黒の胸に咲く、願いの植物。

小さな鐘《かね》のような薄紫色《うすむらさきいろ》の蕾《つぼみ》をいくつもつけた、それ。

「羽黒!!　大丈夫かっ！」

なぜ、そこに既《すで》に蕾をつけた植物があるのか、わけがわからないまま呼びかけるが、床《ゆか》に座

り込んでいる羽黒の目は焦点《しょうてん》を失っていて、俺の声に反応する様子はない。

とにかく、俺は状況《じょうきょう》を把握《はあく》すべく、必死に目を凝《こ》らし、思考を巡らせる。

羽黒の言っていた蝶は、植物が咲いたところで俺には見えない。

けれど、植物のあの蕾のつき方は少し妙《みょう》だ。過去の経験からみて、本来、花は一人に一つしか咲かない。故《ゆえ》に、あんな房《ふさ》のような形状の蕾がつくのはおかしい。

ただ、どんな形状であっても、あの花は俺にしか摘めないもの——だから、俺が摘む。

恐《おそ》らく、この事態から羽黒を救う方法はそれしかないはずだ。

だが、その為《ため》には願いを叶え、花を咲かせなければならないのに、その願いが羽黒のものなのか、それとも見えない〝何か〟のものなのかという判断がつかない。

しかも、俺の思考と同様にそこで、植物の成長も止まってしまって、蕾は膨《ふく》らんではいるが、とても花が開きそうに見えない状態で。

「くそっ！」

焦《あせ》る気持ちのまま、俺が口から罵声《ばせい》を発すれば、それと同時に、しゃらん、という金属の擦《こす》れる音が響《ひび》いて。

「ふむ、これは予想以上に面白《おもしろ》いことになったのう。それに……かような植物は珍《めずら》しいのう」

次いで聞こえた、この状況にそぐわない、緊迫感《きんぱくかん》ゼロの口調は間違《まちが》いなくアレのもの。

俺は視線を羽黒に固定したまま、

「今更《いまさら》、何をしに出て来た？」

地を這《は》うような低い声音《こわね》で、問う。

「ほほ。ひろいん登場、というところかのう?」

「ふざけるなっ!! これは、お前が仕組んだことだろうがっ!」

笑い混じりの言葉を聞いた次の瞬間《しゅんかん》、俺はすべての圧力を振《ふ》り切って、迷うことなくかのうに拳《こぶし》を振り下ろした。そうしたところで、なんの質量も俺の拳には触《ふ》れなかったけれど。

「そう、いきりたつでないよ。まあ無関係とは言えぬから、説明くらいはしてやろうと思ってのう。……それに、これならば手を貸しても妾《わらわ》に損は無いようだしのう」

どこまでも身勝手なかのうの論理は、だが、いまに始まったことではない。

俺は、無言で抗議《こうぎ》の意を表したが、かまわずかのうは説明を始める。

「つまりのう、叶野学園の生徒の思いが、長い年月をかけて少しずつ凝《こご》っていったものが花南の見ていた蝶でのう。そして、その蝶達にどういうわけか、願いの原石が反応したようだのう」

そこまで語ると、かのうは一度言葉を切り、理解度を確かめるように俺に視線を投げかけた。

その口許《くちもと》には、憎《にく》いほどいつもと同じ笑《え》みが浮《う》かんでいて、それに苛立ちながらも、俺は一つ頷《うなず》き、先を促《うなが》す。

「現在《いま》それが花南にすべてとり憑《つ》いているようだから、植物もまた花南のもののように見え、それ故、多加良の目は痛みだしたというわけだの」

そうすれば、かのうはやはりいつもと変わらぬ、どこか楽しげでさえある声音でそう告げたのだった。

「……結局、俺が植物を摘まなければ、終わらないんだな？」

そして、俺が問いかけると、かのうは銀糸の髪《かみ》を揺《ゆ》らしながら、ゆるりと首を振って。

「そういうことだのう。だが、妾の見る限り急いだ方が良いようだの。願いの植物に思念もときては羽黒も長くはもつまいよ」

次いで、伝えられた事実に比べて、かのうの声の響きはあまりにも軽かった。

急がなければ羽黒を待っているのは死に等しい眠《ねむ》りだというのに。

突きつけられたタイムリミットに唇《くちびる》を噛み締《し》めれば、舌先に血の味が触れる。

「でも、このままでは妾に不都合か……」

一方かのうは、未《いま》だ焦点を失っている羽黒にちらりと目をやるとそんな台詞《せりふ》を呟《つぶや》いた。

「お前の都合なんて関係ない!!」

俺は大声で叫《さけ》んだが、それでかのうが止まることはなかった。

かのうはとても真剣《しんけん》には見えない甘い笑みを浮かべたかと思うと、着物の袖《そで》をひらりと一閃《いっせん》させて。

しゃらしゃらんと、連環《わ》の鳴る音はその後を追うように響き。

その音が、俺の耳に届いたのと、同時に――不可視の世界が可視になっていた。

やすやすと、それを成し遂《と》げると、叶野市限定で途方《とほう》もない力を誇《ほこ》る存在は満足げな笑みと共に消えて。

代わりに俺の視界を埋めたのはコバルトブルーの蝶《ちょう》の群れ。淡《あわ》く発光する蝶は美しく、そして同じくらい毒々しい。

それがいま、羽黒に――正確にはその胸の植物に――群がって、その意識を奪《うば》っているのだった。

相変わらず、空気は重たかったが、俺は強引《ごういん》に一歩を踏《ふ》み出して、とにかく羽黒から蝶を引き剝《は》がすことにする。

だが、ようやくその蝶に触れたと思った次の瞬間、頭の中に声が、瞼《まぶた》の裏に景色《けしき》が押し寄せてくる。

クルシイ、クルシイ、クルシイ。

ああ、上手《うま》く呼吸《いき》ができない。

私の世界は暗闇《くらやみ》の中にある。

嫌《いや》になるほど、そのことはわかっているのに、でも、あの光の中に一度でいいから、躍《おど》り出たい。

僕達には、もっと広い世界が必要だ。

深呼吸をしても胸の中には、自由が足りない。だから、飛びたい。

デモ、イッタイドウシタラ、ボクタチハトベルンダロウ？

ダレカボクタチヲココカラツレダシテ。


一方的に押し寄せてくる、たくさんの記憶《きおく》の波。

学校への鬱屈《うっくつ》した思いの破片《かけら》と、まるで紗《しゃ》がかかったように暗い校内。

それを、願いと呼んでいいのなら、彼らの願いは自由になりたい。そして、それはいつしか空を飛ぶことに変換《エンコード》されて。

人が、空に憧《あこが》れて、そこに自由があると信じて手を伸《の》ばすのはきっと一番遠い場所だからだ。

空には手が届かないこと、自分が飛べないこと、それを確かめてはため息を吐《つ》いて、諦《あきら》める。

きっと、この無数の蝶は、そんな誰かが落としていった記憶《はね》。

それでも、いつか羽ばたける日を、空に連れ出してくれる誰かを待って、彼らはここに留《とど》まり続けていたのだろう。

ならば、俺がすることは一つだ。

俺は大きく息を吸い込むと、

「お前ら、聞け！」

絶対に俺の声は届くと信じて、声を張り上げた。すると、蝶の羽ばたきが一瞬鈍《にぶ》った。

「よし、聞こえているな。じゃあ訊《き》くぞ！　お前ら、本当に飛びたいか？　自由になりたいか？」

けれど、続く問いに、今度は蝶は萎縮《いしゅく》したように、羽ばたきをやめてしまう。

「答えられないのか？」

そうして、薄暗《うすぐら》い部屋の中には沈黙《ちんもく》だけが満ちていく。でも、答えを出すのを待ってやる時間は無い。だから俺は自分の為《な》すべきことをすると決めた。

「お前達には、いま、羽があるだろうが！　自分の目で外を見たいんだろう、外の空気を思う存分吸いたいんだろっ？　だったらもたもたするなっ！　飛べ！　怖《こわ》がるな！　自分が信じられないなら俺を信じろ！　窓は俺が開けてやるからっ!!」

そう、俺に出来ることは、彼らの為に窓を開けてやることだけだ。こいつらに必要なのはきっかけで、飛ぶ為の準備は十分だろう。

鳥も蝶も餌《えさ》の為に、生きていく為に飛んでいる。自由だからじゃない。だから人間には羽がない代わりに足がある。飛べなければ歩いていけばいい。それが、この世界の理《ことわり》だ。

けれど、目の前の彼らはそこを曲げてまで羽を手に入れた。ならば、彼らには飛ぶ理由がある。自由を得たいというのなら、あとは飛ぶだけだ。

たとえその先に求めたものがなくても、きっと飛ぶことに意味がある。

俺は足に力を込《こ》めて駆《か》け出すと、重い空気を振《ふ》り払《はら》い、窓を大きく開け放つ。

冬の匂《にお》いのする風が、時間の止まった部屋に吹《ふ》き込み、澱《よど》んだ空気をかき混ぜる。

だが、部屋の中の蝶はせわしなく羽を動かしながら、それでも羽黒から離《はな》れるそぶりを見せない。

苛立《いらだ》ちと、もどかしさに思わず舌打ちがでる。

こいつらは俺を信じられないというわけだ。それなら俺は俺の信じられるものに賭《か》けるだけだ。

「もういいっ！　飛べない奴《やつ》らは放《ほう》っておけ！　でも、羽黒！　お前は飛べ!!　絶対に飛べるから!!」

そして、羽黒の心臓《むね》に届けと、声を限りに叫《さけ》べば、羽黒は——瞬《まばた》きをした。

「わたし、は、飛びますよ!!」

喉《のど》の奥から声を絞《しぼ》り出して、羽黒は真っ直《す》ぐに俺を見て……両腕《りょううで》をつくと、重いものを振り払うように首を振りながら、立ち上がり。

そこから、強く床《ゆか》を蹴《け》って走り出す。

その先には西日の差し込む、窓。

蝶《ちょう》は、一斉《いっせい》に羽黒の後を追う。

一瞬《いっしゅん》、蝶に覆《おお》われて、羽黒の背中が見えなくなって。

俺は必死になってその背中に手を伸ばした。けれど、届かない。

長い三つ編みが風に躍《おど》る。

羽黒の身体《からだ》が半分以上窓の外に出たのが見えて、冷たい汗《あせ》が一気に噴《ふ》き出した時、俺の目の前を影《かげ》が一つ横切っていった。

「多加良！　早く手を貸してっ!!」

影に命じられるまま、俺はもう一度羽黒の身体に手を伸ばし、しっかりと摑《つか》んだ。

そして、蝶達だけが冬の空に羽ばたいて行ったのだった。

4

「ギリギリセーフ、だったね、羽黒っち」

「で、でも、お二人がしっかりと摑んでくださいましたから！　ほら、おかげでどこにも怪我《けが》はないんですよ!!」

無理矢理身体に言うことを聞かせた反動か、いまは指先にも満足に力が入らない俺とは対照的に、羽黒は必死に手やら足やらを動かして、自分が五体満足であることをアピールしてくれる。

そして、そんな羽黒の傍《かたわ》らで鈴木は微笑《ほほえ》んでいた。

そう、あの影は鈴木だったのだ。

隣《となり》の部屋にはまだ階段が降りたまま。意識を取り戻《もど》した鈴木がそれを見て、上らないはずがなく――そうして、鈴木が秘密の部屋に入ってきたのは絶妙《ぜつみょう》で、間一髪《かんいっぱつ》のタイミングという他《ほか》なかった。

先に鈴木が摑んでくれたおかげで羽黒が無事だったのはいいが、俺は結果的においしいとこ取りをされたわけだ。さっき倒《たお》れて見せたのも、もしかしたらこの為の布石だろうか？

まあ、それはともかく、もう、この部屋には一羽の蝶もいない。

飛ぼうとした羽黒に——もちろんそれはふりだが——引きずられる形で、みんな羽ばたいて、空に消えてしまった。

ちょっと危なかったが、俺の作戦通りに。

あの蝶は生徒の残留思念みたいなものだったから、きっかけさえ得れば、消えてしまうのは早かった。

蝶の消滅《しょうめつ》と同時に羽黒の胸にあった蕾《つぼみ》はみるみる花開いて、結晶化《けっしょうか》し、さっき俺が手折《たお》ったところだ。

「ねえねえ、羽黒っち。秘密の部屋を開ける呪文《じゅもん》は、やっぱりアブラカダブラ？　それとも開けゴマ？」

「秋庭さんも、ほら、見てください！」

羽黒は鈴木の発言を見事に聞き流して、いつの間にかラジオ体操に変じた動きを俺に見せる。

もう俺は苦笑《くしょう》するしかなかった。

そして、思い出す。

あの、蝶の群れの中でひとつだけ異質だった、風景《きおく》。

そこは、ひどく暗くて。周囲には押しつぶされそうな漆黒《やみ》しかなくて。

その中で少女は息を潜《ひそ》め生きていた。

光など、少女は知らなかった。

でも、ある日。

ほんの少し。ほんの一瞬。ほんの隙間《すきま》から、少女が見たのは。

高く高く、蒼《あお》く青い空。

それを見たら急に胸が苦しくなって、その空に少女は細い腕《うで》を、小さな手のひらを懸命《けんめい》に伸《の》ばした。

空に手が届くことはなかったけれど、でも、きっと少女は、そのとき光の破片《かけら》を掴んだのだ。

いつか、彼女が羽ばたくことを決めた時、暗い道を照らしてくれる光を。

あの記憶《きおく》の持ち主は羽黒に違《ちが》いなかった。

だからこそ、俺はあの蝶を導けるのは羽黒だけだと判断したのだ。

それとなく、羽黒の手に視線を走らせれば、その右手の小指の付け根には小さなほくろがあり、それは少女の手にあったのと同じで。

「羽黒は、ちゃんと自分で飛んだんだな」

羽黒はちゃんと、自分の力で光の中に踏《ふ》み出して、今ここにいる——だから、俺はあの賭けに勝つことができた。

眼差《まなざ》しと共に向けた俺の言葉に羽黒は、不思議そうな顔をしたけれど、でも、最後には笑って、頷《うなず》いた。

「二人だけでなに笑いあってるのさー。ぼくも交ぜてよ!!」

それを見た鈴木の抗議《こうぎ》は聞こえないふりで押し通したのだった。

結局、俺達が最後のエンブレムを見つけられたのはその一週間後のことだった。

秘密の部屋の引き出しは、やはり三分の一は確認《かくにん》することが出来ず、俺達は諦《あきら》めたのだが、
最後の一つはそこにもなかったのだ。

それが見つかった場所は、理事長室のドアの蝶番《ちょうつがい》の裏側。

「ああー、花には蝶、蝶には花ってことかー」

したり顔の鈴木を除いて、俺達は体中の力が抜《ぬ》けていくのを感じた。

それまでの一週間の、俺達の下僕《げぼく》生活については、一生口にしたくない。

COLUMN/PAPER

ひとりごと［パー］

下僕生活は本当に悪夢そのものだった。
俺の手は鈴木の為にあるわけではないというのに、
朝は鈴木の机を磨かされ、昼は購買にイチゴ牛乳を買いに行かされ……
ああ、これ以上はもう思い出したくもない。
だが、この悔しさをバネに、俺は必ず生徒会長の椅子を手にしてみせる!
新たな誓いを胸に俺は手のひらを空にかざしてみた。
真昼の空に星はまだ見えないが、広げたこの手にもしも星が落ちてきたら――
絶対に鈴木にぶつけてやる!!

ホシニノバステ

目を閉じたら、目の裏で星が光った。

だれかと一緒《いっしょ》に見たいと思ったけど、だれにも見せられなかった。

わたしだけの星。キラキラ星。

どうしたら、みんなにも見せられるだろう。

この星の光を伝えられるだろう？

テレパシーなら伝わるかな？

心と心で伝えあえれば。

わたしの星をみんなの星にできるかな。

1

二月も半分以上消化したある日。

「このままじゃ、赤字だ」

叶野学園高校の生徒会会計を務める尾田一哉は告げた。

そして、生徒会室にいる全員——俺、桑田、羽黒——の顔を見渡《みわた》していく。その双眸《そうぼう》にいつもの穏《おだ》やかな光は既《すで》に無く、真剣《しんけん》を通り越《こ》して気魄《きはく》に満ちた眼差《まなざ》しに、俺達はまず姿勢を正し、それから息を詰《つ》めた。

「赤字、だよ？　僕はそんなことにならないように、しっかり予算を計上したはずなのに」

尾田は視線を俺達に据《す》えたまま、苛立《いらだ》った声で話を続け、その間にも室内の空気は張りつめていく。

生徒会臨時採用の羽黒花南が普段《ふだん》とは違《ちが》う尾田の様子に、困惑《こんわく》と警戒《けいかい》をないまぜにした表情を浮《う》かべて、隣《となり》に座る書記の桑田美名人の腕《うで》に手を置けば、桑田も不安そうにその手を握《にぎ》り返す。

そんな二人に大丈夫《だいじょうぶ》だというように目配せをし、意を決して俺——秋庭多加良——は口を開いた。

「その赤字は、本年度の予定になかった色々な行事に金がかかったからだな？　賞品付きのドッジボール大会とか、冬の肝試《きもだめ》しとか」

いまこの場にいない、その〝色々な行事〟の提案者を思い出して、俺は知らず拳《こぶし》を握っていた。

「ようするに、鈴木のせいだ」

尾田の肯定《こうてい》を待たずに、俺が断定すれば、尾田は頷いた。

「八割はね。でも二割くらいは生徒会長《すずきくん》を止められなかった僕達にも責任がある」

俺達にも責任があると言う尾田に俺は反論を試みようと思ったが、その両手が俺以上に固く握りしめられているのを見て、声を飲み込んだ。

「だから……今週末に臨時バザーを開くから」

そして、それは提案ではなく、決定事項《じこう》として伝えられた。

告げられた俺達は顔を見合わせ、それから同時に首を巡《めぐ》らせて、壁《かべ》に掛《か》けられたシンプルなカレンダーを見た。

「あの……バザーというのは楽しそうですが、あと四日しかありませんよ？」

尾田の言葉を受けて、おそるおそる、半分桑田に隠《かく》れるようにしながら、羽黒が尋《たず》ねる。

「そんなことはわかっているよ。でもバザーはやるから。それと……生徒会《ぼくたち》も会場管理以外に模擬《もぎ》店をやるつもりだから、みんな協力よろしく」

これから三月にかけて三年生を送る会だとか、卒業式といった行事が俺達を待ち受けていることは知っているはずなのに、尾田の答えに迷いは微塵《みじん》もなかった。ただ恐《おそ》ろしいばかりの気魄が声にも体にも満ちているだけで。

「けど、何の準備もしていないのに、間に合うかしら？」

「間に合わせるんだよ。僕達ここ数ヵ月で、かなりそういうの得意になったよね」

念のため、という調子で桑田が問えば、尾田は更《さら》に鬼気《きき》迫《せま》った表情をそちらに向けて、桑田は凍《こお》りつき、その背中に羽黒は隠れた。

本当に、尾田は会計としての迫力《はくりょく》がついた。

「いや、でも、せめてもう一週間準備を……」

それでも俺が食い下がろうとすれば、尾田は窓の外の凍《い》てついた空気よりも冷たい一瞥《いちべつ》をくれて——俺はこの場は沈黙《ちんもく》するという、英邁《えいまい》な判断をした。

「じゃあ、臨時バザーは今週末に開催《かいさい》ってことで決定だね」

声こそ穏やかさを取り戻《もど》していたが、その目は血走っていて、そんな尾田に、逆らえる者がいるはずもなく、こうして臨時バザー開催は決定した。

2

尾田の宣言から四日後。

本来先頭に立ってキリキリ働くべき鈴木が、屋上で懐中電灯《かいちゅう》を振り回すという、いつも通りの奇行《きこう》に出ていても、尾田の計画通り臨時バザーは開催の日を迎《むか》えた。

会場となった体育館は開始から二時間が経《た》ち、それなりに人で溢《あふ》れていた。

「……意味が、わからない」

だが、その一隅《いちぐう》で俺は手の中にある物——中国服、いわゆるチャイナ服を見つめながら呟《つぶや》いていた。

「意味ならあるよ。これから〝茶店かのう〟は〝叶野茶館《さかん》〟にチェンジするんだから」

手の中のチャイナ服をじっと見つめる俺に、尾田は笑顔《えがお》でそうのたまってくれたが、俺はそれに頷《うなず》かなかった。

「ところでさ、パンダはどんな鳴き声なのか花南っちは知ってる？」

「パンダの鳴き声ですか？」

そんな俺の隣《となり》では羽黒とパンダの着ぐるみが会話をしていた。一見平和な光景だが、心を更に乱すパンダから、俺は目を逸《そ》らした。

そうして、自分がなぜ今、チャイナ服を手にしているのか、時系列に沿って、改めて記憶《きおく》を遡《さかのぼ》ってみる。


まず、午前九時。バザー開始と共に、叶野学園生徒会執行部《メンバー》による模擬店――〝茶店《ちゃみせ》かのう〟は開店した。この店の企《き》画《かく》準備は桑田がほぼ一人で行ったから、桑田の好みで喫茶店《きっさてん》になったことには納得《なっとく》していた。

今日の役割分担を決めたのももちろん桑田だ。当然、厨房《ちゅうぼう》担当は桑田、俺と羽黒が給仕、尾田は客の案内と会計という風に。メニューというか、出すお茶は午前は緑茶、昼は中国茶、三時からは紅茶と、桑田はそこにもこだわりを見せた。

そして、今朝会場に着くと同時に和服と前掛《まえか》けを渡《わた》され、着るように言われた。和服で給仕して貰《もら》うから、という決定事項と共に。

俺はなぜ制服にエプロンではいけないのかと首を捻《ひね》りながらも、指定された和装で午前の仕事をこなした。ちなみに羽黒と桑田は着物にエプロンという仕《し》度《たく》で、大正《たいしょう》風のカフェスタイルだった。

桑田の振《ふ》る舞《ま》うお茶と菓《か》子《し》のうまさはすぐに会場内で噂《うわさ》になり〝茶店かのう〟は会場でも一、二を争う賑《にぎ》わいを見せながら、午前の部を終了《しゅうりょう》した。

昼の部は十一時半から。ということで、休憩《きゅうけい》しながら体育館の角の一画を仕切るパーティションーーこれに囲まれた範囲《はんい》が俺達の喫茶スペースになるーーの隙間《すきま》から会場の様子を窺《うかが》っていた俺は、人の流れを意外に器用にかき分けて、こちらに向かって来るモノに気付くと腰《こし》を浮《う》かした。

「尾田、今すぐ店の入口にバリケードを作る。手伝ってくれ」

そう指示しながら、俺は客席から椅子《いす》を移動させるべく動き出そうとした。

「多加良、残念ながらもう間に合わないよ」

「尾田、諦《あきら》めるな。まだ間に合……」

尾田の声に半分振り向いたところで、俺の視界は白と黒の毛皮で埋《う》め尽《つ》くされた。

いつの間にか俺の背後にはーーしかもこの俺に気付かれないようにーーパンダ、がいた。いや、正確にはパンダの着ぐるみを着たおかしなヤツが。

「だーれだ?」

両腕《りょううで》に大きな紙袋《かみぶくろ》を提《さ》げつつ、腰に手を当て、能天気に訊《き》いてくるパンダに、俺を含《ふく》め全員が沈黙した。ただし、それは驚《おどろ》いたからではなく、いつも通りの反応としてだ。こんなパンダの着ぐるみを学園内で着る人間の心あたりなど俺達には一人しかいなかった。

「……鈴木さん、ですよね」

誰《だれ》も問いに答えないのを憐《あわ》れに思ったか、

「ぴんぽんぴんぽーん! さっすが、羽黒っち。そこの多加良っちとはひと味違《ちが》うね!」

羽黒が答えてやれば、鈴木パンダは調子に乗って、俺に対して大変無礼な発言をする。

「鈴木、パンダの着ぐるみが着たいなら、遊園地にでも行け。そして金を稼《かせ》いでこい」

「そうね、私も秋庭君に賛成だわ」

尾田がため息を吐《つ》き、羽黒が俺の顔色を窺いおろおろとする中、桑田だけが俺に賛成票を投じてくれた。

ついでに冷たい一瞥《いちべつ》を向けられれば、鈴木パンダはそれで怯《ひる》むはずだった。けれど、鈴木パンダは怯むどころか一歩前に踏《ふ》み出して、桑田にその着ぐるみの顔を近付ける。

「……美名人っち、いいの？　ぼくは彩波っちから頼《たの》まれて、アレを届けに来たんだよ？」

次の瞬間《しゅんかん》、ボタンのようなパンダの瞳《ひとみ》に怪《あや》しい光が宿ったのは気のせいだと、俺は思いたかった。

「……アレ、用意出来たのね？」

その発言を受けて、逆に桑田は一瞬怯《ひる》み、それからほんの少し唇《くちびる》を持ち上げて、怪しく笑《え》んだ。それは今まで見たことのない類《たぐい》の笑い方で、悪いことにはよく働く俺の勘《かん》は、その時点で警報を鳴らし始めていた。

「アレはこの紙袋の中だけど、どうする？」

腕に提げていた大きめの紙袋を鈴木が見せつけるようにすれば、

「ありがたく、受け取るわ。パンダさんごゆっくりどうぞ」

桑田はなんと、鈴木パンダに軽く頭を下げてそれを受け取った。我が目を疑う光景だ。

「秋庭さん、尾田さん。アレというのは何でしょう？　も、もしかしてアレキサンダー大王の宝物でしょうかっ！」

俺と同様二人の──今この場にいない、叶野学園理事長子女、和彩波も数に入れるなら三人だが──企《たくら》みを知らされていない様子の羽黒は、胸の前で手を組みながら、やや興奮した声を発する。その感情に呼応するように、羽黒の長い三つ編みがピンと伸《の》びて見えるのは、相変わらず不思議な現象だ。

「いや、それはないから……アレからアレキサンダーって、相変わらずだね、羽黒さん」

「……羽黒、昨日は世界史の勉強か？」

尾田に続いて、期末テストが近いことを思い出しながら俺が問いを向ければ、羽黒は素直《すなお》に頷《うなず》いた。

そんな風に、羽黒に冷静に対応しながらも、俺は桑田の腕の中に収まった紙袋から目を離《はな》さない。

「羽黒、あの紙袋から怪しい気配がしないか？」

霊感《れいかん》少女という触《ふ》れ込みで転校してきて、俺よりもその手のことにはずっと敏感《びんかん》なはずの羽黒に問いかけてみたが、

「？　悪いものの気配は感じませんよ？」

羽黒の答えは俺の期待《きたい》に添《そ》わなかった。

だが、いつまでも二人を見つめていても埒《らち》が明かないので、俺は思いきって口を開く。

「桑田、その紙袋の中身はいったい何だ？」

「ただの貸衣装《かしいしょう》よ」

桑田は極《きわ》めて簡潔に答えたつもりだろうが、俺達は揃《そろ》って首を傾《かし》げた。

「貸衣装？　……もしかして、鈴木が着ているようなアレか？」

視界の外に追いやりたいその姿を示しながら問えば、それには桑田は首を振《ふ》った。

「でも、ぼくのパンダも彩波っちが貸してくれたんだけどね！　似合うでしょ！」

「……着ぐるみに似合うも似合わないもないと思うけど」

くるりとその場でターンを決めてみせる鈴木を見ながら尾田は冷静に言ったが、俺の嫌《いや》な予感はまだ消えていない。

「パンダ、も？」

微妙《びみょう》な言い回しに俺の勘は反応を示す。

「うん、みんながチャイナ服を着るならぼくはパンダって言ったら出してくれたのさ！」

そして、その台詞《せりふ》を聞いた瞬間、俺はフリーズした——チャイナ服を着る？

「あの、チャイナ服ってなんのことですか？」

動かない俺を横目に見ながらも、迷った末、羽黒はおずおずと桑田に問いを向ける。

「ああ、花南ちゃん。私達がこれから着る服のことよ」

桑田はこぼれた髪《かみ》を耳にかけながら、至極《しごく》あっさりと羽黒に答えた。

「これから、着る？」

その言葉を受けた羽黒は、ふいに餌《えさ》を取り上げられたハムスターのような顔で、小さく首を傾げた。

「なるほど、わかった。十一時半から十五時までは〝叶野茶館《かのうさかん》〟だから、だ。うん、いいんじゃないかな」

その隣《となり》で尾田がしたり顔で笑えば、桑田は正解だと告げる代わりに満足げに頷いた。

そうか、中国茶を振る舞《ま》うから名前もそれ風に変えるのか、と、そこまでは俺も理解した。

「あ、わかりました。〝叶野茶館〟の店員はこのチャイナ服を着る決まりなんですね！」

ぽん、と羽黒が手を打ってそう言えば、

『その通り！』

桑田と鈴木は仲良く声を揃えて頷いた。そして、桑田は鈴木から受け取った紙袋《かみぶくろ》の中から一回り小さな紙の袋を取り出して、羽黒、尾田の順で配っていって。

「はい、秋庭君」

最後に桑田は謎《なぞ》の微笑《ほほえ》みを添えながら、俺の胸にその紙袋を押しつけた。

「あ、あと彩波っちからお手紙預かってきたから読むよ——多加良ちゃん、尾田ちゃん、花南ちゃん……オマケに美名人ちゃん、こんにちは。今日は彩波は用事があってバザーには行けないの。でも頼まれたチャイナ服はちゃんと用意したので鈴木くんに預けるね。家に、着ないであった物だから、レンタル代はいらないよ。だけど後でこれを着た多加良ちゃんの写真だけはちょうだいねっ！　絶対絶対よろしくね！　それじゃあまたね——だってさ！」

パンダのもこもこした手で鈴木はちゃんと手紙を元通りに畳《たた》むと、桑田に手渡《てわた》した。

「ということで、開けてみましょう」

「やっぱり、彩波さんは太っ腹だな」

「どんなチャイナ服でしょう？」

そして、俺がその紙袋をじっと見つめている間にも、和気藹々《あいあい》と会話を交《か》わしながら、三人はさっさと紙袋を開けていく。

結果、一分も経《た》たない内に三人の手にはチャイナ服が出現していた。

それは恐《おそ》らく、日本人が最もイメージしやすい形のチャイナ服だった。右開きの上着は腰《こし》までの丈で、ドレスのようにはなっておらず、同じ色の光沢《こうたく》のあるパンツを穿《は》くようになっていて、動きやすそうではあった。

桑田には藤色《ふじいろ》の、羽黒には縹色《はなだいろ》のチャイナ服で、尾田には女子とは少しデザインの違《ちが》うカンフー服に似た感じの黒の上下。

「中々いいね。ほら、多加良のも見せてよ」

「秋庭さんのは何色ですか？」

尾田と羽黒に加えて、桑田にも無言で視線のプレッシャーをかけられては、俺もさすがに紙袋を開けないわけにはいかなくなった。

「……まずは見るだけ、だからな」

一応保険をかけておくことは忘れない。

　そうして、中から現れたのは、尾田とは違い、光沢のある黒地で裾《すそ》が膝《ひざ》まであるチャイナ服。襟《えり》や袖口《そでぐち》には朱色《しゆいろ》の縁取《ふちど》り、裾には五本爪《づめ》の龍《りゆう》の刺繡《ししゆう》。

「あら……彩波さんにしては、いいセンスね」

　桑田は顎《あご》に手を押し当てながらそう言ったが、俺は即座《そくざ》に袋の中にそれを戻《もど》した。

「いいセンス？　俺がこれを着たら、客足が遠のくぞ」

　これを着た自分を想像するに、悪人顔の俺はどう控《ひか》え目に表現しても〝暗黒街の顔役〟以上には見えないと思う。そんな人間が接客なんて大問題だ。

「大丈夫《だいじようぶ》だよ、多加良」

　だが、尾田は全員を代表して、何の根拠《こんきよ》も示さずにそう言うと目を細めてみせた。

「みんなで着れば、ユニフォームだから」

「……意味が、わからない」


　以上、長々と記憶《きおく》を遡《さかのぼ》ってみたが、やはり俺はこのチャイナ服に意味を見出《みいだ》せず、

「俺には、意味がわからない」

　もう一度俺は呟《つぶや》いた。

「だから、これから〝叶野茶館〟になるからよ？」

　すると今度は桑田から諭《さと》すような声と視線を向けられる。俺は助けを求めて首を巡《めぐ》らせたが、

頼《たの》みの二人の内、羽黒はチャイナ服を胸に抱《だ》いて楽しそうで、尾田はその仕事を称《たた》えるように鈴木の肩《かた》に手を置いていて。俺は四面楚歌《しめんそか》の状況《じょうきょう》を改めて認識《にんしき》する。

「……ユニフォームなら制服だって」

「それじゃ、赤字を回収する程《ほど》の収益は望めない。やるなら客の目を惹《ひ》くものがないと」

それでも食い下がろうとする俺に、尾田ははきはきと語ってくれた。ある意味、経営者の台詞《せりふ》で、俺につけ込む隙《すき》を与《あた》えないのは中々だ。でも、俺はまだ諦《あきら》めるつもりはない。

「多加良……赤字の決定打になったのはさ、この間の城下《しろした》さんと科学部の件なんだ。その時言ったよね、この損失をバザーで補填《ほてん》する場合は一生懸命《けんめい》客寄せをするって」

しかし、俺が胸に燃やした闘志《とうし》を見抜《みぬ》いたかのように、尾田はその約束を持ち出した。

「確かに言ったんでしょう？」

「尾田だけでなく、桑田にも眼前に迫《せま》られて——その一種異様な二人の迫力《はくりょく》に、傍《かたわ》らの羽黒までがおののけば、

「……着替《きが》えて、くる」

俺は膝を屈《くっ》するしかなかった。

「ねえねえ、パンダの鳴き声ってさー」

鈴木の能天気な声が今日ほど腹立たしかったことはない。

一人で着替える場所を探して——自分でその悪役じみた仕度《したく》を確認した後でなければ、人の目に触《ふ》れさせることは憚《はばか》られたからだ——俺は体育館から近い新東棟《ひがしとう》の教室をその場所に選んだ。

3

そうして、着替え終わり、窓に映った自分を見てみたが、予想通りこの衣裳《いしょう》は俺の悪人顔に拍車《はくしゃ》をかけていた。

「……雑魚《ざこ》キャラに見えないだけ、ましか?」

そんなことを呟きながら教室の外に出て、俺はいつもより視界がぼんやりとしていることに今更《いまさら》気付き、慌《あわ》てて眼鏡《めがね》をかけた。

しゃらん

その次の瞬間《しゅんかん》、俺の耳には鈴《すず》の音のような、金属の擦《こす》れる音が聞こえて。

でも俺は、それを気のせいにして歩き出す。靴《くつ》までもチャイナ仕様になっていたが、これはこれでリノリウムの床《ゆか》でも音がしなくていいなどと思いながら。

しゃらん、しゃらしゃらしゃん

しかし、その音はしつこく、俺の耳朶《じだ》をくすぐろうとするように繰《く》り返し鳴らされて、

「……うっとうしい真似《まね》をするくらいなら、姿を見せろ」

結局俺は足を止めて、誰も歩いていない廊下《ろうか》の中空に視線を据《す》えた。

「妾《わらわ》なら、こっちだがのう？」

けれど、声は鈴のような音がしていたのとは真逆の方から降り注いできて、俺は面倒《めんどう》に思いながらもそちらを向いた。そうすれば、今度こそ、そこにはアレの姿があった。

銀色の絹糸のような髪《かみ》は踝《くるぶし》までも届き、双眸《そうぼう》は太陽の光を写し取ったような黄金色《きんいろ》。紅い唇《くちびる》は常と同じように笑《え》みを形作っている。両手と両足には白金の連環《わ》が嵌《はま》っていて、女が動く度《たび》にしゃらしゃらという鈴に似た音を立てるのだ。

俺の眼前に佇《たたず》む女は確かに美しいけれど、それは人ではないから備えられるものだろう。

叶野市限定でだが、不可視の力を振《ふ》るうことの出来るこの女は、名を〝かのう〟と言う。ただし、外見の美しさに反比例するように中身は一筋縄《ひとすじなわ》ではいかない腹黒さだ。

「……前言撤回《てっかい》だ。今すぐ消えろ」

そして、俺は今日のかのうの衣裳を確認すると、少々うんざりしながらそう言った。

「何故《なにゆえ》に？　せっかく今日はしゃれた着物を選んだというのにのう？　多加良と同じで妾もとても似合っているであろ？」

明らかにからかいを含《ふく》んだ声と瞳《ひとみ》でそんなことを言われても、一ミリ、いや、一ナノ程《ほど》の説得力もないということが、かのうにはわからないらしい。

いったいどこから調達したのか——そもそも俺が接しているかのうは実体ですらないのに——今日のかのうは、俺が着ているチャイナ服と生地《きじ》から模様まで同じ物を着込んでいた。違《ちが》いはかのうの方は完全なチャイナドレスでズボンが付いていないところくらいだ。

この服は、やはりかのうの嫌《いや》がらせだったらしい。

「用事はそれだけか？」

この問いにかのうが頷《うなず》いたら、当たらないことは承知した上で、それでも拳《こぶし》を振るってもいいはずだ。そんな風に、少々物騒《ぶっそう》な思考をしながら俺が問えば、

「うむ。……しかし、せっかくお揃《そろ》いなのにのう。妾の宇宙の神秘ともいうべき美しさがわからぬどころか褒《ほ》めてもくれぬとはのう。……多加良はまだまだお子様だのう」

予想通りふざけた台詞が返ってきて、俺は拳を固めた。

「……宇宙の神秘？　ああ、確かにお前の頭の中は宇宙人でもなければ覗《のぞ》けないだろうな」

「ほほ、宇宙人も妾の美しさは理解すると思うがのう。理解できぬのはお子様な多加良くらいかのう？」

軽く皮肉《ひにく》れば、何が面白《おもしろ》いというのか、かのうの唇には更《さら》に深い笑みが刻まれる。ついでに俺が黙殺《もくさつ》しようとした一言をご丁寧《ていねい》に繰り返してくれた。

「俺は、ガキじゃないぞ？」

「そうかのう？　むきになるところが怪《あや》しいのう？」

だめだ、ここで挑発《ちょうはつ》に乗ったら負けを認めるも同然だ。ここは大人の余裕《よゆう》を見せつけるところだ。そう、その方が拳を振るうよりもきっと効果的だ。

「……用がないなら俺は行く」

そして、俺は踵《きびす》を返しこの場から離《はな》れるという、最善の方法を選んだ。

「まあ、此度《こたび》はお子様の多加良の方が、子どもが心がわかっていいかもしれぬのう？」

だが、かのうは俺を引き止める台詞の代わりにそんな呟《つぶや》きを俺の背中に落とす。

「また何か企《たくら》んでいるのか？」

正直今日は、桑田の経営戦術で既《すで》に手いっぱいで、かのうが持ち込んでくる厄介事《やっかいごと》に対処する余力はない。それでも、振り返らずにいられないのは、かのうの持ってくる厄介事には〝願いの植物〟という要素が絡《から》んでくることが多いからだ。

「さてのう？　妾はお洒落《しゃれ》をして、ばざーとかいう市の様子を見に来ただけだからのう？」

しかし、かのうは肩《かた》に零《こぼ》れた髪をうっとうしそうにかき上げながら、再び俺をはぐらかすような台詞《せりふ》を口にして。

そのくせ、肩越《かたご》しに振り向いた俺の顔に、黄金色の双眸はしっかりと据えられていた。

「本当に、用事はそれだけか？」

だったら、俺に顔を見せる意味はあるのかと言外に俺は尋《たず》ねたのだが、

「妾は楽しいことが好きなだけだからのう」

かのうは答えになっていない言葉と共に小首を傾《かし》げて見せ——直後、現れた時と同様、突然《とつぜん》空中から姿を消した。

しゃらしゃらん、という連環の響《ひび》きだけをその場に残して。

かのうの楽しいこと＝俺にとっての厄介事という数式が、かのうの消えた空中に一瞬見えた

気がした。だが、俺はその幻覚《げんかく》を慌てて振り払《はら》った。本当に今日ばかりは、これ以上の面倒は避《さ》けたい気分なのだ。

「……しまった。開店時間」

気付いて時計を見れば、開店時間を少し過ぎていた。思いがけず時間をとったせいだ。ようするに、かのうのせいだ。

だけど俺は、走り出す代わりに、近くのダストシュートを探した。

「使うのは、ちょっと久し振《ぶ》りだな」

独りごちながら、俺は目当てのダストシュートを見つけるとその取っ手に手をかけた。続いて、そのダストシュートの中に足から滑《すべ》り込む。

そうすれば、一見人間が通り抜《ぬ》けられそうにないが、中は秘密の抜け道になっているダストシュートは、滑り台の要領で一気に俺を階下へと運んでくれた。

代々の生徒会メンバーしか知らないこのルートを積極的に使っているのは今は俺だけだ。慣れれば楽しいと思うのだが、尾田達には不評なのだ。急いでいる時は特に便利なのに。

そうして、見事に地面に降り立った俺は、再び体育館へと急いだ。

だから、さっきまでいた二階の廊下《ろうか》に、俺を見る一対《つい》の目があったなど当然知らず、

「い、今まであそこにいたのに、もう一階にいる……やっぱり宇宙人だもの」

そんな呟きのことも当然知るよしもなかった。

4

〝叶野茶館〟と掛《か》け替《か》えられた看板を見て、俺は一つだけため息を吐《つ》いた。

「もう、腹を括《くく》るしかないか」

入口を通り抜ければ、既に客は入っていて、尾田達も着替《きが》えを済ませ、働き始めていた。全員違和感《いわかん》なくチャイナ服を着こなしていて、俺はより一層の所在なさを感じる。

そのまま踵を返したくなったが、だが次の瞬間《しゅんかん》、両手にお茶と菓子《かし》の載《の》った盆《ぼん》を持った羽黒が俺の目の前を通り過ぎ、

「あっ、きゃあっ！」

何の予告もなく、躓《つまず》くものなど何もないところでいきなり転倒《てんとう》した。

「お、おおおーっ」

「さすが副……秋庭」

羽黒が取り落としたお盆をお茶ごと、床《ゆか》スレスレで受け止めてみせた俺には、称賛《しょうさん》の声が浴びせられる。ああ、今日初めていい気分だ。

「す、すみませんっ！　秋庭さん、大丈夫《だいじょうぶ》ですか？」

「ああ、俺もお茶も無事だ。だから、とにかく盆を受け取ってくれ」

スライディングの体勢で両手に盆を持ったままでは、さすがに俺も立ち上がれない。

「は、はいっ！」

そう言えば、羽黒は大きく二回頷《うなず》いた後で、俺の手から盆を受け取った。

「俺はもういいから行け。客を待たせるなよ？」

俺が立ち上がってもまだ、申し訳なさそうに項垂《うなだ》れている羽黒を促《うなが》せば、

「はいっ！　も、もう転びません！」

真剣《しんけん》故に、眉《まゆ》を八の字に寄せて、羽黒は慎重《しんちょう》な一歩を踏《ふ》み出した。あまりに慎重すぎて効率は悪そうだが、こぼしてしまうよりはいいだろう。

そうして、長い三つ編みまでも緊張《きんちょう》しているように見える羽黒の背中を見ながら、俺は諦《あきら》めのため息を吐いた。

明らかに午前よりも客席が埋《う》まっているこの状態で、羽黒がてんぱった日には目も当てられない事態になることは、たった今、身をもって証明された。

だから俺も注文を受けるべく客席へと向かおうとしたのだが、そこで俺は例のパンダがいないことに気付いた。

鈴木がいないに越したことは無いが、あいつだけのうのうと遊んでいると思えば、それはそれで腹立たしいのも事実だ。

「尾田、鈴木のヤツはどこに行った？」

「ああ、鈴木くんなら〝客寄せパンダ〟に任命したから」

近くを通った尾田に問えばそう答えが返ってきて、確かに、パンダに一番相応《ふさわ》しい仕事に納《なっ》

得《とく》し、俺は改めて客席へと足を向けたのだった。

その子どもが〝叶野茶館〟に入って来たのは、俺が再び給仕を始めて三十分が経《た》った頃《ころ》だった。

小学校の中学年くらいの子どもがたった一人で入って来た為《ため》、俺の視線は数秒少女に向けられた。

子ども自体はバザー会場でも〝叶野茶館〟でもそれなりに見かけていたし、別に問題ない。でも、殆《ほとん》どが保護者同伴《どうはん》であったから単独行動の少女は俺の目をひいたのだ。

そして、ふと俺と目が合うと子どもはびくりと一瞬肩《かた》を震《ふる》わせ、そのまま俺の方を見ながら、空いているテーブルに場所をとった。

腰《こし》を下ろしても尚《なお》、その視線は俺から外れない。仕方が無いので、俺の方から目を逸《そ》らせば、少女は小さく息を吐いてようやく肩の力を抜いた。

それから、テーブルに置かれていたメニュー——といっても、三種の中国茶と三種の菓子のセットしか無いのだが——の検討に入る。

と見せかけて、メニューの陰《かげ》から再び俺の様子を窺《うかが》っている。

その視線に若干《じゃっかん》の居《い》心地《ごこち》の悪さを感じながら、俺は記憶《きおく》を探《さぐ》ってみる。だが、俺のかなり優《すぐ》れた記憶力《データ》の中にこの少女の面影《おもかげ》はない。左右二本の三つ編みにされた髪型《かみがた》にも、ラビットフアーのショートコートがよく似合う、可愛《かわい》らしい顔立ちにも覚えがない。

故《ゆえ》に、あんな眼差《まなざ》しを向けられる覚えもないのだが、このまま放《ほう》って置いても事態は解決しないだろう。俺はグラスに水を注ぐと、その少女の下へと向かった。

俺がテーブルに近付いていくと、少女は慌《あわ》ててメニューごと横を向いたが、俺はかまわずグラスをテーブルに置くと、

「いらっしゃいませ。ご注文はお決まりですか？」

まずはマニュアルに添って、注文を訊《き》いた。

「え、あっ。ええと……」

メニューを見るふりをして俺を見ていたのだから、当然注文が決まっているはずもなく、少女はうろたえて周囲のテーブルを見回す。

その首の動きを三つ編みが追っていくのを見つめながら、俺は軽く眼鏡《めがね》のフレームに触《ふ》れた。

この少女が俺に用事があるのは間違《まちが》いないと思うのだが、まだ用件はわからない。だからといって、下手にこちらから尋《たず》ねても警戒《けいかい》されるだけだろう……何しろ今の俺は暗黒街の顔役なのだから。

そんな風に俺が次の手を考えあぐねている間に、少女はふいに動きを止めた。その視線を追っていけば、中国風の蒸《む》しパンにかぶりつく子どもの姿があった。

「プーアル茶と蒸しパンのセットでよろしいですか？」

眼鏡の位置を直しながら、俺が確認《かくにん》の為に問えば、少女は弾《はじ》かれたように振《ふ》り向き、そのま

ま俺の顔を仰《あお》いだ。

「テレパシー……やっぱり、本物、だ」

そして、謎《なぞ》の呟《つぶや》きと共に向けられたその瞳《ひとみ》に、子ども特有のキラキラした感情《ひかり》を見て、俺は一瞬それに飲まれる。

「……お客様？　プーアル茶のセットで？」

だが、すぐに我に返ると、もう一度問い直す。これから彼女と話をするにしても、まずは注文を取っておかなければならない。ここが〝叶野茶館〟である以上。

「あ、はい。あのそれは……あなたが運んできてくれますか？」

「はい」

俺が頷《うなず》けば、少女は胸を撫《な》で下ろして、椅子にきちんと座り直した。

「では、少々お待ちください」

そう言いながら踵《きびす》を返せば、俺の背中にはさっきの様子を窺うようなものとは異なる、いわば期待に満ちた眼差しが送られてきて。

本来ならば歓迎《かんげい》すべき類《たぐい》の視線なのだが、俺はまたもや嫌《いや》な予感を覚えていた。

プーアル茶に中国風の蒸しパン付きで、350円のセットと共に再び俺が近付いていくと、少女は三つ編みを弄《いじ》る手を止めて、顔を上げた。その顔はやはり期待に満ちていて、頰《ほお》はさっきよりも心なしか上気している。多分、暖房《だんぼう》のせいではない。

「プーアル茶セット、お待たせしました」

嫌な予感はしているが、自分から係《かか》わってしまった以上逃《に》げるわけにもいかず、俺は小さな盆《ぼん》ごと少女の前にお茶と菓子《かし》を置いた。

少女は、お茶と菓子にちらっと目をやったが、すぐに俺に視線を戻《もど》すと、

「あの、これは宇宙食ですか？」

意表を衝《つ》く問いをぶつけてくれた。

「……はい？　これはあえて言うなら、中国料理で、普通《ふつう》の食べ物だ」

思わず、給仕の口調を忘れて俺は言った。

「あ、ああ。そうですよね。今は地球人として暮らしているんですね」

だが、少女の言葉は更《さら》に意味不明の度合いを増している。

「あー、ここはお茶が冷めないうちに飲め」

もしかしたら、俺が厨房《ちゅうぼう》にいる間に、少女が動揺《どうよう》するような出来事が起こったのかもしれない。ああ、きっとそうだ。ならばお茶を飲めば落ち着くだろう。

しかし、俺が勧《すす》めても少女はお茶に手をつけなかった。代わりに、ゆっくりと椅子から立ち上がり、俺の正面に回ってくる。立ち上がってもその身長は俺の胸にも届いていない。

そして、少女は目《め》一杯《いっぱい》首を上げて、俺の顔を見つめると、息を吸い込み、

「宇宙人さん、お願いします！　どうか棗《なつめ》にテレパシーの使い方を教えてください!!」

一気に言葉を吐《は》き出し、勢いよく頭を下げた。

その大声に店内の客の視線が俺に集まる。

叶野茶館の狭《せま》い店内に響《ひび》き渡《わた》った〝宇宙人〟の声に、人々の眼差しはまず少女に注がれて、それから彼女が真っ直《す》ぐに見つめる俺へと移動し——その後しばらく店内は静寂《せいじゃく》に包まれた。

俺もまた、次に何を言うべきか迷い、沈黙《ちんもく》する——悪人顔の俺でもさすがに〝宇宙人〟と言われたのは初めてだったから、な。

その間も少女の頭は下を向いたまま。三つ編みの先の方は床《ゆか》に触《さわ》っていて、このままでは頭に血が上ってしまうのではと俺は危惧《きぐ》を抱《いだ》いて。

「えー、お客様、なんでもありませんので。引き続き当店のお茶をお楽しみ下さい」

まずはこの異様な沈黙を解消すべく、俺が客席に顔を向ければ、事態は一応の収拾を見せた。人々の視線も元へと戻ったが、小さな笑いと共に、それでもまだちらちらと俺達の方を見ている客もいる。

「とりあえず、顔を上げてくれ。で、それから自己紹介《しょうかい》だ」

それから俺は、この少女も見習ってくれるように声のボリュームを落としながらそう促《うなが》した。

「はい。んーと、でも宇宙人さんにはもう名前を教えましたよ？」

素直《すなお》に俺の言葉に従い顔を上げつつ、続いて少女はそんなことを言って首を傾《かし》げる。確かにさっき、下の名前を口走っていたが、それと自己紹介は別物だ——ちなみに、俺のことを宇宙人と呼んでいる点についてはとりあえず流す。

「いいから、礼儀《れいぎ》として名乗れ。ああ、俺は秋庭多加良だ」

「なるほど、それが地球人としての名前なんですね。棗は……ワタシは梶井《かじい》棗です！　よろしくお願いします！」

今度こそ名を名乗って、少女——棗はもう一度頭を下げた。そうして顔を上げると同時に、また俺を、ある種の希望と期待に満ちた瞳でもって見上げてくる。

「えーと、ちょっと、いいか？」

俺は挙手して、発言の許可を求めた。ああ、俺が喋《しゃべ》るのに許可なんてものは本来いらないのだが、今はそういう気分だ。

「ど、どうぞ、宇宙人さん！」

わずかに頬を緊張《きんちょう》させて、棗は頷いたが、俺がこれから言う台詞《せりふ》は、棗の期待を十中八九裏切るはずだ。

「いま名乗った通り、俺は秋庭多加良という名前で日本国籍《こくせき》をもつ日本人だ。故《ゆえ》に地球人というカテゴリー以外の宇宙人になった覚えはない」

眉間《みけん》に皺《しわ》を刻みながら、俺ははっきりと告げたのだが、棗はきょとんとした顔で見つめ返して来るだけだった。

「……あの、今のは宇宙語ですか？　棗はまだテレパシーが使えないので、お話しする時は日本語にしてください」

俺の言い方が悪かったのか、棗は俺の言葉を明らかに理解していなかった。俺達の会話そのものが嚙《か》み合っていない気も大いにするが、俺は仕方なくもう一度口を開いた。

「……俺は、宇宙人ではありません」

腰《こし》を落として目線も合わせ、はっきりと、滑舌《かつぜつ》もよく今度はわかりやすく伝える。

誤解は解けて、これで一件落着だ――そう考えるほど俺は楽観的ではなかったが、

「人間？　そんなの嘘《うそ》です！　だってこの顔は宇宙人の宇宙王子の顔だもの！　いまは地球にお勉強にきているんでしょ！」

棗は俺の予想以上に手強《てごわ》い相手だった。

また俺にわからない単語を――宇宙王子、ってなんですか？――織り交ぜながら、棗は俺の顔を指さしてまた大きな声で叫《さけ》ぶ。

いい加減、俺のこめかみもひきつってくるというものだ。

「静かにしろ、他《ほか》のお客様の迷惑《めいわく》だ。それから人様の顔を指さすんじゃない」

苛立《いらだ》ちを抑《おさ》えて、諭《さと》すように言えば、棗は慌《あわ》てて手を下ろして、それを背中に隠《かく》すと頭を下げた。基本的に素直らしい。というか、一連の発言もその純粋《じゅんすい》さ故だろう。

「わかればいい」

だから、俺も寛大《かんだい》に許してやる。

「ごめんなさい。宇宙人の宇宙王子！　だからジェントルビームは止《や》めてくださいね！　棗は女の子なのでおひげは嫌《いや》です！」

ただし、その妙《みょう》な誤解は未《いま》だ健在の模様。すいません、紳士《しんし》光線ってなんですか？

「ウル○ラマンもＭＩＢも宇宙人は自分の正体を隠して暮らすんですよね。でも、棗は他の人には言いません、秘密は守るもの。だから、テレパシーの使い方を教えてください！」

声を潜《ひそ》めてくれたのはいいが、棗の想像力《ストーリー》は依然《いぜん》加速中だ。俺は額に手をあてて、目眩《めまい》を堪《こら》えた。

もし、棗の表情に少しでも偽《いつわ》りやからかいがあったのなら、他の対処法もあっただろうが、問題はそれが欠片《かけら》ほども見えないから深刻だ。上手《うま》く解決しなければ、この少女をいたずらに傷つける結果になる。

とにかく、一足飛びに事態を解決するのは無理そうだ。これはじっくりと誤解を解いていくしかない。そうだ、いまこそ俺の素晴らしい交渉《こうしょう》術を応用するのだ。

「テレパシーの前に、まず、なぜ俺のことを宇宙人だと思うのか、説明してくれるか？」

怯《おび》えさせることのないよう注意を払《はら》いながらも、俺は棗の榛色《はしばみいろ》の瞳《ひとみ》を見つめて、まずそう尋《たず》ねた。

「わかりました。でも、テレパシーで棗の頭の中を覗《のぞ》いた方が早いと思うんですけど？」

「ちゃんと話してくれ」

小首を傾げる棗に俺は繰《く》り返した。どうやら棗は俺を宇宙人だと思うのと同時に、テレパシーが使えると思い込んでいるらしい——多分、棗の抱《いだ》く宇宙人像がそういうものだからだろうが。

「ええと、宇宙王子はさっき宇宙メガネを使って、テレパシーで宇宙人と交信していました。

それからワープもしました。……棗は見たんですよ」

一応さっきの〝秘密を守る〟という話は覚えていてくれたらしく、俺の耳元で囁《ささや》きかけるように棗はそう話してくれた。

「残念ながら、俺はテレパシーで交信していないし、ワープをした覚えもない」

本当に身に覚えがなかったので、俺はきっぱりとそう言った。

「でも……棗は見たもの」

だが、棗はそれでも引き下がらなかった。二本の三つ編みを手で軽く引っ張りながら、自分の言葉に自分で頷《うなず》く。

ワープと宇宙メガネという俺には理解不能——いや、単語の意味は理解しているがSF的なその言葉が俺とどう結びつくのかがわからなかった。

「見たもの。宇宙メガネをかけてから、誰《だれ》もいないのにお話を始めたのを見たもの」

「そんな記憶《きおく》は無い」

俺は正直に言った。子どもの想像力に水を差すのは本意ではないが、このまま宇宙人になるわけにはいかないのだ。

「それは嘘だもの。さっき、あっちの建物の二階の廊下《ろうか》で宇宙に向かってお話ししてたでしょ。きっと地球暮らしの癖《くせ》で、声にしちゃったんでしょ。それに、二階にいたと思ったら、宇宙人さんはもう下にいたんだもの。ワープしたんでしょ！」

棗の声と顔が真剣《しんけん》さを増すほど、その声のボリュームも上がり、俺達二人に再び他《ほか》の客席から視線が注がれ始める。

その好奇《こうき》の視線を気にしつつ、俺はある事に思い当たった。そう、二階の廊下といえば、さっき俺がかのうと話した場所だ。俺をはじめとして限られた人間にしかかのうの姿は見えないという事実を忘れた覚えはないが、人目がないと思い込んであの時失念していたのは本当だ。だが、目撃者《もくげきしゃ》は棗ひとり。ならばまだかわせるはずだ。

「ワープ？　それも覚えがない」

本当はダストシュートを使った移動手段のことだと理解していたが、俺はわざと斜《しゃ》に構えてしらを切る。

そうすれば、不満顔で棗は口を噤《つぐ》んだ。

「でも、それは宇宙メガネでしょ？」

けれどまたすぐに口を開くと、今度は俺の掛《か》けている眼鏡《めがね》を指さす。

「これが……宇宙メガネ？」

軽くフレームを叩《たた》いて示せば、棗は大きく頷く。しかし、これはごく普通《ふつう》のシンプルな銀のフレームとデザインのどこにでもある眼鏡だ。だが、俺を見上げる棗の双眸《そうぼう》には、また子ども特有のきらめきが宿っていて、俺は即座《そくざ》に否定の言葉を口に出来ない。

「それで宇宙にいる宇宙人《おともだち》とテレパシー交信するんだって、棗にはわかっているもの」

その間にも、好奇の視線は集まって、中には棗の言葉を嗤《わら》うような声もある。棗もそれに気付けば少し身を縮め、俺はそれらの視線から棗を庇《かば》うように背筋を伸《の》ばした。

「いいか、これは普通の眼鏡だ。そして俺は宇宙人ではない。それが事実だ」

けれど、どうしてもそれは言い聞かせなければならない。俺は基本的に自分の目に見えるものしか信じないが、だからといって見えないものをすべて否定する気もない。

でも、俺は棗の求めている宇宙人ではないのだから、仕方ない。

「あのな、棗」

「何ですか、宇宙王子」

声をかければ棗は、俺が宇宙人だという期待に未《いま》だに満ち満ちた表情で俺を見上げる。

「宇宙人は、宇宙を探せばいるかも……いると思う。だけど俺は地球人なんだ」

俺は、これが最後と言い聞かせる。しっかりと棗の眼《め》を見て。

「いいえ、あなたは絶対に、棗の宇宙王子です!!　先週、叶野市でミステリーサークルも発見されているんだもの!!」

しかしながら、俺の誠意は棗の大音声《だいおんじょう》に掻《か》き消された。いい加減これは、営業妨害《ぼうがい》かもしれないと、俺が思い始めたまさにその時。

「お客様、営業妨害につき、退出願います」

俺の背後から凍《こお》りつきそうな気配と共に声が響《ひび》いた。いつもより温度の下がった声だったが、その声の主が誰かは振《ふ》り向かずともわかった。だが、俺は半ば反射的に後ろを見て、その名を呼んでしまう。

「く、桑田」

「……ここは確かにお茶と共に楽しいお喋《しゃべ》りを楽しんでいただく場所だけれど、ね？　お客様、秋庭君、お茶が冷めているわよ？」

せっかく淹《い》れたお茶がまったく飲まれずに冷めている、というのは桑田にとってはかなりゆゆしき事態だ。一応、相手は子どもということで、桑田は怒《いか》りを最小限に抑《おさ》えているようだが俺の背中を冷たい汗《あせ》が伝う。

桑田の名誉《めいよ》のために言っておくと、常の彼女は静かな表情で落ち着いた雰囲気《ふんいき》を醸《かも》し出し、かつその心根は優《やさ》しい――ただ、お茶のこととなると少々我を失う時が、あるだけで。

俺はとっさに棗を背中に庇いながら、棗の手荷物を確認《かくにん》する。ポシェットが一つ、これなら大した荷物ではない。

「そ、そうだな。せっかくのお茶が冷めてしまったな。ほら、棗、桑田に謝れ」

「？　冷めたら温めればいいですよ？」

桑田のお茶への愛を知らない棗が呑気《のんき》にそう言えば、桑田の肩《かた》は微《かす》かに震《ふる》え、次いでゆっくりと拳《こぶし》を握《にぎ》り込んでいくのを見て、俺は次の行動を決めた。

「……いいか、棗。俺が合図したら走れ」

短く告げれば、さすがに何か察したらしく今度は棗も頷いた。

「桑田、営業妨害のお客様は、俺が責任をもって会場の外まで送っていくから……な？」

なるべく静かな声を心がけながらなだめる言葉を口にすれば、そろそろと桑田の背後に近付く影《かげ》が二つ見えた。俺はその影――青ざめた羽黒と尾田――に目で合図を送り、

「棗、走れ！」

続いて、棗のポシェットを摑《つか》みながら声を発した。

「羽黒、尾田、悪いが桑田は任せた！」

そして、棗を抱《かか》え上げて走り出した俺が、最後に見たのは、懸命《けんめい》に桑田を押さえる尾田と羽黒だった。

5

〝叶野茶館〟を追われた俺達は、ひとまずバザー会場の奥の一画――手芸部有志のコーナーを潜伏《せんぷく》先に定めた。

「た、助かりました。ありがとうございます、宇宙王子！」

俺の腕《うで》から地面に降りた棗は、礼を言いながら頭を下げた。

「ああ、お互《たが》い無事で良かったな」

息を整えながら俺が言えば棗は頷《うなず》いた。

「はい。……でも、今みたいな時こそワープすれば良かったんじゃないですか？」

うっすらと額に滲《にじ》んだ汗を腕で拭《ふ》く俺を見ながら、棗は至極真面目《しごくまじめ》な顔で言った。

ああ、まだ俺は棗にとって、宇宙人なのか。

「だから、俺は普通の人間だ。この眼鏡は普通の近視用眼鏡。ワープに見えたのはダストシュートを使って移動しただけだ。ああ、でもどれが移動用かわからない棗は、絶対に使うなよ！」

チャイナ服という、バザー会場にはそぐわない自分の格好に視線が集まってきているのを感じながら、俺は早口に訴《うった》えた。

「わかりました。それに棗はワープには興味がないもの。棗が知りたいのはテレパシーの使い方だけだもの、宇宙王子」

少しほつれてしまった三つ編みを撫《な》でながら、棗は頷いた。ただし、一番わかって貰《もら》いたい部分は相変わらず、理解してくれない。

「……なあ、俺はそんなにその〝宇宙王子〟っていうのに似ているのか？」

もしかしたら特撮《とくさつ》物の登場人物――その場合、多分悪役だ――に似ているのかと俺が問えば、棗は首を横に振り、それから今度は縦に振った。

「……イエスか、ノーか？」

「半分正解、です。あなたは……棗が描《か》いた宇宙人の似顔絵の宇宙王子にそっくりです」

「似顔絵は似せて描くから似顔絵って言うんだ。で、この場合、それはただの絵だ」

棗の誤りを俺が訂正《ていせい》すれば、少女は軽く唇《くちびる》を嚙《か》んだ。

「でも、棗はあなたが宇宙人だってわかったもの。ずっと宇宙人を探《さが》していたんだから、間違《まちが》うはずないもの」

そして、一歩も退《ひ》かない意志を持った眼差《まなざ》しで、俺を見上げてくる。

「テレパシーを使う宇宙人を、か？」

どうも棗にとって重要なキーワードは〝テレパシー〟のようで、ただ宇宙人を見つけることではないのだとみて問えば、棗は頷く。

「そうです。前にテレビで宇宙人はテレパシーでお話ができるって言ってました。棗はね、どうしてもテレパシーを使えるようになりたいの。だから宇宙王子、お願いします。棗にテレパシーを……」

そこで、棗は唐突《とうとつ》に言葉を切ると、天井《てんじょう》に目を向けた。

「きれい……」

その呟《つぶや》きにつられて、俺も天井に目をやり……首を捻《ひね》った。

天井には何かの影が映って、歪《いびつ》な模様を作っていた。ただ俺にはそれのどこが綺麗《きれい》なのかわからない。

「ね、あの影とその影が重なり合ってキレイ」

俺に向き直って、棗は何か温かいものに触《ふ》れたような、ほわっとした笑《え》みを浮《う》かべてみせる。

しかし俺が同意できないでいると、その笑顔は消えてしまった。

「……うん、きっといまは宇宙メガネのスイッチが入ってないからだもの」

そして、小さく呟くと、

「あれ、誰が作っているのかな？」

気を取り直して尋《たず》ねてきた。

だが、さっきの笑顔《えがお》は戻《もど》らず、俺は申し訳ない気分を抱《いだ》きながら、問われるまま会場を見回して答えを探した。

「えーと……ああ、科学部、みたいだな」

そうして俺は――意図して作ったのではないと思うが――、その影の発生源を科学部と特定すると、

「行ってみるか？」

棗に尋ねてみた。

「……行ってみたいです」

そうすれば、棗が頷いたので、俺はそちらへと進路をとった。

「ったく、メンテはしたっていうのにどうして動かないんだっつーの」

向かった先には予想通りショートカットに青いセルフレームの眼鏡《めがね》、そして今日も制服の上になぜか白衣という出《い》で立ちの城下円菜《えんな》がいた。城下《しろした》の背が低く見えるのは、傍《かたわ》らで見守る大《おお》手隆哉《てたかや》がでかいせいだけではなく、事実背が低いからだ。

恐らく、自分の〝発明品〟らしきものを難しい顔をして振《ふ》り回している城下は近付いていく俺達に気付く様子がない。ついでに科学部の仕切るテーブルの上に並べられている〝発明品〟も売れている気配がまったくない。

「あ、秋庭……なんか噂《うわさ》通りすごい格好をしてるなぁ」

城下より先に俺に気付いた大手は、挨拶《あいさつ》代わりにそう言いながら大きな体を揺《ゆ》らして笑った。

「……噂になっているのか」

それは〝叶野茶館〟にとっても、俺にとっても確実にダメージだ。

「お……大きい人ですね」

「ん？　こんにちは。この子は秋庭の隠し子《かくご》……なわけないよね」

１９０センチ近くある大手は棗の目には巨人《きょじん》にも等しく映ることだろう。だが、大手が冗《じょう》談《だん》交じりに――ああ、隠し子云々《うんぬん》はもちろん冗談だよな、大手――笑いかければ、一生懸命《けんめい》に見上げながら棗も頬《ほお》を緩《ゆる》めた。

「あーっ、レインボー３号、だめだっつーの！　ん？　秋庭いつの間に？」

そして、故障中の発明品を腕に抱《かか》えた城下はそこでようやく俺達の存在に気付いた。

「たったいま、だ」

俺は城下の動きに注意深く目をやりながら、少し棗を自分の側《そば》に引き寄せた。

「っていうか、きょう生徒会の連中が妙《みょう》な格好して喫茶店《きっさてん》やってるって話だっ……」

そこで、城下の話はいきなり途切《とぎ》れた。テーブルの脇《わき》をすり抜《ぬ》けようとして、思い切りテーブルの脚《あし》に脛《すね》をぶつけ、その際手に持っていたレインボー３号を取り落とし、それは大手の右足を直撃《ちょくげき》していた。

「だ、大丈夫《だいじょうぶ》っ？」

自分も足を押さえ、顔をしかめつつも大手は城下を気遣《きづか》う。

「だいじょうぶだっつーの」

「人間台風は……相変わらずだな」

それは見慣れた光景ではあったが、小規模災害とも言える城下の一連の動きに俺が呟きながら肩《かた》を竦《すく》めれば、

「び…びっくりしたもの。でも……大丈夫みたいだもの」

まだ目を瞬《しばたた》かせつつ棗も体から力を抜いた。

それから、棗は、発明品の間に置かれた、いわゆるパーティー用の面白《おもしろ》眼鏡に視線を移動させた。これは、恐らく実家がおもちゃ屋の大手が持ってきた物だろう。

だが、宇宙メガネではないので、棗はそれにはすぐに興味を失《な》くして、先程《さきほど》天井に影《かげ》を作り出していた物体をテーブルの上に探し始める。

「それで、秋庭はお客さんを連れてきてくれたわけ？」

足の痛みからも立ち直り、ようやく棗の存在に気付いた城下はそう言いながら、珍《めずら》しく俺に笑顔を向けた。よほどこの店は繁盛《はんじょう》していないらしい。

大手曰《いわ》く、小中学校の時の城下の〝発明〟は凄《すご》かったそうだが、同時に失敗作も多かったとみえる。俺はテーブルの上の〝発明品《しょうひん》〟をざっと眺《なが》めて、

「いいや、客は連れてこない。俺には機能も用途《ようと》も不明な物に、他人の金を使わせる趣味《しゅみ》はないからな」

率直《そっちょく》な意見を述べた。と同時に、城下の笑顔は消えた。

「あたしがバカだったたっつーの、秋庭にあたしの発明品の素晴《すば》らしさがわかるわけなかったたっ

つーの!!」

「あ……うん、そうだな。あー秋庭、円菜にはまだブランクがあるから、さ？」

こめかみをひきつらせ声を荒《あら》らげる城下に、大手は妙なフォローを入れる。

「ブランクで片付けていいのか？」

「あ、これだもの」

そして、俺達が他愛《たあい》もない遣《や》り取りをしている間に、棗はその〝発明品〟のスイッチを入れていた。

「ちょ、勝手にスイッチを入れたら何が起こるかわからないぞ」

「秋庭、いい加減に失礼だっつーの！　レインボー2号は故障中だけど危険じゃないっつーの！」

しかし、棗はそんな俺達をきっぱりと無視して、天井《てんじょう》をじっと見上げている。

だから俺も棗の視線を辿《たど》ってみれば、そこにはさっきと同じ様な歪《いびつ》な模様があった。ただし今度は、青と赤、そしてその二色が重なった紫色《むらさきいろ》、と影に色がついていた。

「城下……そのレインボー2号とやらはなんだ？」

だが、この〝発明品〟はやはり俺には理解できなかった。でも、それは俺ではなく制作者に問題があるせいだ、間違《まちが》いない。

「よくぞ聞いてくれたっつーの！　これはね、あたしの自信作、虹《にじ》発生装置、通称《つうしょう》レインボーシリーズよ！」

だが、その問題のある制作者は、偉《えら》そうに腰《こし》に手をあててふんぞり返りながら答えた。そして、そのまま後ろに倒《たお》れそうになった。

「ただし、今は故障中で虹とは呼べない代物《しろもの》を映してる」

すかさず城下を支えながら、大手は商品の欠点を隠さずに教えてくれた。

いま天井に映っているのは、ようするに〝なり損ないの虹〟ということだ。

「城下、叶野学園の評判に係《かか》わるから、少なくとも故障品を売るのはやめろ」

俺が極《きわ》めて冷静に諭《さと》せば、城下は眉《まゆ》をつり上げたが、大手の言ったことは事実らしく反論は口をついて出てこなかった。

「棗、これで映像《かげ》の正体はわかったな」

俺が声をかければ、棗は俺の顔を見て、一つ頷《うなず》いた。

「はい。でも……やっぱりきれいです。棗もこんな風に見せられたらいいのに、な」

だが、虹の失敗作だとわかっても、棗は天井に映ったその影を再び見つめて、小さく笑った。

つられて天井を見上げた大手と城下はやはり首を傾《かし》げたけれど。

「あの……ここにあるのはみんなあなたが作ったんですか？」

そんな城下と正体不明の発明品の数々を見比べながら、棗は尋《たず》ねた。

「うん、そうよ」

「あの、じゃあ、この中に、他人《ひと》にテレパシーを送れるような道具はありますか？」

頷く城下に棗は続けてそう問いかけた。とても真剣《しんけん》な眼差《まなざ》しと共に。

「テレパシー……は、ないわね」

「やっぱり、ありませんか。地球の技術ではまだ無理ってことですね」

だから、城下も正直に答えたのだが、棗は肩を落とし、目を伏《ふ》せた。

「ああ？　でも、このぴょんた初号機はおススメだっつーの」

「時々制御《せいぎょ》不能になるけどね」

元気を無くした棗を慰《なぐさ》めようと、城下は不気味な茶色の物体を勧《すす》めて、大手はすかさず忠告したが、棗は小さく首を振《ふ》って断った。

そして、俺の服の裾《すそ》を摑《つか》むと、そのまま科学部のコーナーに背を向けて歩き出す。

俺はそのまま棗に引っ張られるようにして、バザー会場の隅《すみ》へと連れて行かれた。

ようやく立ち止まっても、棗はまだ俺の服の裾を離《はな》さなかった。逃《に》がさない、というように小さな手には力が籠《こ》もっている。

「やっぱり、地球人がテレパシーを使えるようになるにはまだ時間がかかるみたいです。でも、宇宙王子。棗はいま……テレパシーを使えるようになりたいんです。だから、その宇宙メガネを棗にくださいっ！」

棗の双眸《そうぼう》はさっきよりも更《さら》に真剣な色を宿していて、もし俺が本当に宇宙王子で、宇宙メガネを持っていたら、ただでそれをやっただろう。

「棗、俺はテレパシーを使えない」

でも、俺はその台詞《せりふ》しか口にできない。

「嘘《うそ》だもの！　だって宇宙人はテレパシーで話すんだって、自分の目に見えた物もそうやって相手に見せるって、言っていたもの！」

しかし、俺の言葉に棗は納得《なっとく》せず、叫《さけ》んで、棗の両目には涙《なみだ》の粒《つぶ》が盛り上がっていく。大人と違って変に堪《こら》えようとしない涙は見る間にこぼれ出し、すぐに棗の頰《ほお》を濡《ぬ》らしていく。

けれど、棗は涙を溢《あふ》れさせながら、それでも俺の目を見返す。

「だって棗は……みんなに、テレパシーで見せたいんだもの!!」

が、その次の瞬間《しゅんかん》。俺は急激な痛みに襲《おそ》われて、それ以上棗を見ていられなくなった。

眼球の裏側から何かがはい出してくるような、不愉快《ふゆかい》な痛みに棗の声が遠くなる。でも、どうにかこの痛みの発作《ほっさ》を棗に気取られぬようにやり過ごさなければならない。

ふいに襲ってくるこの痛みがやがて去っていくことはわかっている。俺の目には傷一つ残さないということも。

なぜならこれは〝願いの植物《はな》〟が原石《たね》から芽吹《めぶ》いたと、それを知らせる為《ため》だけの痛みだから。

人間の一番の願いに反応して芽吹き、やがて花開く——願いの植物。

これを百本咲《さ》かせて、そして摘《つ》む。百本咲かせるまで終わることのない、それがかのうと俺の間で行われている〝ゲーム〟だった。

「……けど、いちいち、こんなに痛むのは嫌《いや》がら、せだろ、あの腹黒妖怪《ようかい》」

眼鏡《めがね》と顔の間に手をいれて目を押さえながら、俺は毒づいた。

「どうしたの？　目にごみでも入ったの？」

「あ、あ……でも大丈夫《だいじょうぶ》、だ」

まだどくどくと脈打つような痛みは続いていたが、俺は手を上げて見せ、その拍子《ひょうし》に眼鏡が外れて床《ゆか》に落ちた。

「あ、宇宙メガネがっ！」

そうすれば、ぼやける視界に眼鏡を拾い上げる棗の姿が映り、また、棗が眼鏡を手にしたのと同時に、俺の目の痛みは嘘のように消える。

「眼鏡、拾ってくれたんだな。ありがとう」

そして、俺は顔を上げると、そう言いながら棗に手を差し出した。けれど、その途中《とちゅう》で俺の手は止まる。

涙を手の甲《こう》で拭《ぬぐ》いながら、俺の眼鏡をじっと見つめる棗の胸に願いの植物――俺にしか見えない、その小さな双葉《ふたば》を見つけて。

俺の近視の程度は軽いから、眼鏡をかけなければ全然見えないということはない。だから、いま見えている棗の植物も決して見間違《みまちが》いではないだろう。

それは願いの植物の発芽の最年少記録、ではあるが。

「……棗、眼鏡を」

とりあえず、発芽の衝撃《しょうげき》からは醒《さ》めて、俺は改めて棗に手を差し出した。俺の眼鏡は当然、俺の手元に返ってくると信じて。

だが、棗は俺と眼鏡を交互《こうご》に見るばかりだ。真剣な瞳《ひとみ》でもって。

「宇宙王子の宇宙メガネ……これがあれば棗にもテレパシーが使えるんだもの」

「棗？」

「ごめんなさい。宇宙メガネは棗が貰《もら》いますっ！」

そして、棗はそう叫び、すべてを言い終えないうちに身を翻《ひるがえ》して走り出す。

当然黙《だま》って行かせる俺ではない。立ち上がり、即座《そくざ》に後を追おうとした。

が、チャイナ服の長い裾を思いがけず踏《ふ》んでしまい、体が傾ぐ。一瞬、こんな物を着ろといった人間を恨《うら》みそうになったが、とにかく今は無様に転ぶという事態を避《さ》けるべく、受け身をとることに集中する。

それで、なんとか転ばなかったのはいいが、俺が顔を上げた時には、もうそこに棗の姿はなかった。

俺は舌打ちをしながらも、すぐさま立ち上がった。このまま棗を逃《に》がすわけにはいかない。

もちろん眼鏡が惜《お》しいからではなく、棗の胸に願いの植物が咲いているからだ。

俺はそれを咲かせて摘み取らなければならない。ゲームとかのうは言うが、願いの植物は願いが叶《かな》い、咲かなければ、やがてその宿主を醒めない眠《ねむ》りへと誘《いざな》う。死にも等しい眠りへと。

まだ幼い棗を、そんな状態にするわけにはいかない、絶対に。

俺は、優秀《ゆうしゅう》な頭を高速回転させて、これからすべきことを考えた。

「よし、これで行く……叶野学園で俺から逃げられると思うなよ？」

そして、シミュレーションを終えると同時に走り出した。

「あ、お帰り、多加良」

〝叶野茶館〟入口で最初に迎《むか》えてくれた尾田は、俺の顔に眼鏡が無いことを確認《かくにん》すると苦笑《くしよう》した。

「宇宙メガネを取られたみたいだね」

「ああ……色々あってな」

色々の部分に力を込《こ》め、親指で自分の胸を指し示せば、俺とかのうのゲームのことを知っている尾田はその意味を理解して、今度は重いため息を吐《つ》いた。

「あ、秋庭さん！　やっと戻《もど》ってきてくださったんですね！　あれ、眼鏡が……あ、でもそれよりも、いまちょっと大変なんです！」

俺達の声を聞きつけて、羽黒も中から顔を出す。本当に大変らしい羽黒は額に汗《あせ》を滲《にじ》ませていたが、

「悪い、まだ手伝いには戻れない」

「あ……そうですか」

俺が告げれば、羽黒は一度は肩《かた》を落としたが、すぐにまた笑顔《えがお》になって、

「大変ですけど、大丈夫ですよ」

給仕の仕事に戻っていった。

げた。


「それで、ここには何の用事で？」

「ちょっと校内放送をかけたくてな、鍵《かぎ》を借りに来た」

「校内放送？」

今日、全教室の鍵を預かっているのは尾田なのだ。だが俺が用件を伝えると、尾田は首を傾《かし》げた。

「棗は植物をつけたまま迷子になったんだ」

そう言い添《そ》えれば尾田は納得《なっとく》して頷《うなず》いた。

「僕達の手は、必要？」

「出来れば。でも、この混みようじゃ……」

俺が店内を見回して言えば、尾田は首を振《ふ》った。

「いいよ〝叶野茶館〟は。棗ちゃん？が見つかるまで一時閉店だ。いいよね、桑田さん」

「ええ、もちろん。ただ、今いるお客様だけさばいてしまってから、だけれど」

そして、柔《やわ》らかいアルトの声と共にキッチンスペースから出てきた桑田もそう言ってくれる。

「ありがとう」

振り向きながら、礼を言えば、桑田は俺の顔を見て数秒硬直《こうちょく》し、

「ほ、放送部なら、そこに小宅《おやけ》君がいるわよ」

その後、バツが悪そうに俯《うつむ》きながら教えてくれた。

ああ、やっぱり悪人顔には眼鏡《めがね》は無いよりあった方がいいのか——俺はほんの少し傷つきな

から桑田の情報に従って、客席に小宅の姿を探した。そうすれば、すぐに目当ての人物は見つかった。

「小宅、ちょっと用事を頼《たの》まれてくれるか？」

「え……う、あっ、ふくかいちょぉぉ！」

ああ、小宅。悪いな。いま眼鏡が無いんだ。でもそこまで大袈裟《おおげさ》に仰《の》け反ることはないだろう？　でも、お前もいまこの俺を〝副会長〟って言ったからな、今日は特別それでお互《たが》いチャラにしようじゃないか？

「そうだ、秋庭多加良から放送部に依頼《いらい》だ。今から言う内容を校内に放送してくれ」

色々と胸の内に飲み込んで、俺は小宅から一歩身を引くと、淡々《たんたん》と告げた。

鼻の頭に汗をかきながらも、なんとか恐慌《きようこう》から立ち直った小宅は俺の言葉をメモする。

「放送室はこの鍵で開けてくれ。頼んだぞ」

「は、はいぃっ！」

なぜか小宅は敬礼と共に、走り去っていった。

そして、間もなく小宅の涼《すず》しい声がスピーカーから流れ出す。

「迷子のお知らせです。迷子の名前は小学生の棗ちゃん。おさげに、白のファーコート姿です。副……秋庭さんが探しています。なおこれはKコールではありませんが、本日の秋庭さんはノー眼鏡にチャイナ服で、一見の価値ありです」

「……小宅、余計なことまで」

俺は小さく拳《こぶし》を握《にぎ》ったが、この拳は後日に取っておくことにする。

「最新の目撃《もくげき》情報によると棗ちゃんは北校舎にいる模様です。ちなみに北校舎方面には時計塔《とう》が、南方面には二宮金次《にのみやきんじ》郎《ろう》像があります。お心あたりの方は生徒会役員までお知らせください」

初めと同じ鉄琴《てっきん》を鳴らす音で放送は締《し》め括《くく》られた。

「よし、準備は調《ととの》った。俺は先に行く……まずは南校舎を目指して、な」

「北校舎じゃないの？」

俺がそう言えば、桑田は頬《ほお》に手を添えながら首を傾げた。

「あ……トラップか」

そして、尾田はしたり顔で頷いた。

「その通りだ、尾田。棗はあくまで逃亡者《とうぼうしゃ》なんだから、迷子放送くらいで大人しく見つかるはずがない」

「ああ、それでわざと北って言ったんですね」

給仕の方が一段落したのか、ここで羽黒も話に加わる。

「それに放送では〝二宮金次郎像のある方が南〟と言わせたからな、南校舎に向かう確率は高い」

『なるほど』

俺の頭脳的な作戦に、三人は手を打った。

「ってことだから、後で南校舎で合流だ」

そう言い置くと、俺は再び〝叶野茶館〟を後にして駆《か》け出した。

急ぐのには理由がある。もちろんそれは〝願いの植物〟にかかわることだ。

俺はさっき走りながら棗の開花に必要な要素を考えたのだが、実は他《ほか》にも気になることがあった。それは棗のような子どもに願いの植物が芽生えた場合、どんな速度で育つのか、ということだ。

俺はいままで、願いの植物の発芽から開花までの期間を長くて二週間程度と認識《にんしき》していたのだが、それが幼い子どもならどうなのかというところまでは考えていなかった。

その成長の速度が常よりも緩《ゆる》やかならばいい。でも逆の場合は事態は一刻を争う。

そんな風に考えながら道を急いでいれば、俺はすぐに南棟《みなみとう》に辿《たど》り着いた。

まずは一階をくまなく調べたが、そこに棗の姿を見つけることは出来なかった。

同じように二階も通過して、三階の廊下《ろうか》の途中《とちゅう》――他校舎との連絡《れんらく》通路が左右に延びている地点――で、俺は自分の作戦が成功していたことを知った。だが、俺の表情は晴れ晴れとはいかなかった。

「……本当に、悪い予感ばかりあたる」

棗には聞こえないよう口中で呟《つぶや》きながら、俺の目は棗の胸に注がれていた――青い葉を繁《しげ》らせて、既《すで》に蕾《つぼみ》をつけた願いの植物へと。

「棗」

内心の動揺《どうよう》を隠《かく》しながら、俺がその名を呼べば、逃亡者はあっさり足をとめた。

そしてそのまま棗は振り向いた。どうやらもう逃《に》げる気はないらしい。

ただ、俺の眼鏡をかけて、じっと視線を送ってくる。

「棗」

いつまで経《た》っても、声が返ってこないことに少し焦《じ》れて、俺はもう一度名前を呼んだ。

「やっぱり、宇宙メガネには発信機がついているんですか？」

眼鏡を外しながら、ようやく棗は声を発した。

「いや、そんな物はついていない。だから、もう、わかったな？」

そうして現れた曇《くも》りのない双眸《そうぼう》を受けとめると、俺は棗に静かに語りかけた。

「俺の眼鏡で宇宙と交信は出来たか？　何も起こらなかっただろう？」

「……うん。棗がかけても誰のテレパシーも聞こえなかったもの。でも……宇宙王子にテレパシーを送ったんだけど届かなかったみたいだもの。それに今も宇宙王子がかけたら違《ちが》うでしょう？　正しい使い方があるんだよね？」

棗の台詞《せりふ》は無邪気《むじゃき》にも聞こえたけれど、幼い顔に浮《う》かぶ表情は焦燥《しょうそう》にも似た、縋《すが》るようなそれで。空想に遊んでいるようにも、ましてや酔《よ》っているようにも見えなかった。

「それは、俺がかけても普通《ふつう》の眼鏡だ」

だから、俺に用意出来た答えはそれだけだった。

「……じゃあ、これはいらないもの」

絶望した声で呟くと、棗は近くのダストシュートに俺の眼鏡を放《ほう》り込んでしまった。でも俺はそれを咎《とが》めなかった。

「どうして？　どうして棗は本物の宇宙人に会えないの？　棗はずっと願っていたのに。ずっと宇宙人さんを探していたのに。パパやママが探しちゃダメって言っても探したのに。みんなに笑われたって探したの、に……」

そして棗は唇《くちびる》をわななかせて、顔を歪《ゆが》めながら、堰《せき》を切ったように、俺に言葉を、想《おも》いをぶつける。

「棗はっ、テレパシーで見せたいだ、けだ、もの。夜の道、で割れたガラスの欠片《かけら》がどんな風にキラキラ光るか、とか。葉っぱの影《かげ》が素敵《すてき》な模様を作っているか、とか、を」

棗の言葉はだんだんと嗚咽《おえつ》混じりになっていく。それでも俺は真剣《しんけん》に耳を傾《かたむ》け続けた。

棗の胸の植物が、棗の声に、想いに呼応するように小さく揺《ゆ》れるのを見つめながら。

「それは、言葉じゃ伝えられないのか？」

ひたむきな棗に応《こた》えて、俺もまた真摯《しんし》な眼差《まなざ》しを向けた。

「だめ、だもの。だってみんなには棗が見ているみたいに、見えないからっ。それ、に目の裏側で光る星をどうやって、見せたらいいの？　テレパシーじゃなきゃ、だめ、だもの」

棗は頑《かたく》なにそう信じていた——自分に見えている世界《せかい》は、美しい映像はテレパシーという、直接意識に映像を送ることでしか見せられないと。

確かに、棗の瞼《まぶた》をめくってみても、他人がそこに星を見ることは適《かな》わないだろう。そして、どんなに言葉を尽《つ》くされても、棗と同じ世界を見ることは難しい。さっき、俺には天井《てんじょう》に映ったそれが、ただの影にしか見えなかったように。

「……ほん、とに。あなた、は、テレパシーを使え、ないの？　宇宙王子じゃ、ないの？」

嗚咽を飲み込みながら、棗は縋るような目で俺を見る。最後にもう一度だけと、問う。

棗が「宇宙人と会う」ことだけを望んでいたのなら、俺はいくらでも頷《うなず》いてやれた。それが嘘《うそ》だとしても。

でも、棗の願いは――その小さな身体《からだ》を満たして、植物を生じさせる程《ほど》の想いは、とても大きく強いから。誰《だれ》に何と言われても失わなかった願いだから。

俺は頷けない。その願いを叶えるためにも、頷かない。

棗の植物を咲《さ》かせて、摘《つ》むことが出来るのは、宇宙人ではなくて、俺だから。

棗の視界はきっと、空想や想像の翼《つばさ》に彩《いろど》られ、本当に美しく、鮮《あざ》やかなのだろう。誰かに見せたいと、それを共有したいと強く願うくらい。

そして、その空想こそが人の、棗の可能性だと俺は思う。

城下も、歴史に名を刻んでいるような偉《えら》い発明家や優《すぐ》れた画家も、空想するところから、始めたのだから。

人はまず思い浮かべて、そしてそれを形にしてきた。だから今、空だって飛べる。

そうやって人は進化してきた。人間は歩くのにも一年かかるけれど、でも立ち上がって進んでいく。今は使えないテレパシーもいつか使えるようになるかもしれない。

でも、それがいつかはわからないから、棗は焦《あせ》り、結果として宇宙人を探し始めたのだろう。

それは棗にとってたった一つの選択肢《せんたくし》。

棗は自分の前にはもっとたくさんの可能性があることにまだ気付いていないから。

「棗、さっき会った城下も、お前と同じで、みんなに自分の見ている物を見せたくて、ああいう形にして見せていたんだと俺は思う」

目線をしっかりと棗に合わせながら、俺は静かに語りかける。

「でも、棗にはできない……もの」

俺の言葉に棗は首を振《ふ》り、唇を噛《か》んだ。

「そんなことはない。なあ、例えば去年の棗なら一人でバスに乗れたか？」

「……乗れなかった、もの」

「だけど、今年は乗れただろ？　それに去年より背が伸《の》びただろ？」

「ちょっとだけだよ」

「うん、ちょっとでもいい。でもちょっとでも棗は大人に近付いてるってことだ。そして、同じように人間はゆっくり大人になっていく。なぜだと思う？」

「どうし、て、なの？」

俺が更《さら》に問えば、棗は首を傾《かし》げる。その目には既《すで》に涙《なみだ》はない。

「それは、いっぺんに色々なことをできるようにはならないからだな、きっと。俺だってまだ出来ないことはある。でもずっと出来ないとは思わない」

「そ……なの？　高校生でも出来ないことがあるの？」

俺が大きく頷くと、棗の顔にはほんの少し安堵《あんど》が浮かぶ。

「ああ、ある。でも俺は出来ないことをどうやったら出来るかな、って考える。一つの方法でだめなら、他《ほか》に方法は無いかって考えるんだ」

棗が理解しやすいように、俺はなるべくゆっくりと話す。

「他の方法？」

「自転車に上手《うま》く乗れないなら、早く走れるようになればいいとか……テレパシーが使えないなら、絵に描《か》いて伝えたらどうだろう、とかな」

きっと俺よりずっと鮮やかな世界を見ているだろう棗の榛《はしばみ》色の双眸《そうぼう》を見つめながら、俺は更に語りかける。

「棗、テレパシーじゃなくても人が人に伝える方法はたくさんあるんだ」

「でも棗、絵……は、好きだけど、あまり上手じゃないもの」

だが、棗は自信が無さそうに目を伏《ふ》せる。

「そうか……でも、絵じゃなくてもいいんだ。歌を歌ったり、物を作ったり、ダンスを踊《おど》ったりでも。なあ……棗。テレパシーが使えないから地球人はたくさん想像できるんだと俺は思う。そして伝える方法もたくさんあるんだと思う。だからな、棗の方法を探してみないか？」

懸命《けんめい》に宇宙人を探していた少女に、俺は提案する。誰かに伝えることをこのまま諦《あきら》めてほしくないから。そして何よりも、

「探して、俺に棗の見ている世界を見せてくれないか？」

俺は、棗の世界が見てみたい。

「棗の、方法をさがすの？」

そうすれば、棗はゆっくりと瞼を上げて、もう一度俺を見る。

「でも、すぐには見つけられないよ？　見せられないよ？」

また焦って、もどかしそうに告げる棗の肩《かた》に俺はそっと手を置く。

「ゆっくりでいいって、言っただろう？　今日じゃなくていいんだ。明日だって、来年だっていい」

急がなくていいと告げれば、棗の肩からはそっと力が抜《ぬ》けていく。

「う、ん……きっと今日の棗よりは来年の棗は絵が上手だと、思う、よ」

そして、自分の言葉に、今はまだ弱くだけれど頷《うなず》いて。

「じゃあ俺は、ゆっくり待つ。いつか棗が、綺麗《きれい》な世界を俺に見せてくれる日まで」

棗の顔を下から覗《のぞ》き込めば、まだ赤い棗の目には、キラキラとした輝《かがや》きが戻《もど》っていた。

「ゆっくりで、いいなら……棗も探せると思うから。いつか、棗の星を見せてあげますから、待っててください。だって……あの眼鏡《めがね》のお姉さんにも出来たんだもの、ね」

城下には少々失礼な台詞《せりふ》ではあったが、

「ああ、そうだな」

俺は笑いながら大きく頷き返してやった。

「あの……本当の本当に宇宙人じゃないんだ、よね？」

が、なぜかそこで再び棗は頰《ほお》を上気させながら俺に問う。

「秋庭多加良は」

「チャイナ服のよく似合う」

「地球人ですよ……多分」

そうすれば、答えは俺の背中に降ってきた。

「羽黒、多分、は余計だ」

振り向けば、約束通り棗を探していてくれた尾田達の姿がそこにはあった。

「多分、なの。ふふっ」

羽黒と俺の遣《や》り取りに棗は思わずといった感じで噴《ふ》き出して、それはやがて大きな笑い声へと変わった。俺達四人を巻き込むほどの。

そうして、棗の胸には小さな小さな百合《ゆり》に似た植物が咲《さ》いていた。

それは見る間に透明《とうめい》な水晶《すいしょう》のように結晶化《けっしょうか》していって、俺は掠《かす》めるようにその花を摘《つ》み取ったのだった。

「さて、と」

さんざん笑った後で棗をバス停まで送り、尾田達と一度別れて、俺が目指したのは家庭科準備室だった。俺の眼鏡《めがね》が捨てられたダストシュートは幸いにもその部屋に繋《つな》がっているものだったのだ。

ならば回収するのが当然だ。高くもないが安くもない眼鏡なので。

子どものパワーにほぼ半日付き合ったせいか、いつもより体力を消耗《しょうもう》していて、俺の足取りは決して軽くなかった。

しゃんしゃららん

そんな俺の耳に届いたのは、ある意味不吉《ふきつ》な例のあの音で――俺は雷《かみなり》を怖《こわ》がる子どもみたいに両耳を塞《ふさ》いだ。

「俺には何も聞こえない」

その状態のまま歩き続けたが、

「でも、多加良には妾《わらわ》の姿が見えるであろう？」

結局、かのうに進路を塞がれて、俺は憮然《ぶぜん》としながらも立ち止まるしかなかった。

「此度《こたび》も見事に植物を咲《は》かせたものだのう」

床《ゆか》から数十センチ上の辺りでふわりと佇《たたず》みながら、かのうはそう言って、さも楽しげに微笑《ほほえ》んだ。

「……まさか、棗を学校に寄越《よこ》したのはお前じゃないだろうな？」

軽く睨《にら》むようにかのうを見るが、その白い面《おもて》には相変わらず、とらえどころのない笑《え》みが浮《う》かんでいるだけで、だんだんと腹立たしくなってくる。

「さてのう？　だが、此度の植物はやはり多加良向きであったろう？　お子様ののう？」

「……ああ、そうかもな」

だが、午前とは違《ちが》って、俺があっさりとそれを認めれば、かのうは少し不思議そうな表情を浮かべ首を傾《かし》げた。その動きに合わせて銀色の髪《かみ》がさらさらと肩から胸へとこぼれる。

「子どもが想像と可能性の塊《かたまり》なら、それならゆっくり大人になるのも悪くない……俺はいまはまだ子どもでいい」

そう答えれば、かのうは再び唇《くちびる》に笑みを刻んで、

「なるほどのう……。それ故《ゆえ》に多加良は妾にの－さつされないのかもしれぬのう」

やはり俺の言葉を茶化した。

「多分、俺は大人になってもお前みたいな妖怪《ようかい》もどきに悩殺《のうさつ》されないから、安心しろ」

拳《こぶし》を固めながら、俺が宣言すれば、

「そうかのう？　未来は誰にもわからぬよ」

からころと笑いながら、かのうはそんな風に言って——そして、現れた時のように唐突《とうとつ》に姿を消した。

俺はため息を吐《つ》くと、気分を切り替《か》えて、再び家庭科準備室を目指した。

やっと到着《とうちゃく》した家庭科準備室の扉《とびら》を開ければ、中はなぜか暗かった。どうやら暗幕が引かれているようで、俺は注意深く室内に目を凝《こ》らした。確か、ダストシュートの出口は棚《たな》の側《そば》だ。

が、俺の目が捉《とら》えたものは残念ながら眼鏡ではなく、暗闇《くらやみ》に浮き上がる白い毛皮……黒い部

分は逆にとけ込んでいる。忠実に本物を写したらしいそれはしっぽもちゃんと白い——パンダの着ぐるみ。

ただ、頭部はパンダではなく、明るい茶色の髪に覆《おお》われた人間《にんげん》仕様。

下だけパンダのその不審《ふしん》人物は、更《さら》に不審なことに家庭科準備室の冷蔵庫の前に陣取《じんど》っていた。そして、暗闇に響《ひび》く咀嚼《そしやく》音。

「……鈴木、なにをしている？」

振《ふ》り向かずともわかるものを、敢《あ》えて名前を呼び尋《たず》ねたのは、一応弁明の機会を与《あた》える為《ため》だったが、その口の周りに付いた生クリームを見れば一目瞭然《りようぜん》。

「あ、あああっ！　多加良っち!!」

「それは、誰のケーキだ？　俺の推理では、この後桑田が出すつもりのケーキなんだが？」

「あわわ……。えーと、これはこれは、そのっ、味見だよっ！　黙《だま》って食べたのは、悪いかもだけど」

「そうか、悪いことという自覚はあるんだな」

言いながら、俺が一歩踏《ふ》み出せば、鈴木は一歩後退《あとずさ》り。

がしゃん
非常に非常に不吉な音が、そのパンダの足の下でした。

「ん……？　なんか踏んだ。あれ、何でこんなところに眼鏡があるのかな？」

一転して能天気な鈴木の声に、俺は自分の理性がはじけるのを感じた。

「鈴木、パンダは笹《ささ》だけ食べる生き物だ」

「だって、それじゃ栄養が偏《かたよ》るよ？」

「ああ、それは心配ない。鈴木、お前に明日はないからな。ああ……今日こそお前を許さねぇっ！」

そして、逃《に》げる鈴木を追い始めた俺はこの時まだ知らなかった。

この後、俺を待ち受けている〝TEA《ティー》 ROOM《ルーム》 KANOU《カノウ》〟と執事《しつじ》のごときユニフォームのことを。

COLUMN / STONE

ひとりごと［グー］

俺達の喫茶店は、好評の内に店仕舞いとなったが、
俺は最後まで三回の衣裳チェンジの意味と必要性を理解することが出来なかった。

それこそ「宇宙メガネ」でも使って、桑田からテレパシーを受信しない限り無理だろう。

ああ、いまは眼鏡自体が鈴木のせいで使い物にならないけどな？

と、つい手に力を入れすぎて、俺は慌てて拳を開いた。

拳の中には棗が約束の印に置いていった星形《ほし》バッジ。

棗はいつか俺に「棗の星」を見せてくれるだろう。

それは風を見るくらい難しいことかもしれないけれど、俺は棗を信じている。

カゼニノバステ

人の髪《かみ》を、頬《ほお》を、過ぎていく風は。
確かにそこで吹《ふ》いているはずなのに。
どんなに目を凝《こ》らしても見えなくて。
あの日の風は写せないまま。
ぼくの風はどこに吹いているんだろう。
もう、風はやんでしまったのだろうか。
もう、この胸に風は吹かないのだろうか。

1

凍《い》てついた空気《かぜ》がまだまだ冷たい二月のある日。時は昼休み、場所は叶野学園高校生徒会室の入口。

俺――秋庭多加良の隣《となり》には桑田美名人が並んで立っていて、いつも通りの手順で俺は生徒会室の鍵《かぎ》を、続いて扉を開けた。

しかし、開《あ》いた扉の向こうに俺が見たのは、いつもと違《ちが》う光景だった。

「……どこのルパンの仕業《しわざ》かしら？」

同じく異変を目にした桑田はそう言った。なかなか言い得て妙《みよう》な状況《じようきよう》説明だと、俺は感心する。

「ああ、怪盗《かいとう》が物色したあとのように荒《あ》らされているな」

そして、桑田に頷《うなず》き返しながら、俺もまた、現在目にしている状況《もの》を言葉にしてみた。

そう、俺が目にしたいつもと違う光景とは、荒らされた、という状態の生徒会室だった。

雪崩《なだれ》が起きそうな状態で積み重ねられていた鈴木の本は――主に漫画《まんが》だ――崩《くず》れて床《ゆか》に散乱し、他《ほか》にも色々と鈴木の私物が床に散らばっている。生徒会室が鈴木によって散らかされているのはいつものことなのだが、

「あれ？　なんか部屋の中、荒れてない？」

「あ、本当です！　どうしたんですか？」

それでもやはり見る者が見ると、これは〝荒らされている〟というのが正しいらしい。

驚《おどろ》いている割にどこか穏《おだ》やかな声に、素直《すなお》に慌《あわ》てている可愛《かわい》らしい声が続いて耳に届くと、俺は首を回して後ろを振《ふ》り返った。

そうすれば、そこには尾田一哉と羽黒花南の姿があった。

「鍵はかかっていたんだけどな、開けてみたらこの通りだ」

つい先程《さきほど》の俺と桑田のように室内を見回す二人に道を空け、中へ入りながら俺は言った。

そして、遠目には無事のようだが、生徒会室で一番の貴重品の下《もと》へ向かう。

その途中《とちゅう》〝こたつ〟という物体の横を過ぎるが、俺はそれを異変とは認識《にんしき》しない。

生徒会室という場所に相応《ふさわ》しくないこの物体を鈴木が持ち込んだのは三日前。その日から俺と鈴木のこたつを巡る攻防《こうぼう》は続いているが、いまはどうでもいい。

それよりも数カ月後には俺が座る、〝生徒会長の椅子《たからもの》〟の安否を確かめるのが先だ。

革張《かわば》りの椅子に近付くと俺はまず傷の有無《うむ》を確かめて、

「傷はない……が」

安堵《あんど》したのも束《つか》の間、俺はそこに傷同様にあってはならないものを見つけてしまう。

その発見は俺の怒《いか》りの引き金を引くと同時に、ごくわずかな可能性として頭にあった鈴木犯行説を完全否定する。

俺は迷信の類《たぐい》は基本的に信じないが、昨夜《ゆうべ》のあの夢見の悪さは今日のこれを暗示していたのだろうか。昨日の俺の夢には、よりによってかのうが出てきた。銀髪《ぎんぱつ》、金瞳《きんとう》の人外は、夢の中でまで俺に厄介事《やっかいごと》を押しつけてきて……ただ現実と異なり、夢の中のかのうには猫《ねこ》の耳としっぽがついていた。

「多加良？　どうかした？」

忌々《いまいま》しい悪夢を思い出し、唇《くちびる》を嚙《か》みしめる俺に、尾田が不安げな声をかけてくる。

「……この部屋を荒らした不届き者を俺は絶対に捕《つか》まえると、たったいま決めた」

その声に我に返ると、俺は問いに答える代わりにそう宣言した。

「捕まえるって、もう犯人がわかったの？」

「ああ。少なくともこれが人ではなく、動物の犯行だってことはな」

首を傾《かし》げる尾田に、生徒会長の椅子にくっきりとつけられた泥《どろ》混《ま》じりの足跡《あしあと》を顎《あご》で示せば、尾田達も近付いてきてそれを確認する。

「そうね。コレは動物の足跡だわ。猫、かしら？」

「ああ、大きさから見て猫だろうな。……他に足跡の残っている場所は……こたつか」

桑田の声に浅く頷き返しながら、俺は改めて室内を見回し、こたつ板の上にも同じ足跡を見つけた。

「あ、お布団《ふとん》に毛がついています。白い猫さん……ですね。黒猫ではありません」

俺の隣から顔を出し、布団についていた動物の毛を丁寧《ていねい》に摘《つま》み取ると羽黒はなぜか安堵の息を吐いた。

その理由はともかく、日にかざされると却《かえ》って見えづらくなる細い細い毛に、俺だけでなく桑田と尾田も顔を近付けて目を凝《こ》らす。

「こ・た・つ！　こ・た・つ！」

軽快な足音と共に妙なかけ声が聞こえてきたのはそんな時だった。

扉《とびら》の開く音に一応、一瞥《いちべつ》をくれれば、案の定そこには鈴木がいた。珍《めずら》しく制服を着ているが、その上に羽織っているのは半纏《はんてん》。そんな鈴木が生徒会室に顔を出した目的は——こたつしかない。

「今日もぼくのこたつはほっかほか！　こたつは日本の文化ですっ！　って、あれ？　なんだか部屋の中が散らかってるね？」

「その大切な文化を中心に、生徒会室は荒らされてるんだけど？」

能天気この上ない鈴木に、尾田が半分呆《あき》れた声で、仕方なく現状を説明してやれば、さすが

んで、

そう聞くと、鈴木はこたつに走り寄り、更《さら》にはこたつ布団をまくり上げて、頭を中に突《つ》っ込

「えっ、おこたつが中心？　ってことは大変かもっ！」

「見てわからないか？　室内を観察した結果、お前のこたつを中心に被害《ひがい》は広がっている」

「荒らされてる？　これって散らかってるんじゃないの？」

に鈴木も少々表情を硬《かた》くした。

「あ、ああーーっ！　おこたつの中で温めておいたおかーさんの手作りお弁当がぁっ！」

次の瞬間《しゅんかん》、鈴木は大声で叫《さけ》んだ。次いで空の弁当箱を手に立ち上がると、どんよりとした目で振り返った。

「温めておいたってことは、その間こたつの電気は入れっぱなしか？」

「地球環境《かんきょう》に優《やさ》しくない上、火事を起こす危険があるわね」

「二人ともさすがにそれは血も涙《なみだ》もないよ」

鈴木の奇行《きこう》など大概《たいがい》見慣れた俺達は、その叫びに、この一連の行動の意味を知り、その上で俺はまず省エネ問題の方に話を向けた。

俺と桑田が至極《しごく》当然という口調で指摘《してき》すれば、尾田は鈴木に同情的な眼差《まなざ》しを送る。

「鈴木さん、お昼ごはんならわたしのを分けて差し上げますから」

羽黒は鈴木の傍《かたわ》らに立つと、気の毒そうに声をかけたが、鈴木は項垂《うなだ》れたまま頭《かぶり》を振《ふ》る。

「ありがとう、羽黒っち。でもそれはおかーさんのじゃないから。……確かにおこたつの電気

を切らなかったのは悪かったよ。でもね……おかーさんの手作りお弁当を食べたヤツをぼくは許せない!!　悪い猫《こ》はどこだーっ！」

鈴木は前半はぶつぶつと、回転数を上げていくように徐々《じょじょ》に声を荒《あら》らげて——突如《とつじょ》として熊《くま》のように両手を持ち上げると、その姿勢のまま廊下《ろうか》へ飛び出していった。

羽黒は悲鳴を上げて道を譲《ゆず》り、俺はすれ違《ちが》い様《ざま》見えた鈴木の目がつり上がっていたことに我が目を疑う。

「……なまはげの真似《まね》?」

鈴木の顔を間近では見なかった尾田がそう呟《つぶや》くまで、俺は鈴木が飛び出していった扉を呆然《ぼうぜん》と見つめていた。

「……鈴木にも、弁当泥棒《どろぼう》が猫ってことはわかったか。もちろん俺達が鈴木より先に犯《はん》……猫《びょう》を捕まえるがな」

が、すぐに気を取り直すと俺は——泥棒猫《どろぼうねこ》を何と称《しょう》するか一瞬言い淀《よど》んだものの——改めてそれを宣言した。

「それなら私も協力するわ……今日のおやつのセサミクッキーもやられてたことだし、ね」

俺の言葉を聞くと桑田は、小さな紙袋《かみぶくろ》を手の中でくしゃりと握《にぎ》りつぶしながら、そう言った。

その瞳にはいつもよりも幾分《いくぶん》強い光が宿っていた。

「あの、美名人ちゃん、お菓子《かし》ならまた作ればいいですよ」

そんな桑田の眼差しに危惧《きぐ》を覚えたのか、羽黒はその腕《うで》を軽く引き、訴《うった》えた。

「そうね。でもクッキーは食べてしまえば終わり。またお腹《なか》が空くわ。そして、お腹を空かせた猫はまた校内を彷徨《さまよ》うのよ。それは可哀想《かわいそう》よね？」

すると、桑田はわずかに目許《めもと》を和《やわ》らげて、羽黒を見た後、俺と尾田にも視線を向けて同意を求める。

少し首を上げて俺を見上げてくる桑田の目には優しい光があって、俺は一つ頷《うなず》いた。

「そうだ……次の犯行を未然に防ぐ為《ため》にも捕《つか》まえよう。確かに、クッキーは作り直せばいいし、椅子《いす》も拭《ふ》けばいい。だが、どの猫の仕業《しわざ》かわからなければ、捕まえて何が悪かったのかを理解させなければ、犯行が繰《く》り返される可能性は高いだろう？」

三人の顔を順番に見ながら、俺は理路整然と説明する。そう、相手が猫であっても必要な教育はある。

そうすれば、尾田と羽黒も納得《なっとく》して頷き、こうして俺達は〝犯猫探し〟をすることになったのだった。

叶野学園の敷地《しきち》内では時たま野良猫《のらねこ》――或《あ》いは散歩中の飼い猫――の姿が見かけられる。生徒の弁当のおこぼれに与《あず》かることが多いからか、野良猫の割にふくぶくとしている彼らだが、基本的に校舎内には入ってこない。

俺が持っている猫達に関する知識はその程度で、彼らの活動範囲《はんい》、出没《しゅつぼつ》地帯を問われても答えることは出来なかった。

　他《ほか》にわかっているのは探すべき対象《ネコ》が白い毛を持っていることくらいで、この時点で俺達は既《すで》に手詰《てづ》まりも同然だった。

　が、そこで鈴木が出て行ったばかりの扉《とびら》がトントン、とふいにノックされて。

「失礼しまーす。あの、いま鈴木会長がネコネコ騒《さわ》ぎながら風のように走ってくのとすれ違った……ってぼくの顔に何かついてる？」

　扉を開けるなり、四対《つい》の目を向けられた来訪者は当然、驚《おどろ》きの声を上げた。だが、正直、その顔に驚きを見つけるのは難しかった。

　扉を開けたのは二年二組の小鷹闘志《おだかとうし》だったのだが、彼の目は眠《ねむ》り猫のように少々細く、その為、驚きの表情は読み難いのだ。

『猫博士《はかせ》！』

　けれど、小鷹の姿を確認《かくにん》すると同時に、羽黒を除く俺達三人はまだ運に見放されていなかったとばかりに揃《そろ》って彼のニックネームを呼び、小鷹は俺達の呼びかけに今度は目を瞬《しばた》かせて、わかりやすく驚きの表情を見せてくれた。もちろん無意識だろうが。

「……確かにぼくのことを〝猫博士〟なんて呼ぶ人もいるけど。何か猫絡《ねこがら》みでお困りなのかな？」

　コートのフードに仔猫《こねこ》を入れて登校した――つまりそれ程《ほど》の猫好き――という逸話《いつわ》を持っている小鷹はそのニックネームに苦笑《くしょう》し、それから察しの良い問いを向けてくる。

「ああ、困っている。出来れば力を貸して貰《もら》いたい」

だから俺も単刀直入に申し入れた。

「うん、まあ、猫絡みのことならとにかく話くらいは聞こうか」

そうすれば小鷹はすぐに頷いてくれ、俺は話を聞いて貰うため、それと長身だがひょろりと細くて、どうにも寒そうに見える小鷹をストーブの近くに座らせた。

それから俺達は昼食を食べながら、この事件について説明した。

「……なるほど。鈴木会長は食べ物の恨《うら》みで動いていたわけか。納得《なっとく》だな」

猫がひげを扱《しご》くように、頰《ほお》を手で軽くこすりながら俺達の話を聞き終えると、小鷹は椅子から立ち上がりこたつの方へ足を向けた。

「くつは脱《ぬ》ぐのかな？」

「好きなようにどうぞ」

実に淡白《たんぱく》な声を桑田が返せば、小鷹は困ったように眉《まゆ》を寄せ、結局その場で上履きを脱いだ
——その靴下《くつした》には猫のキャラクターが描《えが》かれていて、猫の模様がモノグラムのように編み込まれたマフラー同様に、小鷹は自身の猫好きをそんなところでも証明していた。

それはともかく、小鷹は細い目をいっぱいに開くと、件《くだん》の足跡《あしあと》に目を凝《こ》らす。

「足跡から個体を見分ける方法はあるのか？」

「そんな方法も技《わざ》も聞いたことがないな」

半分は知的好奇心《こうきしん》から俺が尋《たず》ねれば、返ってきた小鷹の答えは好奇心を満たすどころか、犯

猫の特定は出来ないと言っているに等しかった。

そう言いながらも小鷹は、俺に背を向けたまま、こたつ板から目を上げなかった。やがてこたつの上に走らせていた視線を一ヵ所に固定すると、

「でも、足跡に特徴《とくちょう》のある猫もいるからな。そして、これは運良くそんな足の持ち主……〝軍《ぐん》曹《そう》〟だな」

自信満々に言い切った。

「〝軍曹〟？」

一瞬《いっしゅん》、カエルに似た某侵略者《ぼうしんりゃくしゃ》を脳裏《のうり》に浮《う》かべてしまって、同じくそれを連想してしまったらしい尾田と俺は顔を見合わせた。

「〝軍曹〟っていうと強そうですけど、でも、どうして野良猫にそんな名前が？」

桑田はどうやら屈強《くつきょう》な兵士を想像したようで、不思議そうな顔をして、そんな疑問を小鷹にぶつけた。

「んー、軍曹って呼ばれているには二つの理由があるかな。一つは叶野学園周辺のボス猫で強いから。もう一つは頭頂部から後頭部にかけて星形の斑《ぶち》模様があるから」

小鷹が聞かせてくれたのは、俺達の連想を合わせたような、つまりは単純な理由だった。

「で、どうして足跡からその軍曹だってわかるんだ？」

「軍曹は昔、右前脚《まえあし》の指を二本失ってるんだ。それをふまえてこの足跡を見るとな……」

解説と共に、小鷹はこたつ板に残された一つの足跡を指で示した。

「……確かに、指の跡が二つ足りない」

眼鏡《めがね》のフレームに軽く触《ふ》れながら、俺が確認した結果を伝えれば、同じくそれを見たみんなからは頷《うなず》きが返ってくる。

「つまり、俺達が捕《つか》まえなければならない猫は軍曹か……それがわかれば後は時間の問題だ。頭部に星形っていう目印もあるわけだし」

「そうね。もう軍曹は捕まえたも同然だわ」

ターゲットが明確になれば、他にさして障害となる事柄《ことがら》があるとも思わず、俺と桑田は軍曹捕《ほ》獲《かく》に自信を持ってそう言った。

「……軍曹はそんなに甘い猫じゃないな。軍曹を甘く見ると痛い目に遭《あ》う」

そんな俺達に、水を差したのは小鷹だった。

「あの、すごく狂暴《きょうぼう》だとか？」

甘くないと言いながら、何度も頭を振《ふ》る小鷹を見上げ、少し頬をひきつらせて尾田が問う。

「軍曹はこっちが手を出さなければ何もしないはずだ。それよりも問題は軍曹を探し出せるか……まずその姿を見つけられるかどうかだな。軍曹は滅多《めった》に人前に姿を現さないから、学園の猫とは仲良くしているぼくも、軍曹とはまだ数える程しか会って……見てないな」

狂暴ではない、という言葉に安堵《あんど》したのも束《つか》の間、まず見つけ出すのが難しいと聞かされて、尾田は感想の代わりに乾《かわ》いた笑い声を上げた。

「つまり神出鬼没《きぼつ》で……鈴木さんみたいな猫さんなんですね」

そして羽黒は非常に不愉快《ふゆかい》になる名前を例に挙げてくれた。だが、その名は同時に俺の闘争《とうそう》心《しん》にスイッチを入れてくれる。

「なるほど、かなりの強敵というわけだ……俺の相手として不足はない」

見たことはないが、きっとふてぶてしいだろうボス猫の顔を想像して、俺は唇《くちびる》の端《はし》を持ち上げる。

「だが、勝つのは俺だ！　待ってろよ軍曹！　必ず生徒会長の椅子《いす》を磨《みが》かせてやる！」

そして、軍曹が磨いたその椅子に、次に生徒会長として座るのは絶対に俺だ！

「いや、四脚歩行の動物にそれは無理だな。それと、軍曹を虐《いじ》めるつもりならぼくはこれ以上は協力しないからな」

悪人顔の俺の口許に浮かんだ笑《え》みを見た小鷹は一瞬怯《ひる》んだが、すぐに気を取り直すと細い目を懸命《けんめい》に開いてそう言い切った。

やはり、猫を愛する猫博士《はかせ》の名を伊達《だて》に冠《かん》してはいないらしい。故《ゆえ》に、この後も軍曹捕獲作戦にぜひとも協力を続けてもらいたい。

「……いじめはしない。捕まえるだけだ」

その上でしっかり躾《しつけ》はさせてもらうが——という台詞《せりふ》は胸の内に隠《かく》して俺が改めて言えば、小鷹の双眸《そうぼう》はひとまず通常の状態に戻《もど》る。

「なので、軍曹探しに協力して貰《もら》えますか？」

そうして、真っ直《す》ぐな眼差しとともに桑田が頼《たの》めば、

「なら、協力しようかな。ぼくも軍曹には……会いたいと思っていたところだから」

小鷹は快く了承《りょうしょう》してくれた。

けれど。次の瞬間、俺に訪《おとず》れたのは安堵ではなく、激しく鋭《するど》い目の痛み。

目に埃《ほこり》が入った時とは比べものにならない強烈《きょうれつ》な痛み。実際には目には異物など入っていないのに、それは確実に俺の身体《からだ》を駆《か》け巡《めぐ》る。

そして、俺を苛《さいな》むこの違和感《いたみ》は合図なのだ。

願いの植物《はな》が——叶野市限定で強力な不可視の力を行使する存在、かのうが蒔《ま》いた願いの原《た》石《ね》が芽吹《めぶ》いたと、俺に知らせるための。

人間の一番の願いに反応して芽吹くその植物を百本咲《さ》かせ、摘《つ》み取ること。それが俺とかのうの間で約束されたゲームだから。

「ん？　秋庭？　どうしたのかな？」

合図にしては強すぎると、その度《たび》に思う痛みに、俺は声を発することも出来ない。仮に声が出せたとしても、願いの植物は俺以外の人間には見えないから下手な言い訳をするしかないが。

「あ……と、多加良、カメラを探してるんだよね。犯行現場は片付ける前にしっかりと記録しておかないと！」

「そ、そうですよねっ！　美名人ちゃん、カメラはありますか？」

でも今は、俺の代わりに事情を知っている尾田が、羽黒がフォローをしてくれる。二人とも、少々不器用な演技だったけれど。

「……カメラなら確かこの間、そこの棚《たな》にしまい直したわ。なぜか落ちていたのよね」

更《さら》に桑田も二人の演技に乗っかって、眼鏡の間から眼を押さえる俺の姿をさりげなく小鷹から隠してくれる。

次いで、戸を開ける音が耳に届き――そして、閉じる音と共に、俺の目の痛みは初めと同じように、唐突《とうとつ》に終わる。

そうして、もう大丈夫《だいじょうぶ》だと桑田の肩《かた》を軽く叩《たた》き、ゆっくりと目を開け、顔を上げれば、見えたのは願いの植物。小さな緑色の双葉《ふたば》。

丁度胸の辺りに垂れているマフラーに、その植物が隠れてしまうことはなく。暖房《だんぼう》の効いたこの部屋で今、マフラーを巻いているのはただ一人。

願いの植物は、小鷹の胸に発芽《い》していた。

生きていれば、何かしらの事件が起こるものだとして、それがこうも続けて起こるのは、かのうの嫌《いや》がらせだとしか思えない。

憤《いきどお》りを抱《いだ》きつつ、小鷹の胸に視線を向けたまま、俺が重いため息を吐《は》き出せば、もはやそれだけで尾田達は事態を察した様子で、黙《だま》って頷いた。

その上で、先程《さきほど》フォローの為《ため》に取り出したカメラをこのまま使わずにいるのも不自然と考えたのか、尾田と桑田は有言実行とばかりに足跡《あしあと》にカメラを向けた。

「……桑田さん、このカメラのシャッターボタンってどれ？」

「え……どれ、かしら？」

しかし、長いこと生徒会室に置かれていたカメラは型の古い年代物で、尾田も桑田もその扱《あつか》い方がわからず困惑《こんわく》を浮《う》かべる。

「わたしの勘《かん》では……ここですけど」

「違《ちが》うな。それは飾《かざ》りで、シャッターはこれ」

羽黒の勘を否定して、それを示したのは小鷹だった。その言葉に従って、尾田がボタンを押してみれば、カシャリと小気味いいシャッター音が響《ひび》き、小鷹が正しかったことが証明される。

「古い型のカメラなのに、よくわかったな」

「それは……たまたま本で見たことがあっただけだな」

小鷹が尾田の手の中のカメラに真摯《しんし》な眼差《まなざ》しを向けていることに気付いて、俺が素直《すなお》に感心してみせれば、小鷹は弾《はじ》かれたように視線を逸《そ》らして、なぜか自嘲《じちょう》するように唇を歪《ゆが》めた。

その意味を問おうと俺は口を開きかけたのだが、先に声を発したのは小鷹だった。

「でも、現場の保存っていっても、警察じゃないんだからな。携帯《けいたい》のカメラで十分だったんじゃ……」

「よしっ！　現場の記録はこれでいい。ああ、尾田、一応生徒会長の椅子の写真も撮《と》っておいてくれ！　ってことで、軍曹《ぐんそう》を捕《つか》まえに行くか！」

そして俺は小鷹の追及《ついきゅう》をかわし、その場を誤魔化《ごまか》すべく、そんな声を上げることを選んだのだった。

2

しかし、俺達が昼食を食べ終えた時点で昼休みはタイムアップとなり、結局〝軍曹捕獲作《ぐんそうほかく》戦〟は放課後スタートとなった。

そして放課後、軍曹を探すべく、俺と校舎外に出ると小鷹は、

「猫《ねこ》っていうのは、日光浴によってビタミンDを生成して、それを毛繕《けづくろ》いによって体内に摂取《せっしゅ》するんだ。だからひなたぼっこに不向きな夕方は見つけにくいかもしれないな」

既《すで》に暮れ始めている景色《けしき》を見て、猫トリビアを交えながらそう言った。冬至を過ぎたといってもまだ日は短いのだ。

「確かに、夕方にひなたぼっこもないか」

小鷹の話に納得《なっとく》しつつ、それでも歩みを止めないまま俺が言った台詞《せりふ》に、小鷹は喉《のど》で小さく笑った。

「何だ？」

「いや、秋庭がひなたぼっこ、なんていうのがなんとなく面白《おもしろ》かったからな」

よくわからない理屈《りくつ》の答えだったが、どうも俺は小鷹の笑いのツボを押してしまったらしい。控《ひか》え目な笑い方ではあったが、それがなかなか収まらないので、小鷹のことは放って置いて、俺は地図——小鷹が午後の授業中に作成したという〝叶野学園猫マップ〟に視線を落とした。

そこに記されているのは、学園の敷地内《しきち》における猫の出現ポイントだ。赤い数字でマークされているのは全部で47ヵ所。

ほとんど成り行きで俺達に付き合ってくれているにしては、力の入ったマップの出来に、

「もしかして、小鷹も何か軍曹の被害《ひがい》にあったのか？」

俺は思わず小鷹にそう尋《たず》ねた。

「いや、ぼくは軍曹には何の恨《うら》みもないな」

「じゃあ、どうしてこんなに熱心に？」

けれど小鷹は首を振《ふ》り、俺はマップを指で示しながら続けて問う。

「昼にも言ったと思うけど、ぼくも久々に軍曹に会いたいんだ……軍曹は少し特別な猫だからな」

そうすれば小鷹は、声の調子こそ軽かったが、どこか真剣《しんけん》な面持ちでそう言った。

「特別って？」

ボス猫だからだろうか、と俺は一瞬《いっしゅん》考えたが、でもそれは違う気がしてまた小鷹に問いを重ねてしまう。

「……うん。多分軍曹は、見えないモノが見える猫なんだと思うんだ」

小鷹は言いながら、その視線の先に軍曹がいるかのように目を細める。

「……見えないモノって、幽霊《ゆうれい》の類《たぐい》か？」

見えない存在《モノ》と聞いて、一瞬俺の脳裏をかのうの姿が掠《かす》めたが、即座《そくざ》にそれを振り払《はら》うと、

俺は小鷹の答えを待った。

「幽霊か……それも興味深いけど、軍曹はもっと別のモノを見てるんじゃないかな」

俺の問いに小鷹は頬《ほお》を緩《ゆる》めて、それからもう一度、今度は真っ直《す》ぐに空中に双眸《そうぼう》を向けて——その場でただ目を凝《こ》らす。

と同時に小鷹の手が、小さく動いた気がしたけれど、俺が瞬《まばた》きをする間にその手はコートのポケットへと仕舞《しま》い込まれていた。

「……小鷹、いま」

「ん、第5ポイント到着《とうちゃく》だ」

俺はもう少し追及の手を伸《の》ばしてみたかったが、小鷹がそう声を上げたのでひとまず問いを収めた。

小鷹は既にいつもの雰囲気《ふんいき》を取り戻《もど》していたし、いま垣間見《かいまみ》たものだけで結論を急ごうとしている自分に気付いたから。

願いの植物の性質——一定の期間に花が咲《さ》かなかった人間は、やがて眠《ねむ》ったまま二度と目覚めなくなってしまうというソレ——を思えば、悠長《ゆうちょう》なことは言っていられないとわかっている。でも、まだ一日目だと自分に言い聞かせて、つい先走る心を抑《おさ》え込む。

「第5ポイントだな、よし」

そうして、ひとまず軍曹探しの方に意識を戻し、俺はマップと現場を見比べた。

マップ上に見つけた、⑤という数字は、校門近くの生《い》け垣《がき》の向こうで、場所に間違いはない。

けれど、一見したところ猫の顔はおろかしっぽの先すら見えず、

「ここに猫はいないみたいだぞ」

「いや秋庭、マークは生け垣の向こうにしてあるだろう。つまり繁《しげ》みをかき分けて見ないと……相手は猫だからな？」

人間を探す時とは視点を変えるようにと、暗に告げられて、俺は一つ頷《うなず》く。

すると小鷹は満足げに細い目を更に細め、膝《ひざ》を折り、さっそく行動を開始した。

俺も小鷹に倣《なら》って、腰《こし》を落とすと近くの生け垣をかき分けてみる。

「猫は耳がいいから、そーっとな」

小鷹の指導のもと、静かに、少しずつ繁みをかき分けて行けば、やがて畳《たたみ》二畳程《じょうほど》のスペースが見えて、そこには本当に猫が一匹《ぴき》いた。

やたら丸々とした、鼻の下にチャップリンのようなちょびひげ模様がある猫——つまり軍曹の特徴《とくちょう》とは一致《いっち》しない猫が。

「これはチャッピーくんだな」

軍曹ではないと断定し、個体名《なまえ》も違《ちが》うのを呼ぶと、小鷹は首を振った。すると、名前を呼ばれた猫は自ら小鷹の元へと寄ってくる。

そうすれば小鷹は生け垣を完全に乗り越《こ》えて、チャッピーを抱《だ》き上げた。

「さすが、猫博士《ねこはかせ》だ。名前もわかってるのか。そりゃ猫も寄ってくるか」

「チャッピーは人懐《ひとなつ》っこい方だからな。それに名前はほとんどぼくが勝手につけただけだし、

何度も写真を見て覚えたんだ」

俺が素直《すなお》に感心すれば、小鷹は謙遜《けんそん》し、照れたように俺から目を逸《そ》らすと、代わりにその体と同じにまんまるいチャッピーの目を間近から覗《のぞ》き込んだ。そのまましばらくチャッピーと見つめ合う。

「チャッピーは今日も元気だな……ちゃんと風《ふ》は吹いているかな？」

そして、隣《となり》にいる俺のことを忘れたみたいに、小鷹は真剣な顔で、不思議なことを猫に問う。

けれど、チャッピーは小鷹の腕《うで》の中でごろごろと喉《のど》を鳴らすだけで、何も答えなかった。

「……うん、いいよ、答えなくっても。さてと、次の場所に行こうかな。ここは今日はチャッピーの場所だから、軍曹《ぐんそう》はこないな」

真剣な顔をしていた割に、あっさりと答えを諦《あきら》めると、小鷹はそこで俺の存在を思い出してくれたらしく、チャッピーを下に降ろしながらそう断言してくれた。

「チャッピーの場所？　軍曹はこの学校のボス猫なんだから、そんなこと気にしなくていいんじゃないか？」

猫の世界にもそれなりの秩序《ちつじょ》はあると思うが、それでもボスは絶対的存在ではないかと思って尋ねれば、

「確かに軍曹は強い。でも、無駄《むだ》な争いは好まないからな」

猫博士はしたり顔でそう答えた。その言葉には、妙《みょう》な説得力があり、俺は頷かざるを得なかったのだった。

そうして俺達は再び軍曹の捜索《そうさく》に戻り、次のポイントへ足を向けたのだが。

「……ああ、あれが鈴木くんの〝鈴木猫化大作戦〜猫の気持ちでネコゲッチュ〜〟かな」

その途中《とちゅう》、校庭の片隅《かたすみ》に目をやった小鷹は、明日の天気は晴れ、というような口振《くちぶ》りでそう言った。

ものすごく嫌《いや》な予感がしたのだが、あまりにも何気ない口調につられて俺も視線を動かして……やはり後悔《こうかい》に襲《おそ》われる。

「……化け猫作戦の間違いじゃないのか？」

小鷹が校庭に見つけたのは、ネコ耳のカチューシャにしっぽ、その上猫ヒゲと猫手のグローブまでつけた鈴木だった。ああ、もしかしたらミュージカルでも始める気かもしれない。どちらにしろ迷惑《めいわく》な話だ。

ならば、いまここで鈴木を仕留めておくべきか？

「ぼくが聞いた話では、猫の格好をすることによって、猫の気持ちを掴《つか》み、そして、おかーさんのお弁当を食べた猫を探し出すという作戦……らしいな」

鈴木の捕獲《ほかく》を本気で検討している俺の隣で、小鷹は本人から聞いたのだろう作戦の詳細《しょうさい》を語ってくれた。

実にくだらない作戦だ。しかし、もしもこれで鈴木の方が先に軍曹を捕《つか》まえるようなことがあったらそれは俺の沽券《こけん》にかかわる。

「でも、あれくらいすれば猫の気持ちになれるかもしれないな。……ぼくもやってみようかな?」

片手を上げた招き猫《まね》のようなポーズから四つん這《ば》いへとポーズを変えようとしている鈴木を見て、小鷹は血迷ったことを言う。

「いや、それは絶対にやめておけ……とにかく、俺達は鈴木より先に軍曹を捕まえるんだ」

その横顔から小鷹の本気の度合いを測ることは出来なかったが、俺は心からの忠告を与《あた》え、改めて決意を表明する。

そしてコートの裾《すそ》をはためかすように大きく翻《ひるがえ》し、俺は次のポイントへと小鷹を促《うなが》す。

「……小鷹?」

しかし、追いかけてくる気配がないのに振《ふ》り向けば、小鷹はじっと俺を見つめていた。

左目を閉じ、右目を開いて、ウインクをするような形で。

一瞬《いっしゅん》、その目に羨望《せんぼう》にも似た強い光が宿ったと思った。けれど俺がそれをもう一度確かめる前に、小鷹はそこで目を閉じてしまった。何かを諦めたみたいに。

「うん、行こうか」

そして、再び目を開けた時にはそんな光は見事に消し去っていて、小鷹は俺を追い抜《ぬ》くと同時に走り出したのだった。

俺は小鷹のその背中に声をかけようとしたが、言葉が見つからなかった。

それは多分、まだ、小鷹の願いが見つかっていなかったから。でも、すれ違い様《ざま》に見えた小鷹の植物は僅《わず》かながらも育っていて。

俺は小鷹の願いも、軍曹もきっと見つけようと胸に誓《ちか》い、今度こそ次のポイントへと足を向けたのだった。

が、しかし。その後、日が落ちるまで俺達は軍曹の姿を探し続けたものの、遂《つい》に見つけることが出来なかった。

桑田と羽黒にも同様に収穫《しゅうかく》はなく、とりあえずその日は解散して、翌日、もう少し日が高い内に探すこととなった。

でも、翌日も、翌々日も俺達は軍曹を捕まえることが出来なかった。

俺達は小鷹のマップを片《かた》っ端《ぱし》からあたって、実際に猫達にも遭遇《そうぐう》した。だからこのマップ自体の信頼《しんらい》性は疑いないのだが、そのすべてを回り終えても肝心《かんじん》の軍曹には出会えないままだった。

そして三日が経《た》った今日になって小鷹はあらたに、軍曹の写真を一枚持参してくれたのだが、本人も認める通りピンぼけでその姿は判然としなかった。他《ほか》にも体型や毛色の似た猫の写真を参考にと何枚か見せてくれたが、それもあまり役立てられなかった——のんびりとした猫達の写真は俺達の心を和《なご》ませてはくれたのだが。

「……さて、どうしたものか」

今日の捜索を終えて、生徒会室に戻《もど》る道すがら、俺は呟《つぶや》いていた。

生徒会室を荒《あ》らされたのは結局一度だけ、学園内の他の場所での被害《ひがい》も聞こえてこない、という状況《じょうきょう》で、新たな手がかりもない。

正直なところ、生徒会として軍曹《ぐんそう》探しを続ける意味を見出《みいだ》すのは難しい状態に陥《おちい》っていた。

けれど、隣《となり》を歩いている小鷹の胸の植物は今日も順調に葉を増やし、成長を続けている。だが、開花の兆《きざ》しはまだ見えないし願いも見えてこない。なのにここで、小鷹と行動を共にする口実を失っていいのだろうか。

そして、俺は物事を途中で諦《あきら》めるというのが大嫌《だいきら》いなのだが、どうしたものか。

「……もう一度だけ。もう一日だけ、探してみるのはどうかな?」

そこまで俺が考えたところで、先程《さきほど》の呟きに過ぎなかった俺の声に遅《おそ》まきながらも小鷹が答えを寄越《よこ》した。

問いの形を取った小鷹の申し出に俺は軽い驚《おどろ》きを覚え、発言の意図を問うような視線を向ける。

けれど小鷹は、細い目をいつもよりわずかにおおきく開けて、俺の目を見返すだけだった。

「……小鷹も軍曹に会いたいっていうのはわかってるつもりだ。でも、小鷹は軍曹を見つけてどうしたいんだ?」

この数日、小鷹は俺達と一緒《いっしょ》に熱心に軍曹を探してくれた。その間に俺は小鷹の猫好《ねこず》きを実感させられた。

でも、小鷹が軍曹を探すのには、どうもそれ以上の何かがあると思ったのだ。ただ特別だから会いたいのではなくて、軍曹を見つけた上で何かをしたいのではないか、と。

そして、その何か、こそが大切な気がして、俺はいま小鷹にそれを尋《たず》ねていた。

答えを待ちながら更《さら》に俺が視線を注げば、小鷹はわずかにたじろいだが、何度か瞬《まばた》きを繰《く》り返した後、ゆっくりと口を開いた。

「軍曹には……ぼくは、軍曹には風が見えるんじゃないかと思う。だから……だからそんな軍曹をこの目でもう一度、ちゃんと見ておきたい、な」

小鷹は何度か言い淀《よど》み、結局それだけを俺に伝えた。

小鷹がすべてを告げていないのはわかった。でも、それがいま小鷹が口に出来る精一杯《せいいっぱい》だというのもわかって。

その一方で、小鷹がこの言葉の中に〝願い〟を隠《かく》していると教えるように、その胸の植物は小さく揺《ゆ》れる。そこにだけ風が吹《ふ》いたようにそっと。

──軍曹には風が見える。

そして俺は小鷹がそう言った時、一瞬だけ見せた羨望の表情を見逃《みのが》していなかった。

その羨望の対象が〝軍曹〟なのか、〝風〟なのかはわからなかったけれど、それはあの日俺を見た眼差《まなざ》しに通じるところがあったから。

ならば、軍曹を探し出すことは、きっと小鷹にとっても、願いの植物にとっても意味のあることだと、俺は自分の直感を信じることにした。

「わかった。じゃあ、もう一日だけ探してみよう。ただ、明日は休日だけど、予定は空いているか？」

そう決めると、俺はまず小鷹の明日の予定を確認《かくにん》した。

「……ああ、大丈夫《だいじょうぶ》だ！　それにやっぱり猫を探すならひなたぼっこを狙《ねら》う方がいいと思うかな」

小鷹は即答《そくとう》すると、眠《ねむ》り猫みたいな目を更に細くして笑ったのだった。


俺達が生徒会室に戻ると、尾田と桑田と羽黒の三人は半分呆然《ぼうぜん》、半分困惑《こんわく》といった様子で鈴木のこたつを囲んでいた。

「またこたつ絡《がら》みでトラブルか？」

「いえ、トラブルではないのですが、あれは何なのでしょうか？」

原因は鈴木だと決めつけながら俺が尋ねれば、顔を上げた羽黒は逆に問い返してくる。

「アレ？」

もしかすると羽黒だけに見えるモノかもしれないと思いながら、俺は羽黒が指差す方へ首を動かして——一瞬《いっしゅん》、思考を放棄《ほうき》したくなった。

恐《おそ》らく、小鷹も含《ふく》め全員同じ考えに至ったのだろう、生徒会室は束《つか》の間、沈黙《ちんもく》に支配され、

「……こたつにはみかんだと思うんですけど、違《ちが》うんですか？」

「ええ、そうね。私もみかんだと思うわ。バナナはちょっと違うと思う」

「しかもバナナスタンドにちゃんと吊《つる》されてるんだよ。アハハ」

羽黒の問いはどこか無邪気《むじゃき》で、桑田は頭痛を覚えたように額に手を当てながら羽黒に同意を示し、尾田はバナナを正しく保存する為《ため》の器具を虚《うつ》ろな瞳《ひとみ》に映しながら、乾《かわ》いた笑い声を上げる。

だが、生徒会室にこたつばかりか、バナナスタンドとバナナを持ち込む人間の心当たりなどあいにく一つしかない俺は、

「この落とし物は、おいしくいただいた上で撤収《てっしゅう》しよう」

この場にいる全員にそう宣言し、三人から同意を貰《もら》った。

でも、ただ一人、小鷹だけは同意を示さない。というより、目の前の物に集中しすぎていて、俺の声が耳に届いていなかった。

小鷹は左目を閉じ、右目だけ開けるという、ウインクのようなピントを合わせるようなあのポーズで、こたつにバナナというシュールな構図に、懸命《けんめい》に目を凝《こ》らしていた。その手は腹の辺りで固定されて動かない。

どこかで見たことのあるようなポーズなのだけれど、あと一つピースが欠けている為に答えが浮《う》かばず俺は少々苛立《いらだ》ちを覚えた。

「……南国の冬景色、かな」

一方小鷹はその構図のタイトルらしきものを呟《つぶや》いて、またしばらくそれを見つめ続ける。いま目の前にある物を忘れまいとするように。

「そこまで一生懸命《けんめい》見つめるものでもないだろう？」

そんなに大した物ではないと、小鷹の目の前で軽く手を振《ふ》りながら俺が言えば、

「うん……でも、人間の目は確かに見た物でも忘れてしまうからな。ちゃんと見ておくにこしたことはない……写真に撮《と》るよりも、な」

眼前で起こる風に僅《わず》かに眉《まゆ》を寄せながら、小鷹はそう答えて、その瞬間、俺は小鷹のポーズの答えに辿《たど》り着いた。

この状態で小鷹の口から写真、という単語を聞いて俺の脳裏《のうり》を掠《かす》めたのはカメラ。

「ああ、そうか」

恐らく小鷹の手の中に収まるのはカメラなのだと気付いて、俺はそう言ったのだが、

「……そうかもしれませんね」

羽黒がやけにしみじみとそう続けたので、ただの相づちに変わってしまった。

そうすれば、確信はあるものの、何となく機会を逸《いっ》してしまい、俺は今日はカメラのことを指摘《してき》するのを止《や》めた。

代わりに小鷹に倣《なら》いこたつの上に目を向けて……結局俺達がその日、バナナを腹に収めることはなかった。

3

翌朝。休日を返上し、校則に則《のっと》って制服で登校した俺達は、生徒会室の鍵《かぎ》を開け、扉《とびら》を開け、

その直後、またも衝撃《しょうげき》に襲《おそ》われた。

前日施錠《せじょう》したのは確かで、窓も含め戸締《とじ》まりの確認《かくにん》は怠《おこた》らなかったというのに。

再び生徒会室は、どこの怪盗《かいとう》の荒《あら》っぽい仕事なのか、と問いたくなるくらい荒《あ》らされていた。カーテンまで破れている惨状《さんじょう》に、他《ほか》の四人が声を失う中、俺は一人こたつまで歩いていった。

こたつ板の上に目を近付けてみれば、そこには猫《ねこ》の毛と、指の欠けた特徴《とくちょう》的な猫の足跡《あしあと》。

それから俺は倒《たお》れたバナナスタンドに視線をスライドさせた。ただし、そこにはもうバナナの皮しか残っていない。

「バナナなんて、普通《ふつう》なら猫は食べないはずだ」

小鷹は確信に満ちた口調でそう言いながら、眉を険しくした。

「それ、本当に軍曹《ぐんそう》の足跡かな？」

「ああ、この足跡は軍曹のだ」

小鷹が確かめてくるのに、俺が答えを返せば、小鷹は急に息苦しさを覚えたかのように、マフラーを緩《ゆる》める。

「戸締まりはちゃんとしてあった……でも〝軍曹〟は侵入《しんにゅう》した」

「こうなると……問題は侵入経路だよね」

俺の言葉を受けて、尾田は深刻な声でそう言った。が、その一方で尾田の目は妙《みょう》な輝《かがや》きを帯び始めて、いよいよ尾田の好きな〝ミステリ〟で〝密室〟なシチュエーションになったかと俺はこっそりため息を吐《つ》く。

「確かに侵入経路は俺も問題だと思うが……」

「そう、密室状態だった生徒会室に軍曹はいったいどうやって侵入したのか。うん、僕は今日、そのあたりを調べてみることにするから」

それでもどうにか尾田の興味を逸《そ》らそうと俺は口を開いたが、尾田は途中《とちゅう》で俺の言葉を遮《さえぎ》ると、案の定、そう宣言してくれた。

「……ぼくは、みんなで早く軍曹を見つけた方がいいと思うけどな」

軍曹が食べ慣れないはずの物にも手を出しているのに不安を覚えたらしく、小鷹は控《ひか》え目に意見を述べたが、例のスイッチが入ってしまった尾田がそれに頷《うなず》くことはなかった。

そんな尾田に、桑田は小さく肩《かた》を竦《すく》め、羽黒は戸惑《とまど》いを浮かべ、俺は苦笑《くしょう》するしかなかった。

そして小鷹は半ば呆《あき》れたように尾田を見ながら、

「……今日こそ軍曹に会えるかな」

ぽつりと呟いて、肩にかけたままの大きめのバッグを手で叩《たた》いたのだった。

冬日和《ふゆびより》という言葉が相応《ふさわ》しい晴天で、日差しがある分暖かく過ごしやすい日だというのに、隣《となり》を行く小鷹は今日もマフラーに首を埋《うず》めるようにしている。

「……体調が悪いのか？」

小鷹が冬休み中に一時入院していたという事実を、ついさっき本人から聞かされた俺は思わず気《き》遣《づか》ってしまう。

「もう大丈夫《だいじょうぶ》なんだからな。それにどんなに寒くてもちゃんと目は開けているからな」

すると小鷹は苦笑し、続けて自信満々にそう返してきたのだが、相変わらず細い目に、俺はほんの少しだけ疑いを抱《いだ》いた。

でも、小鷹の胸の植物は宿主とは違《ちが》い、冬の空の下で葉《は》を青々と繁《しげ》らせていた。

「それで、どこから行く？」

とにかく気分を改めて、すべての番号にチェックが入ったマップを広げて問えば、小鷹はその場で足を止め、暫《しば》し思案顔になる。

一度調べた場所を再度調べ直すことは決まっている。桑田と羽黒は北棟《きたとう》の敷地《しきち》から調べ直し、俺達は南棟及《およ》び新旧東棟の敷地内を担当することも。

その上で問いを重ねたのは、猫博士《はかせ》の知識に期待してのことだ。

「……午前中、特に日当たりがいいのは⑦と⑮だから、そこは外せない。それともう一度、過去に軍曹が目撃《もくげき》されたポイント……風が吹《ふ》くところ、だ」

「風が吹くところ？」

前の二つのチェックポイントはわかったが、最後の一つは少々漠然《ばくぜん》としていて、俺は首を傾《かし》げた。

「……うん。前に軍曹を見た時、軍曹は風に吹かれていたから。向かい風の中で、顔を上げて、真っ直《す》ぐに前を、風を見ていたからな」

小鷹は何か懐《なつ》かしいものを思い出すように、それでいてどこか一途《いちず》な光を宿した目で語る。

きっと小鷹はその時もあのポーズでカメラを構えていたのだろうと思いながら、

「つまり……風通しがいいところか？」

俺は小鷹の言葉を言い換《か》えた。そうすると随分《ずいぶん》味気なくなってしまったが、小鷹は頷きを返してくれた。

「そうか。わかった。じゃあ早速《さっそく》そんな場所を探しに行くぞ！」

それでも、俺は若干《じゃっかん》のばつの悪さから、追い越《こ》すように小鷹の脇《わき》を通り過ぎた。

「……また、秋庭の風が吹いたな」

その瞬間小鷹は顔をしかめ、何か呟《つぶや》いたのだが、俺にその呟きが届くことはなかった。


冬の貴重な日差しと、休日で人影《ひとかげ》が少ないという二つの条件が重なると、猫達は大胆《だいたん》になるらしい。

「学校にこんなに猫がいたとは……」

マップにある場所以外にも姿を見せ、更《さら》には堂々と闊歩《かっぽ》している猫達に、俺は衝撃《しょうげき》を受け、思わず呟いていた。朝からの短い時間で既《すで》に昨日の倍以上の数の猫を見たのだから、当然の反応だ。

「オレオに、長尾丸《ながおまる》……軍曹《ぐんそう》はいないな」

今日は猫の日！　とばかりに行進していく猫達を冷静に確認《かくにん》する小鷹の方が例外だ。

「頭に星形って猫は、いそうでいないいんだな」

「うん、探すといない……だから軍曹に会うと、いいことがあるなんて噂《うわさ》もある」

俺の呟きに答えを返しながらも、小鷹は足を止めずに、次の目的地を目指している。

最初こそ俺に先を越されたが、それは朝でまだ頭と身体《からだ》が目覚めきっていなかったからだというように、いま小鷹は歩いている。

「小鷹、今日はすごくやる気じゃないか」

「……軍曹探しは今日で終わりだから、な」

今朝の生徒会室の状態を思い出せば、捜索《そうさく》延長の可能性は高いのだが、小鷹はそこに思い至っていないらしく、どこか硬《かた》い表情でそう答えた。

でも、たとえ俺達が捜査《そうさ》線から離脱《りだつ》したとしても、小鷹は一人で軍曹探しを続ければいいはずなのだ。

「ああ、そうだ。今日で終わりだ」

だが、俺はその点を指摘《してき》せず、あえてそう言った。

小鷹が軍曹を探し出すということと共に、今日という日に何らかの意味を求めて行動しているのならば、そのままにしておくべきだと考えたから。

その意味《こたえ》は肩《かた》にかけているバッグの中にあるような気がしたけれど、俺はそのバッグを一瞥《いちべつ》するに留《とど》めておく。

しかし、小鷹は俺のその視線に気付いて、隠《かく》すように脇に抱《かか》え直してしまった。

「……もう、風通しのいい場所につくから」

そして、間近に迫《せま》った旧東棟へといっそう足を速めて行ってしまう。

その背中を追いながら、俺はそのなんとも今更な行動に、逆に今こそそのバッグの中身について尋《たず》ねてみようという気になった。

それを実行に移すべく、走っていって肩を並べた、次の瞬間《しゅんかん》。

小鷹の言葉を証明するように、ふいに風が強く吹いて。

俺は反射的にコートの襟元《えりもと》を押さえ、軽く俯《うつむ》いた。枯《か》れ木のざわめきに旧東棟の風見鶏《かざみどり》がギイギイがたがたと回る音が重なり響《ひび》く。

そんな中、小鷹は。マフラーが解《ほど》けて風に流れてはためくのも気にせず。

昂然《こうぜん》と顔を上げた。

顎《あご》を上げ、そして、目を凝《こ》らす。左目だけを閉じる例の形で。その手は何かを――カメラを包み込むように腹の前に固定されて。

小鷹は、更に目を凝らす。吹きすさぶ風を、その色を見ようとするかのように。懸命《けんめい》に懸命に目を開けて。

小鷹の姿は、まるで風に挑《いど》むような、一種の完成された構図のようでもあったけれど。

だからこそ、そこに一つ欠けている物のことが俺は気にかかった。

なぜ、いまそれは、小鷹の手の中に無いのだろうか、と。

　だが、俺が答えを導き出す前に、風は止《や》み、小鷹は我に返ってしまって。

「……いま、何を見ていたんだ？」

風、という答えが返ってくるものと信じて、俺は小鷹に問いかける。なぜなら、いまの小鷹は話に聞いた、軍曹の姿と重なったから。

「何も見えなかったな。見たいものは何も」

けれど、小鷹は呟くようにそう言って、静かに目を閉じた。

「本当に、何も見えなかったのか？」

それでも、俺が食い下がれば、小鷹は細い目をそれとわかるように開いて、ゆっくりと俺の顔を見た。

「風は見えなかったな……でもあそこの軒下《のきした》にツバメの巣があったな。いまは空だけど春になったらまた巣を作るんじゃないかな。よく見て忘れないでおくといい」

それから冬空の下に見つけた、季節はずれのそれを指さして、小鷹は静かに告げた。

「本当だ……ちゃんと見えているじゃないか」

もう、小鷹が何を見たいのかわかっていたけれど、俺は本心からそう言った。ちゃんと見るべき物は見えている、と。

　だから、小鷹の胸の植物《はな》は、その一刻の間にも葉を広げたのだと思って。

　小鷹が俺の言葉に頷《うなず》くことはなかった。でも俺は、目を凝らしてみようと決めた。小鷹が空中に目を凝らしたように、小鷹の手の中に。その願いに、目を凝らしてみようと。

「あのツバメの巣。そのバッグの中の……カメラで撮《と》っておかなくていいのか？」

その為《ため》に、まず俺は小鷹を揺《ゆ》さぶる問いを向けた。

「カメラ？　何のことかな？　それよりも次に行こうか」

しかし、小鷹はとぼけた上に、はぐらかし、急いで踵《きびす》を返す。

「そのバッグの中にはカメラが入っているんだろう？　お前が興味を覚えたものを撮っておく為に！」

それでも俺が引き下がらず、その背中に声をぶつければ、小鷹はぎこちない笑《え》みと共に振《ふ》り向いて、

「……ぼくは、もう写真は撮らない」

無理矢理浮《う》かべた笑みを無意味にする、ひどく硬《かた》い声でそう言った。

「もう写真を撮らない？　どうして？」

「どんなに写真を撮ったって、無駄《むだ》だってわかったからな。もう、風は吹《ふ》いていないと」

その顔を、俺は真っ直《す》ぐに見つめたが、小鷹は体ごと目を逸《そ》らすと、今度こそ背を向け歩き始める。

「小鷹、小鷹！　待てっ！」

俺はその背中に声をぶつけ続けるが、小鷹は止まらず、どんどん先へと進んでいく。仕方なく俺は加速して、小鷹を追い抜《ぬ》くと、目の前に立ち塞《ふさ》がった。

「……小鷹、お前は今日、軍曹《ぐんそう》を撮るつもりじゃないのか？」

たたらを踏《ふ》んで、なんとか止まった小鷹の目を正面で捉《とら》えると、俺はそのまま問うた。

「……どうして、このバッグの中身がカメラだってわかったのかな?」

すると小鷹はそれ以上進むことを諦《あきら》め、俺の双眸《そうぼう》を受け止め、けれどどこか不安を宿したままの目で俺を見た。

「伊達《だて》にここ数日一緒《いっしょ》にいたわけじゃない」

小鷹が俺を見てそうしていたように、つまり、カメラのピントを合わせる要領で左目を閉じながら俺は言った。

「まだ、無意識にやってたな。無駄なのに」

そうすれば小鷹は自嘲《じちょう》まじりの、ぎこちない笑みを浮かべ、それから一つため息を吐《つ》いた。

「そうか。でも、少し違《ちが》うな。ぼくがずっと写したかったのは、風だ」

そして、真剣《しんけん》な面持《おもも》ちで小鷹はゆっくりと話を始めた。

「ぼくは……ずっと前から風をカメラで撮りたいと思ってた。ぼくの胸に風が吹いたと思った日から、ずっと」

言いながら、小鷹は俯いて、解けたマフラーを巻き直しながら、自分の胸を見た。

そうして小鷹は子どもの頃《ころ》病弱で外に出られなかったこと、そんな自分にある日、親戚《しんせき》の一人がカメラをくれたことを語った。

「なぜだろうな。ぼくはとても嬉《うれ》しくなって、ベッドの上でカメラを構えて外に向けた。でも、窓が邪魔《じゃま》で……窓は、いつも母親がぼくの体調を見て開閉を決めていたんだけど……ぼくはその日、初めて自分で窓を開けたんだ」

話を続けながら、小鷹は空中に目を凝《こ》らす。

「そして、窓を開けたその時……風が吹いたんだ。ぼくの胸を通り抜けた。ぼくは夢中でシャッターを切っていた。その風を写せると思ったからな」

特別に訓練された話し方でもなく、むしろ淡々《たんたん》としているのに、その声を聞いていたら、自分の胸にも風が吹いたような気がした。

「だけど、現像してみたら風は写ってなかった。だから、その日からぼくは風を写そうと思っていたけど、毎日毎日、風が吹く度《たび》にカメラを構えたけど、いつか写せるんじゃないかと思っていたけど、結局写せなかったな」

でも、そこから一転して、小鷹は声と表情を曇《くも》らせ、視線を足下《あしもと》へと落とした。

「……ぼくの中にもう風は吹いていないんだ、消えてしまった。ぼくは……あの日の風を忘れてしまったんだな。だったら、もう風を……写真を撮る意味は無いからな。だからカメラを置いた」

さっきとは違い、つとめて抑揚《よくよう》を抑《おさ》えた声で小鷹は語り終えると、もう一度深く息を吐いた。

正直、芸術方面には——特に技術面においては致命《ちめい》的に——感度の低い俺には、小鷹の感覚が半分も理解出来ず、一瞬《いっしゅん》言葉に詰《つ》まる。

「けど、今日は軍曹を撮るつもりで来たんだろう?」

けれど、俺はもう一度、同じ言葉を小鷹へ向ける。それだけがいま、俺が確かにわかっている真実《こと》だったから。

「……ああ、うん。軍曹の写真は、やっぱり撮ってみたいな。軍曹は、いつもピントを合わせてる間にいなくなってしまって、まともな写真が撮れなかった……それが唯一《ゆいいつ》の心残りだから、軍曹を写せればぼくはちゃんとカメラを置くことが、出来るだろうな」

そうすれば、小鷹はわずかに目を見開いて、そう言った。今日で本当に終わりにするのだと。

なのに、その目にはひたむきな光が点《とも》って、小鷹の胸の植物は、いままたぐんとその丈《たけ》を伸《の》ばす――まだ、終わりではないというように。

「なら、軍曹は絶対に捕《つか》まえてやる」

だから俺は、小鷹の目を真っ直ぐに捉《とら》え直すと同時にそう宣言したのだった。

「……秋庭。一つ聞いてもいいか？　どうすれば風は」

そうすれば小鷹は何か問おうと、そこまで言葉を紡《つむ》いだのに、ふいに小鷹はその糸を途切《とぎ》れさせた。

「どうし……」

「静かにっ！」

理由を尋《たず》ねようと口を開けば、初めて鋭《するど》い――でも空気のように微《かす》かな――声で小鷹は俺の言葉も塞ぐ。

俺が黙《だま》ると、小鷹は指だけを動かして、その先を見るように俺を促《うなが》す。

訝《いぶか》しく思いながらも、俺は促されるままに視線をスライドさせていき、そこに一匹《ぴき》の猫《ねこ》を見つけた。

「あ・れ・が・ぐ・ん・そ・う・だ」

唇《くちびる》の形だけで小鷹は俺に伝えてきたが、教えられるまでもなかった。胴体《どうたい》は白い毛で覆《おお》われていて、そこだけ見れば白猫のようだが頭頂部から後頭部にかけて、黒い星形の斑《ぶち》のある猫は〝軍曹〟以外に見えなかった。ただし、実際の軍曹は俺が想像していたボス猫像とは違い、細身の綺麗《きれい》な猫だったけれど。

校門の傍《そば》、南棟《みなみとう》に近いその場所に、二宮金次郎像が立っているのだが、軍曹はその銅像が背負っている薪《まき》の上で、自分もまたその一部であるかのように佇《たたず》んでいた。

「……あれ、ちょっと毛づやが悪いかな？」

軍曹が俺達の存在に気付く様子がないとみると、小鷹は小さく呟《つぶや》いた。言われてみればそんな気もするが、野良猫《のらねこ》はこんなものではないのだろうか。

「まあ、それは、捕まえてからじっくり観察してくれ」

ようやく目的の猫に出会えた感動も後回しにして、俺はコートのポケットから、やっと出番のきた秘密兵器を取り出した。

ついでにコートとブレザーも脱《ぬ》いで、小鷹に預ける。軽装になった俺を見て、小鷹は軽く首を傾《かし》げる。

「……で、どうやって捕まえるつもり？」

「この秘密兵器を使う」

「いや、それはいいと思うけどな、追い込むとか、挟《はさ》み撃《う》ちにするとか作戦は？」

「体は温まってるし、一人で大丈夫《だいじょうぶ》だ」

小鷹の問いに答える間も、軍曹から目は離《はな》さず、自分からの距離《きょり》を目測する。

だいたい大股《おおまた》で十歩というところ。これならば、きっと。

「一気に行ける。小鷹。カメラの準備しておけよ」

言い終えると同時に、俺は地面を強く蹴《け》った。その音に、軍曹は耳をぴくりと動かし、俺の方を一瞬見ると、すぐさま銅像から飛び降りた。けれど。

そのつま先が地面に触《ふ》れる前に、俺は秘密兵器を広げ、軍曹を捕獲《ほかく》していた。

「なっ、えっ、嘘《うそ》！」

「鈴木に比べたら、大したことはなかったな」

小鷹の驚愕《きょうがく》した声を背中に聞きながら、俺は誰《だれ》にともなくそう呟いておいた。

4

秘密兵器——それはいわゆる〝洗濯《せんたく》用ネット〟だった。

メッシュのネットの中に捕《と》らえられた軍曹は、鳴き声こそ上げないが、どうにかそこから出ようと暴れている。しかし、ネットごと生徒会室の床《ゆか》を滑《すべ》るだけで脱出《だっしゅつ》には至らない。

「こちらが軍曹さんですか」

ネット越《ご》しになんとか星形を確認《かくにん》した羽黒だが、軍曹のあまりの暴れように腰《こし》がひけている。

桑田はそんな羽黒を庇《かば》うように、やや前に出て静かに軍曹を見下ろし、尾田は何かを考え込んだまま、一応視線を向けていた。

そして小鷹は、さっきから軍曹と自分のバッグを見比べては迷う表情を見せている。

ここまで来て、いったい何を迷うのかと、俺は口を開きかけたが、

「多加良が軍曹を捕まえて来てくれたのはいいけど……まだ侵入《しんにゅう》経路はわからないんだよね」

尾田が憂鬱《ゆううつ》な声を発する方が早かった。

「軍曹がどこから入ったのか、まだわからないのか？」

「残念ながらね」

謎《なぞ》が解けないことが悔《くや》しいのか、肯定《こうてい》しつつも尾田は唇を噛《か》んだ。

「どこか、猫の力でも開きそうな戸とか鍵《かぎ》とかは……」

言いながら、俺は室内に目を走らせた。

「ない。通気孔とか考えたけど、無理だね」

尾田は天井《てんじょう》に近い通気孔を指さし、俺も顔を上げて見たが、そこから出入りした場合、蓋《ふた》が落ちるとか絶対に痕跡《こんせき》が残るはずだ。でも、それは無い。俺と尾田は天井を見上げたまま思わず唸《うな》ってしまう。

そして俺が、束《つか》の間とはいえそちらに気を取られていたその時だった。

何かが恐《おそ》るべき速さで俺の足下《あしもと》をすり抜《ぬ》けて行き、直後、視界の隅《すみ》に、どこか思い詰《つ》めた顔

で立《た》ち尽《つ》くしている小鷹の姿が映る。

慌《あわ》てて振《ふ》り向いてみれば、小鷹の手には空になった洗濯ネット。

「なっ、小鷹⁉」

ならば当然軍曹は逃《に》げ出していて——生徒会室をがむしゃらに走り回り出した猫に室内は軽いパニックに見舞《みま》われる。

「きゃっ！」

この事態に、一見冷静に見えた桑田さえもいきなり目の前でジャンプされ、小さく悲鳴を上げ、後退《あとずさ》る。

「ねえねえ、ぼくのお弁当泥棒《どろぼう》が見つかったって本当！」

そうして、いったいどこから聞きつけたというのか、最悪のタイミングでもって鈴木は扉《とびら》を開け放ってくれる。

「閉めろ、鈴木っ！」

「へっ？　お財布《さいふ》の紐《ひも》なら最近はちゃんと閉めて……うわっ、あ〜れ〜」

俺の指示に、とぼけた台詞《せりふ》を返す鈴木の足下を、すかさず軍曹は走り抜けて、室外への脱走《だっそう》を成功させた。

「ぐ、軍曹さん、待って下さいっ！」

「そんなこと言っても、人間だって待ってくれないんだから」

「ここは追いかけるしかないわよね」

俺を除く三人の意見はすぐに一致《いっち》をみて、反射に近い感じで、軍曹を追って駆《か》け出していく。

「えっ、いまのがお弁当の仇《かたき》！　待てぇっ！」

当然、そうと知った鈴木は常に無い真剣《しんけん》な表情で身を翻《ひるがえ》して出て行った。

そして、四人の勢いにつられるように、或《ある》いは紛《まぎ》れてしまおうと思ったのか、小鷹までもが踵《きびす》を返して、外に出ていこうとしていた。

軍曹を逃がした張本人が、だ。

「小鷹、待て。なんで軍曹を逃がした。あいつの写真が撮《と》りたいって言ったじゃないか」

当然俺はそれを許さず、やや声を尖《とが》らせて、小鷹の背中に制止をかけた。そうすれば、小鷹は素直《すなお》に足を止めたけれど、振り向きはしなかった。

「……そうだけど。でも、それでも風《ふ》が吹かなかったら、写せなかったらって思ったら、怖《こわ》くなったのかな。……ごめん」

小鷹は首だけで振り向き、謝罪の言葉を口にすると、今度こそ走っていってしまった。

その背中からだけでは、小鷹が逃げようとしているのか、それとも本気で軍曹を追いかけようとしているのかの判断がつけられず、俺は一瞬《いっしゅん》迷う。小鷹を追うべきかどうか。言い訳もなく視線を彷徨《さまよ》わせ、結果として俺は更《さら》に惑《まど》うことになる。机の上に小鷹のカメラの入ったバッグを見つけて。

小鷹はここに戻《もど》って来るつもりでこのバッグを置いていったのか、それとももうカメラと決別するつもりで、ここに置いていったのかわからなくて。

机の上に置かれたバッグを見ていると、ふいに俺の視界に入った物があった。

それは、同じ机の上に広げられていた小鷹の猫《ねこ》の写真で。俺はそれを手に取るともう一度じっくり見てみる。

何気ない風景の中に、何気なく収まる猫達の写真は見ているだけで優《やさ》しい気持ちになる。

右下には撮影《さつえい》日時。よくよく見ればその日付は連続していて、これまで小鷹が毎日写真を撮っていたことがわかる。

最後に、軍曹《ぐんそう》のピンぼけ写真を見て――俺はそこにあるものを見つけ、目許《めもと》を緩《ゆる》めた。

そして、ここで小鷹を待つと決めた。こんな写真が撮れる小鷹が戻ってこないはずがないと思ったから、この待ち時間を静かに過ごそうと決めたのだ。

が、しかし。この隙間《すきま》とも言えない時間を縫《ぬ》うように、聞き慣れた音が俺の耳に響《ひび》く。

しゃらんしゃら、という金属の……連環《わ》の擦《こす》れ合う、鈴《すず》に似たその音が。

「おやおや、今日は多加良しかいないのかのう? まあ、二人きりでも妾《わらわ》はかまわぬがの」

続いて、姿よりも先に艶《あで》やかな声が耳に届くが、からかうような口調に自然と渋面《じゆうめん》になりながら、俺は視線を上げた。

そうすれば、そこには黄金色の双眸《そうぼう》に、銀色の髪《かみ》の人ならざる者――かのうの姿。両手と両足には白金の連環が嵌《はま》っていて、さっき音を立てたのはこの装身具だと俺は知っている――かのうが現れるのは大抵退屈《たいていたいくつ》している時で、それに伴《ともな》う暇《ひま》つぶしに大概《たいがい》俺達を巻きこむから警戒《けいかい》が必要ということも、だ。

「……俺は大いにかまう。というか、茶の一杯《いっぱい》も出す気は無いからとっとと帰れ」

「それはさすがにどうかと思うがのう？　せっかくこたつにあたりにきたのに、茶の一杯も供されぬとはつまらぬのう？」

俺の言葉にかのうは素直に従うどころか、ちゃっかりこたつにはまりこむ。

「ついでにみかんもバナナも出すつもりはない。だからさっさとお引き取りを」

そもそも飲食する必要のない人外の存在は、俺の台詞に柳眉《りゅうび》をひそめ、小首を傾《かし》げる。それに伴《ともな》い銀色の髪はさらさらと流れていくが、かのうがそれに構う様子はない。

「ばなな、とは何かのう？」

代わりに問われたことに、俺は不覚にも脱力《だつりょく》しそうになる——もちろんギリギリで堪《こら》えたが。

その若々しい外見からは想像出来ない歳月を重ねているはずのかのうは、南の国からやってきた食べ物のことを知らなかった。

「……南の国の果物《くだもの》だ」

「なるほど。それ故《ゆえ》、叶野《かのう》市では食べられぬのかの」

俺の説明にかのうはなぜかそう納得《なっとく》してしまい、俺も面倒《めんどう》なので訂正《ていせい》はしなかった。というか、いつもされていることを考えたらこのくらいの意趣返《いしゅがえ》しは当然の権利だ。

「うむ……こたつにあたっているのにお茶もみかんも出ぬのはまあ、諦《あきら》めるとしてもの……猫はどこかのう？」

実体ではないかのうがこたつの暖かさを感じているのかがそもそもわからないが、とにかく妖怪《ようかい》もどきは、更に要求を重ねてくれる。

こたつにはお茶とみかん、それから猫——という公式が、どこで習ったのかかのうの中では成立しているらしい。

「猫はたったいま逃《に》げ出したところだ。帰ってくる予定は未定。だからもう帰れ」

いつ小鷹が戻ってくるかもわからないし、その植物がまだ開花していない段階でこれ以上かのうにかき回されたくもなくて、とにかく俺は同じ台詞《せりふ》を重ねる。

「ほんに多加良はつれないのう……なれど、妾は猫と遊びに来たのだからの？　ここにいるはずだのう？」

紅《あか》い唇《くちびる》にからかうような笑《え》みを浮《う》かべてわけのわからないことを言い、それからかのうは黄金色の双眸をわずかに細めた。

そしてゆっくりと立ち上がると、くるりと舞《ま》うように室内を見回す。そうすれば、連環のしゃらんと擦れる音がその動きを追うように微《かす》かに鳴って。

その音が消えた時、かのうの眼差《まなざ》しはある場所に固定されていた。

「うむ、あの辺りが怪《あや》しいのう……」

次に指先で示して見せたのは、生徒会室に備え付けの棚《たな》。先日、旧式のカメラが出てきた場所だが、猫が隠《かく》れるようなスペースは無いし、ガラス戸の中はいつでも見えている。

俺は何も怪しいところは無いと証明する為《ため》に自ら棚の方へと歩き出す。もちろんかのうを納得させ、さっさとお帰りいただく為だ。

「怪しい？　どこ……が？　うん？」

が、いつもの歩幅《ほはば》でそこまで行ったというのに、半歩分余ってしまい、俺は首を傾げる。

人間の体は思っている以上に普段《ふだん》の感覚というのを覚えていると聞き、前に自宅で目を瞑《つぶ》って歩いてみたことがあるのだが、その時俺はいつも通り左足から玄関《げんかん》に入って、右足で自室の敷居《しきい》を跨《また》いだ。いつものように。

だから、この違和感《いわかん》は確かなもののはずで。

「あれ？　少しだけど動いているか？」

もちろん棚が自動的に動くわけがないから、動かした誰《だれ》かがいるはずで、俺はいつの間にか背後に浮かんでいるかのうに問う視線を向けた。

「妾は何もしておらぬよ」

かのうの表情は明らかにこの事態を楽しんでいたが、今回は言葉通り何もしていなそうだ——多分。

ならばどういうことかと訝《いぶか》しがりながらも、実際どのくらい動かされているのか確かめようと、俺は棚の後ろ、壁《かべ》に接する側を横から覗《のぞ》き込んでみる。

すると、本来ぴったりとくっついているはずの、壁と棚との間には、以前は無かった十五センチ程《ほど》の隙間《すきま》が出来ていて、

「なん、だ、あれ？　扉《とびら》が……二つ？」

溜《た》まった埃《ほこり》に咳《せ》き込みそうになりながらも目を凝《こ》らしてみると、壁のところに何か小さな扉

のような物が二つ見えた。どちらも小さいのだが、手前の扉の方がより小さい。

「扉とな。しかも二つも。うむ、これは中に可愛《かわい》らしきものがいる予感がするのう、多加良、大きい扉の方から開けてみよ」

俺の背後から同じように壁面《へきめん》を覗き込んで、かのうは偉《えら》そうに命じてくれた。かのうの命令に従う気は無かったが、俺は自分自身の好奇心《こうきしん》で、結局奥の扉から開けてみることにした。

中身がぎっしりと詰《つ》まっている棚は随分《ずいぶん》と重かったけれど、そのおかげで中に収納した物が外に飛び出してくることもなく、何とか俺一人でも棚の移動が出来た。

「さあさあ、早《はよ》う開けてみよ」

珍《めずら》しく子どものように声を弾《はず》ませているかのうに急《せ》かされるまま、俺は腰《こし》をかがめ、縦横六十センチ程度の小さな扉に手をかける。

茶室に入るように、身体《からだ》をなるべく小さく畳《たた》んで、まず半分だけ扉をくぐってみて。

そうして、俺が目にしたのは扉に比べると広い空間。四畳半《よじようはん》はありそうな小部屋に、もしやと思って壁を探《さぐ》れば、思った通りスイッチがあって、豆電球の明かりが灯《とも》る。

その明かりの下で改めて見る部屋には雑然と荷物が積まれていた。皆《みな》埃を被《かぶ》っていて、この部屋が長い間閉《と》ざされていたことがわかる——けれど、打ちっ放しのコンクリートの床《ゆか》に残った痕跡《こんせき》を見て、この部屋の封印《ふういん》を解いたのは俺ではないと知る。

「ほほ、こんなところにおったのかの」

そしてかのうは、ようやく目的のものを見つけて、黄金色の双眸《そうぼう》を細め微笑《ほほえ》んだ。

「……うむ、まあ、少々あては外れたのだが、これはこれで満足だのう」

ただし、目的を果たしたはずなのに、呟《つぶや》く言葉は意味深だった。本来ならば警戒《けいかい》するところなのだが、俺も目の前のソレを前にしては気が緩《ゆる》む。

「うむ、満足満足。ということでの、多加良、こやつらのこと、あとは任せるからの……ただし名前はたま、みけ、ぶち、だからの？」

かのうはそれだけ言い置くと、もう一度微笑んで、現れた時と同様、連環《わ》の音を響《ひび》かせながら姿を消した。

「任せるって、おい、やっぱり厄介事《やっかいごと》か？」

残された俺はそう呟いたが、視線の先にいるもの達は俺の問いに答えてはくれなかった。

代わりに、生徒会室の方から足音が聞こえて、俺はひとまずその小さな部屋から出た。

「あ、秋庭……」

そうすればそこには、額にうっすらと汗《あせ》をかいた小鷹の姿があって、俺は自分の選択《せんたく》が間違《まち》っていなかったことを知る。

小鷹の手にはカメラのバッグ。それを持って彼は再び軍曹《ぐんそう》を探しに行こうとしていた。

「軍曹はいないが……軍曹の秘密は見つけたぞ。見たいか？」

それが嬉《うれ》しくて、俺は小鷹に小さな扉の向こう側のことを教えてやることにした。そんな風に言えば、小鷹は好奇心を抑《おさ》えられないはずだとわかっていながらあえて問えば、

「……軍曹の秘密？」

「そうだ。ああ、カメラ、忘れるなよ」

案の定ふらふらと近付いてきた小鷹に、俺はすかさず言った。

交換《こうかん》条件だとはっきりと告げなかったけれど、小鷹はそう受け取ったのだろう。迷った末に、カメラの入ったバッグを手に取った。

それに満足して、俺は小さく笑うと棚の後ろへと小鷹を招いた。小さな扉を見た小鷹はそれだけで驚《おどろ》いたように目を見開いた。

「秘密は扉の中だぞ」

こんなところで驚いて貰《もら》っては困ると、俺が小鷹に告げたその次の瞬間《しゅんかん》、だった。

がたがた、ガタンっという音が聞こえて、俺達は音の方角、手前のより小さな扉に反射的に目を向けて――俺は、そこに軍曹の姿を認めてひどく驚いた。

「……え、ええっ？　扉だけじゃなくて、あんなところにダストシュートもあったのか？　っていうか何でそこから軍曹が？」

そう、慌《あわ》てた声で小鷹が言った通り、手前の小さな扉はダストシュートだったのだ――恐《おそ》らく、校内に点在している、歴代生徒会メンバーのみが知る移動用のソレ。

「なるほど、ようやく侵入《しんにゅう》経路がわかった」

例によって尾田はがっかりするのだろうが、まあ、その問題はいまは置いておく。それよりいまは軍曹だ。

慌てたのは俺達だけではなかった。軍曹はダストシュートを出たところで俺達を見つけると、束《つか》の間その場で硬直《こうちょく》して。

だが、すぐに我に返り、それと同時に、俺が開けっ放しにしておいた扉の中に全速力で入っていく。

「軍曹？　あの扉の向こうに何がある？」

「入ってみればわかる」

尋《たず》ねる小鷹に俺は慌てずにそう言い、とにかく俺達は軍曹に続き、

「う……わ。小さい、な」

小さな扉をくぐり抜《ぬ》けた小鷹が開口一番に言った台詞《せりふ》は部屋の大きさに向けられたものではなく、別の存在へ向けられたものだ。

「軍曹の……仔猫《こねこ》だな、きっと」

「この状態を見るに、間違いないだろう」

確かめてくる小鷹に俺は頷《うなず》きと共にそう言った。

そう、その小さな扉《とびら》の向こうの小さな部屋で息づいていたのは、小さな小さな命だった。

軍曹はまだ目も開いていない仔猫達《こども》を守ろうと、そのやせた身体《からだ》を被せるけれど、そうとは知らず、仔猫達は乳を吸おうと母猫にしがみつく。

ミィミィという鳴き声が耳にくすぐったい、綿毛のかたまりのような仔猫達は母猫から栄養を貰おうと貪欲《どんよく》に動いていた。

普段《ふだん》とは違う軍曹の行動は——どうしても何か餌《えさ》を得なければならなかったのも、生徒会室

が荒《あ》らされたのも、すべてはこの小さな命の為《ため》だったのだ。

「これが、軍曹の秘密だ」

母猫が小さな命を慈《いつく》しむ、強くて温かい姿。月並みな言葉だとそう表するのだろうその光景を壊《こわ》さないように、俺は声を潜《ひそ》めて小鷹に告げた。

けれど、細い目を一杯《いっぱい》に開いて、軍曹と仔猫達を見つめる小鷹に俺の声は聞こえていなかった。

「……カメラ」

ただ一言、小鷹は呟き、そのたった一言で願いの植物《はな》は成長し、ぐんと花茎《かけい》を伸《の》ばし蕾《つぼみ》が生じる。

「そのバッグの中にあるだろう」

俺が教えてやれば、ようやく小鷹は我に返り、忙《いそが》しい手つきでバッグを開けて——その途中《とちゅう》で手を止めた。

そして、じっとカメラを見つめるその内に、小鷹の目は俺の予想を裏切って、輝《かがや》きを失っていく。

「早くカメラを出して構えろ。シャッターチャンスを逃《のが》してもいいのか？」

そんな小鷹に焦《じ》れて、声を尖《とが》らせ急《せ》かせば、ようやくカメラを手に持ったが、

「やっぱり自信がないな……だって、もうぼくの胸に風は吹《ふ》いていない。どうすればまた風が吹くかもわからない」

小鷹はまだそんなことを言う。

もうその手に必要なものを、ちゃんと持っているのに。

風が吹いていないと、シャッターを押すための合図が無いと小鷹は言う。

でも、合図が必要だというのなら、それを送ってやるのが俺だろう。

小鷹に、植物に。開花の合図を、風を送ってやることが出来るのは俺だけだと信じて、強く拳《こぶし》を握《にぎ》りしめる。

「小鷹、お前はいままでどんな風に写真を撮《と》っていた？」

「……それは、風が吹いた時に、目の前にあったものを、かな」

俺の質問に小鷹は戸惑《とまど》いながらも答えを返した。

「じゃあ、お前がそのカメラで、いま、この瞬間に写したいものは何だ？　何を写そうとしている？」

静かに、けれど真っ直《す》ぐに小鷹を見つめて問いを重ねれば、小鷹はその眼差《まなざ》しを揺《ゆ》らす。

それは、とても易しい質問だ。

いま、レンズが――小鷹にとっては第三の目に等しいそれが向いている、見ている先を見ればすぐにわかる。

でも、だからこそ小鷹は必ず答えなければならない。

「……軍曹《ぐんそう》、達だ、な」

自信が無さそうに、けれど小鷹は自分の口をついて出た答えに、惑《まど》いながらも彼らを見つめる。

「そうだ。だから、それを撮ればいいじゃないか……いまそこにある新しい命を撮りたいなら撮ればいい。それだけでいいんだ」

俺はその横顔に正解だと告げたけれど、小鷹は首を振《ふ》った。

「でも、それじゃ風は吹かないんだ。もうぼくはあの日の風を忘れてしまった！　いったい…

…どうすればもう一度風は吹く？」

そして、絞《しぼ》り出すような声で問いを放って、手の平に顔を埋《うず》めた。

「違《ちが》う。お前が忘れたのは風じゃない。写真を撮ることの方だ……だから、お前の風は止《や》んでしまったんだ」

そんな小鷹に俺は静かに事実を伝えた。

そう、小鷹はどこかで順番を間違えてしまっただけなのだ。

きっと、毎日毎日小鷹はカメラを構え、風を、色々なものを写してきたのだろう。

でも、ある日、カメラを置いた一日があって、そこで順番が違ってしまったのだ。

風が止んだから、カメラを置いたのだ、と。

風が止んだという俺の言葉に、弾《はじ》かれたように顔を上げた小鷹は思った通り、泣きそうな表情で、唇《くちびる》をわなかせていた。言葉は声にならず、小鷹はその代わりにカメラを自分の腿《もも》に打ち付けて。

でも、それでも俺は言葉を続ける。否《いな》、続けようとしたのだが。

「!?　小鷹っ！」

次の瞬間《しゅんかん》、小鷹の動きに驚《おどろ》いたのだろう軍曹が、小鷹に向かって拳を繰《く》り出していた。

軍曹の攻撃《こうげき》は小鷹の足下《あしもと》を掠《かす》めただけで、難なくかわされた軍曹は威嚇《いかく》の声を上げながらもすぐに仔猫《こねこ》の許《もと》へ戻《もど》っていく。

その一連の動きに小鷹は細い目を何度も瞬《しばた》かせた。

最初は驚きで、でも徐々《じょじょ》にその目の色は別の物に塗《ぬ》り替《か》えられていく――それは決して恐怖《きょうふ》ではなく、

「……いま、風が吹いたな。軍曹が風を起こした、んだよな」

喜びを滲《にじ》ませて、どこかほうけた顔で小鷹は頰《ほお》を撫《な》でる。

「ああ。いま、風が吹いたのは、軍曹が動いたからだ。……命を守る為にな」

俺が頷けば、小鷹のカメラを持つその手には力が籠《こ》もり始める。

「この部屋には風は吹いてないけど、でも軍曹が少し動いただけでも風は起こった。だから、あの日吹いたっていう風は、小鷹、お前自身が起こしたんだ」

初めて自分自身で窓を開けた、だから風は吹いたのだと教えてやれば、小鷹はまた何度か瞬《まばた》きをして、カメラを胸に押し当てた。

「……あの日の風をぼくが起こした？　なら、ぼくが動けば風は吹くって、言うの、か？」

「ああ、そうだ。風はいつでも吹いている！　風はいつだって自分で吹かすことができる！　それにお前は……お前が重ねてきた日々には風だって写っている!!」

そして、俺はポケットに入れておいた一枚の写真を小鷹の目の前にかざす。

「ぼくが撮った……軍曹の、ピンぼけ写真？」

「その左の隅《すみ》。よく見てみろ」

俺の言葉に小鷹は素直《すなお》に従い、写真に目を近付けた。

「……………え、綿毛？」

そこにタンポポの小さな綿毛を見つけると、小鷹は小さく呟《つぶや》いて。

その意味を徐々に理解して、ゆっくりと目を見開いていく。

それは確かにピンぼけの写真だった。軍曹の輪郭《りんかく》はぼやけていて、ぎりぎり鼻先がどちらを向いているかがわかる、というような。

でも、その鼻先が向いている方向から風が吹いているのはわかるのだ。

隅に写った、たったひとつの、小さな綿毛で。風が運んできた、小さな命の種で。

「風は命を運んでいく。小鷹、お前が写そうとしたのはそういうものなのかもしれない。でも人間は風を待つ種子とは違う。動けば風はいつでも吹くんだ！」

言いながら、俺は小鷹が風に目を、カメラを向けてきた日々に思いを馳《は》せてみる。

風を写そうと目を凝《こ》らす日々は、そのまま生命《いのち》を写そうとした日々で。シャッターを押すのは呼吸のようになっていたはずだと。

「小鷹、お前が胸に吹いた風を忘れまいと、積み重ねてきた毎日に、写真に、無駄《むだ》な一日も無駄な一枚も無い。そして、お前は何よりも写真を撮《と》ることが好きだから続けてきた。だからこの写真が……風が撮れたんだと俺は思う」

自分の撮った写真にじっと見入っていた小鷹に、静かに語りかければ、ゆっくりと顔を上げて。

その細い目はしっかりと焦点《しょうてん》を結んで俺を見ていた。

「……確かにぼくは、あの日の風を忘れたくなくて写真を撮ってきた。でも、この写真はまぐれじゃないかな？」

「そうか？　でもまぐれだと思うなら、お前はまたカメラを持てばいいだけだ。何度だって撮ればいい。そうすればいつか、風にだって触《ふ》れられる」

揺《ゆ》らがない眼差《まなざ》しと共に向けられる問いを、俺は正面から受け止めてそう言った。

一日一日を重ねていくこと。それが生きるということならば、何気ないと思っている毎日にも意味はある。

そして、そんな日々を小鷹は三つの目で捉《とら》え続けるのだから。

「安心しろ。風はいつでも吹いている！　もしもその風が足りないって言うなら、その時は追い風でも向かい風でも俺が吹かせてやるっ！　だからお前はシャッターを押せ！」

「うん……ぼくはやっぱり風を撮り続けたいのか」

俺に声を向けながら、けれど小鷹の眼差しも、カメラのレンズも既《すで》に俺の方を向いてはいなかった。

その先にあるのは、仔猫を慈《いつく》しむ親猫《おやねこ》の姿――生命のかたち。

あの日、胸に吹き抜《ぬ》けた風が、小鷹を生かしてきたというのなら、そうやって目を凝らし続けてきたから、確かにいま、小鷹はあるのだろう。

そうして、小鷹は再び目を凝らす。

風にではなくて、目の前にある、優《やさ》しい光景に、カメラを向ける。

その胸の植物もまた、まるでそっちに光があるように葉を伸《の》ばして、花茎《かけい》を向けて——蕾《つぼみ》はゆっくりと開いていく。

やがて咲《さ》いたその花は、セイヨウタンポポに似たそれで、淡《あわ》い淡い若草のような色をしていた。もしも春の風に色が付いていたら、こんな色ではないかと、俺は思った。

「……秋庭。君はどうして人が、カメラを作ったんだと思う？」

ゆっくりと、カメラから目を離《はな》すと、カメラを作ったんだと思う？

「二つの目じゃ、世界を記憶《おぼえ》しておけないからだろ」

俺のシンプルな答えに、小鷹は眠《ねむ》り猫《ねこ》のような目を細めて、

「ぼくは……生命を刻んで、運んでいく為《ため》だと思うな。だったら……あの日の風はずっとぼくの中にあると思う。風はぼくが三つの目を凝らしている限り吹くと思うんだ」

そう言った。

そして、ようやく開ききった花は、それと同時に水晶《すいしょう》のように透明《とうめい》に結晶化《けっしょうか》していって——

俺がそっと折り取れば、本当に風になって流れていった。

「……ああ、風が吹いた」

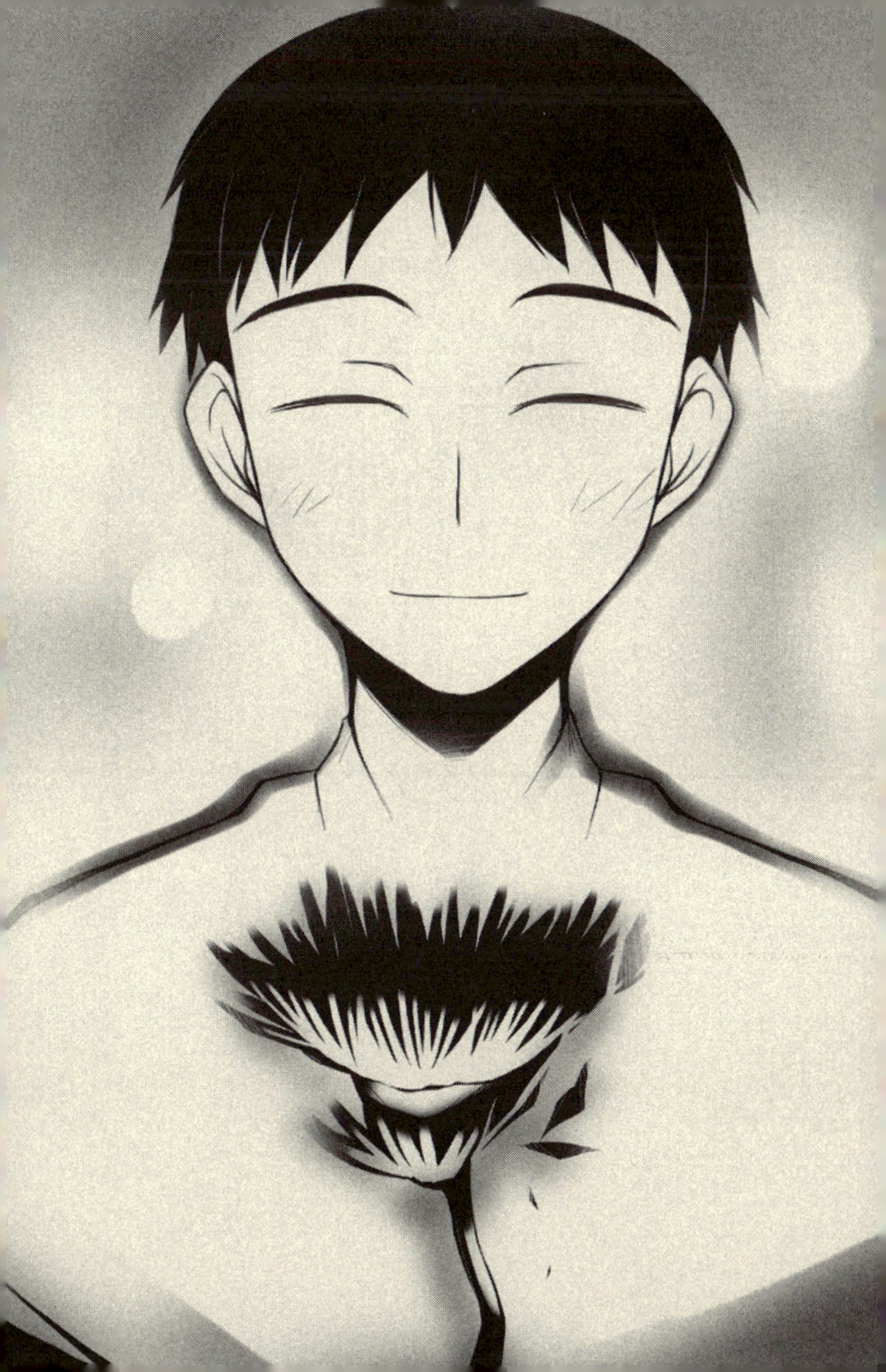

その小さな呟きと共に、小鷹はシャッターを押したのだった。

結局、俺——とかのう——が見つけた小さな扉《とびら》とその奥の部屋は、即日封印《そくじつふういん》することとなった。

軍曹《ぐんそう》とその仔猫《こねこ》達にはひとまず小鷹の家に引っ越《こ》してもらうことになった。埃《ほこり》っぽい部屋は仔猫達に良くないだろうし、やはり生徒会室で猫は飼えないから仕方がない。

近日中にあの部屋の整理はしなければならないだろうが、とりあえず後回しだ。

そうして、暴れる軍曹達をどうにか段ボールに入れた小鷹を見送ると、

「……叶野学園には隠《かく》し部屋はあっても密室は無いわけ？」

軍曹の侵入《しんにゅう》経路を知った尾田は、そう言って肩《かた》を落とした。

「でも、これで一件落着よね」

「はぁ、一安心ですね」

桑田と羽黒は棚《たな》が元の位置に戻《もど》されると、安堵《あんど》の息を漏《も》らし、頬《ほお》を緩《ゆる》めたが……甘い。

「いいや、まだ一つ、片付いていないことがある」

「それは……こたつ？」

俺が重く告げれば、尾田は周囲を見回してそう尋《たず》ねてきた。

「ああ、それもある。というかこれもまた元凶《げんきょう》の一つか」

「元凶って……穏《おだ》やかじゃないわね」

俺が渋面《じゅうめん》を崩《くず》さずにいれば、つられたように桑田も微《かす》かに眉《まゆ》を寄せ、首を傾《かし》げる。

「ええと……つまり、誰《だれ》が棚を動かしたのかが問題ですか？」

三つ編みの先を弄《もてあそ》びながら、珍《めずら》しく最初にそれと察したのは羽黒だった。

「その通りだ。でも、棚を動かしたのは誰かわかっている。俺達の誰も動かしていないし……そこから伸びているコードを見れば、な」

ある日突然《とつぜん》、設置された鈴木のこたつは電気ごたつだ。つまり電気が無ければ動かないから、鈴木はコンセントを探しただろう。

けれど、こたつから丁度いい距離《きょり》のコンセントが見つからない。結果、鈴木は色々と物を動かして探したわけだ。

「……ああ、そういえば僕が使っている椅子《いす》とか、こたつ設置に伴《ともな》って動かされてたよ」

「私のティーポットが危険に傾《かたむ》いていたのもきっとそのせいね」

「模様替えに気付けないとは、わたしもまだまだです……」

俺が指摘《してき》すれば、次々と他《ほか》の被害《ひがい》も明るみに出る。ああ、これでもう鈴木に逃《に》げ道は残されていない。それに満足しながら、俺はだめ押しとして、改めてみんなに告げた。

「そして、こたつの電源は棚の陰に隠れていたコンセントから取られていた、と」

「……なんか、あまりにも当たり前に認識《にんしき》してたから気付かなかっ」

尾田は探偵《たんてい》としての自分に自信を失ったのか、そう呟《つぶや》きながら俯《うつむ》いて——絶句した。

「ふぁ～よく寝た。おはよう尾田っち！」

声を失った尾田の視線の先には、こたつから顔だけを出した——相変わらずネコ耳のついた鈴木の顔。

「あら、こたつむりがいるわ。駆除《くじょ》には塩でいいのかしら？」

冗談《じょうだん》と受け取るにはあまりに低い声音《こわね》で桑田が呟く傍《かたわ》ら、俺はポケットの中にその存在を確かめる。

「あの、鈴木さん、いつからそちらに？」

「ん～、ん？　ああっ、そういえばおこたつの中に猫がいないかと思って……そのまま寝ちゃったよ！　よし、今度こそ見つけるぞ！」

羽黒がどこかのんびりと尋ねれば、今回の騒動《そうどう》の元凶にして諸悪の根源はそれを上回る呑気《のんき》さで答えて。しかもこたつごと移動しようと動き始める。

俺はEX64を握《にぎ》る手に力を込めた。

「……では、これより鈴木朔捕獲《はじめほかく》作戦を展開する」

『健闘《けんとう》を祈《いの》る』

皆《みな》の声に背中を押され、俺は鈴木に向かってボールを投げた——がかわされる。

「おわっ、危ないなぁ、副会長！　罰《ばつ》としてこのネコ耳をつけて一緒《いっしょ》に猫を探すこと！」

そして眼前に差し出されたネコ耳のカチューシャに俺は頬をひきつらせ、それを見た鈴木は逃げ出す。

「ははは。面白《おもしろ》い冗談だな、鈴木。ああ、今日という今日は許さねぇっ！」

かくして、俺は鈴木を追う日々を今日も重ねるのだった。

COLUMN / SCISSORS

ひとりごと［チョキ］

小鷹が撮ってくれた一枚の写真を手に、俺は一つため息を吐いた。

小鷹の腕をもってしても——いや、カメラマンの腕が良い分、写真の中の俺はいつにも増して悪人顔で、選挙ポスターには使えそうもない。

諦めて俺はもう一枚の写真を見た。こちらは生徒会全員で写った写真で、ピースをしている鈴木は邪魔だったが、良い写真だった。

そう、この手で風を掴むことは出来なくても、こうして日々はカメラで、この目で切り取れる。

だとすれば、羽黒がカメラを持ったら、そこには何が写るだろう。

少しだけ不思議なものが見えるその目で、どんな日々を写すのだろう。

ヒビニノバステ

空に手を伸《の》ばさない日も。

変わらず毎日はそこにあって、続いていて。

だったら自由になったこの手はいま、何に触《ふ》れているんだろう。

何に触れるためにあるんだろう。

それが目に見えるものでも、そうじゃなくても。

わたしはそれを知ることができるだろうか。

1

その日――とある五月二十五日の十二時を少し回った頃《ころ》。

和登生《かのうとうい》が所有する大邸宅《だいていたく》の門前には一人の少女が立っていた。

透《す》け感のある白いブラウスの上に薄《うす》いカーディガンを重ね、ふわりとしたピンク色のロングスカートを身にまとっている少女の髪《かみ》は、三つ編みで一つにまとめられていて――制服を着ていなくても、それで少女の名は叶野学園高校生徒会隠密・羽黒花南とわかるのだった。

新たに発足《ほっそく》した生徒会の――といっても役員の入れ替《か》わりはない――活動方針を決める話し合いが、本日この和邸で行われる為、花南はこうして和邸を訪《おとず》れていた。

ちなみに、なぜいつものように生徒会室で話し合いを行わないのか、と花南が問うと、副会長秋庭多加良は「鈴木に邪魔《じゃま》されないように」と言い切ったのだが、書記の桑田美名人と会計の尾田一哉はなぜか苦笑《くしよう》していた。

そうして、これから会う三人の顔を思い出しながら、羽黒は腕時計《うでどけい》を見て時間を確認《かくにん》すると、

「早く着いてしまいましたね」

独りごちて、三つ編みを指先で弄《もてあそ》びながら、しばし思案した。

「でも……遅刻《ちこく》よりは早く着いた方がいいですよね」

短い逡巡《しゆんじゆん》を経てそう結論を出すと、花南は腕を伸ばし、門扉《もんぴ》に付けられた真鍮《しんちゆう》のノッカーを摑《つか》んで、扉《とびら》を叩《たた》いた。それで響《ひび》いたのは門の奥にそびえる屋敷《やしき》内まで届くとは到底《とうてい》思えないささやかな音だったが。

「はい。こんにちは、羽黒様」

今日も中からはすぐに応答があり、外から見えないようにインターフォンや監視《かんし》カメラが配備されていることを知っている花南は、門に向かって口を開く。

「こんにちは。あの、今日は生徒会の集まりがこちらで行われるということで来ました。時間より早く着いてしまったのですが、入れて頂けますか？」

「ええ、皆様《みなさま》が集まるという話は聞いております。では、開門いたしますので、どうぞお入り下さい」

花南がそう事情を話すと、少しのんびりした印象を与《あた》える声の主は朗《ほが》らかにその申し出を受け入れてくれて、花南はほっと息を吐《つ》いた。

〝黒猫騒動《くろねこそうどう》〟の後、しばらく和邸の使用人から向けられる視線は厳しく、訪れる度《たび》に居たたま

れない気持ちになったのだが、どうやらそれも和《やわ》らいだようだと、花南はもう一つ息を吐いて。

それと同時に、装飾《そうしょく》も存在感も重厚な門扉がゆっくりと開き始める。

やがて、門が全開になると、森の様に繁《しげ》る庭木が花南の目の前に広がっていた。その森の間を通る一本道の先に目指す屋敷の姿はあったが、それはまだ小さくしか見えない。

まるで外国の城かホテルのような規模の和邸だったが、花南はそれに気圧《けお》されることもなく、早速《さっそく》門の中に足を踏《ふ》み入れようとした――その瞬間《しゅんかん》。

右足をわずかに持ち上げたまま、花南は動きを止めた。

そして、静かに目を閉じ、耳を澄《す》ませて、

「……何か、聞こえます。なき声？」

花南はそこで、不思議な動物とも何ともつかない、ひどく細くて頼《たよ》りない、糸を揺《ゆ》らすような音をその耳に捉《とら》えた。

周囲を見回してみるまでもなく、その声の主が近くにいないことはわかった。それが恐《おそ》らく花南の様な霊感《れいかん》の持ち主でなければ聞こえない類《たぐい》のものであることも。

声は屋敷の方から聞こえてくるようだが、その弱さからして、放《ほう》って置いても害は無いだろうし、それで問題ないはずだ。

でも、なぜか今一つ思い切れなくて、花南は何となく空を見上げた。

見上げた空には、雲一つなく、ましてや道などなくて。

その先に何があっても大丈夫《だいじょうぶ》だと言っているように思えて。

「この声、どうしても気になります……それに、集合時間に遅《おく》れなければ大丈夫ですよね」

自分自身に言い訳を聞かせながら、好奇心《こうきしん》に近い興味に背中を押されて、花南はひとり、この声の持ち主を探すべく、和邸の探索《たんさく》を決めると、ずっと上げたままだった右足を下ろしたのだった。


花南が和邸の敷地《しきち》内に足を踏み入れた頃。秋庭多加良をはじめとする叶野学園生徒会執行部《メンバー》――ただし生徒会長鈴木朔をのぞく――は、一足早く和邸の一室にいた。

こちらも随分《ずいぶん》と早い集合なわけだが、それに疑問を抱《いだ》いている者はいない。

だが、額を突《つ》き合わせる多加良、桑田、尾田、メイドのワカナという面子《メンツ》は皆真面目《みなまじめ》な顔で考え込んでいた。焦《あせ》りこそ浮《う》かんでいないが、余裕《よゆう》があるとも言えない様子で。

「話を整理すると……今日の準備の為《ため》に部屋が開いたのは九時、そして、アレが消えたことに気付いたのが十一時。つまり、アレがこの部屋から消えたのは、九時から十一時までの二時間ってことだな?」

黒曜石のような双眸《ひとみ》を眼鏡《めがね》の奥で光らせながら、多加良は和家のメイド、ワカナに確かめるように問う。

「ええ。彩波様が最後にアレを見たのが八時。そしてその後、九時まで部屋には鍵《かぎ》がかかっていました」

口許《くちもと》のホクロに軽く触《ふ》れながら、ワカナは、メイドという仕事を選んでいなければモデルか何かで成功していただろう美貌《びぼう》をわずかに歪《ゆが》めて問いに答える。

「ということは、その一時間は部屋の出入りは不可能だったってことですね」

「はい。でも逆にその後の二時間は、私達は部屋の準備の為に忙《いそが》しくしていましたし、人の出入りも激しかったので、チャンスはいくらでもあったと思います」

続く尾田の確認にも頷《うなず》くと、ワカナは更《さら》にそう言い足した。

「確かに二時間もあれば、ね。けれど、二時間で和邸の外までは出られないと思うわ」

そこでぐるりと広い部屋を見回して、そう意見を述べたのは桑田だった。

「それに、あの厳戒《げんかい》態勢じゃ無理だろうな」

屋敷の広さは言われるまでもなかったが、ここに来る途中《とちゅう》で見た光景——とにかくアレが屋敷の外に出ることが無いように、外部へ繋《つな》がる出入り口を封鎖《ふうさ》し、見張っているメイド達の姿——を思い出しながら多加良が同意すれば、他《ほか》の二名も頷いた。

「ということは、アレはまだ確実に屋敷内……それも本館にいるはずだ。きっと、暗い場所でじっと息を潜《ひそ》めて、な。なら、後は俺達がアレを探し出して捕《つか》まえるだけだ」

そして多加良はそう推理すると同時に、これから自分達が取るべき行動を伝えた。

「そうね。時間はまだ二時間以上あるもの。きっと見つかるわ」

和邸の広さを考えると、楽観視は出来ないが、それでも桑田の静かな鼓舞《こぶ》に、他の三人が応えようとした、その時だった。

ぱたぱたと軽い足音が聞こえたかと思うと、部屋の扉《とびら》が開け放たれて、

「た、大変だよ、みんなっ！」

そこに現れたツインテールの少女——和彩波のその年の割に幼い顔には常には無い、焦りの表情が浮かんでいた。

「彩波様、どうしました？」

息を切らしている彩波に、すかさずワカナは駆《か》け寄り、その背中を撫《な》でながら問う。

「た……大変なんだよっ！　あのね、花南ちゃんがもう来ちゃったんだよっ！」

「なっ、本当か、彩波！」

その報告に、多加良は思わず声を上げ、尾田と桑田も顔色を変えた。

「本当だよ！　しかももう南門を通しちゃったんだって!!」

「今日のことはメイド達にも通達してあるはずですが……あ、今日の門当番《ゲートキーパー》はリナでした、か？」

「そうだよ……昨日まで一週間お休みだったリナちゃんが知らずに通しちゃったんだよ」

最初は首を傾《かし》げていたワカナは、それを彩波に肯定《こうてい》されると、自身のミスを恥《は》じるように俯《うつむ》いた。

「ってことは、もう屋敷《やしき》に向かって来てるってこと？」

「そうなんだよ、尾田ちゃん」

伝える彩波本人も困惑《こんわく》しながら、それでも次々に伝えられる内容に、室内には動揺《どうよう》が満ちて

いく。

「だけど、いくら何でも早すぎるわ。だってまだ十二時を回ったところでしょう？　私、集合時間は三時って、確かにそう言ったわ」

花南の性格を考えると、多少の時間前行動は予想していたのだが、予想以上に早い到着《とうちゃく》に、桑田は瞬《まばた》きを繰《く》り返しながら、多加良へと視線を向けた。

続いて、尾田と彩波にも助けを求められるような眼差《まなざ》しを向けられると、

「とにかく、落ち着こう。騒《さわ》いだって、アレが無い以上、羽黒をこの部屋に通すわけにはいかないんだからな」

多加良は、一人一人の目を受け止めながら、抑制《よくせい》を利《き》かせた声を室内に響《ひび》かせた。

そうすれば、みんなの気持ちは静まり、室内にも落ち着いた空気が戻《もど》ってくる。

「でも、羽黒さんはもう門を過ぎてるのに、どうする？　十二時半には屋敷に着くよ」

そうして、ひとまず落ち着いたところで、問いを発したのは尾田だった。

「なんとかあと二時間、足止めするしかない。その間に準備を終わらせて、アレを探し出す……もちろん羽黒には見つからないように」

多加良はそう答え、続いて考えた傍《そば》から言葉にして、彼らがこれから取るべき道を示すと、もう一度みんなの顔を見回した。

「足止め役は一人だ。公平にじゃんけんで決めよう」

その具体的な意見に、反対の声こそなかったが、誰もが足止め役は遠慮《えんりょ》したいと考えながら、

『じゃんけん、ほいっ!』

和邸の奥の一室に、彼らは声を響かせたのだった。

2

初夏を迎《むか》え、緑が勢いを増した庭を横目に見ながら歩けば、門から二十分とかからず、花南は本館と呼ばれる三階建ての屋敷へと辿《たど》り着いていた。

初めて一人でここを訪れた時には、門から玄関《げんかん》までを随分《ずいぶん》と長く感じたものだが、途切《とぎ》れながらも聞こえる声のせいか、今日はあまりそう感じなかった。

「もう半年も経《た》ったんですね」

任務という形で初めて叶野市を訪れた初冬のことを思い出して花南はしみじみと呟《つぶや》き、それから門扉《もんぴ》よりずっと暖かみのある、木の扉を開けた。

扉を開ければエントランスホールでは、多加良曰《いわ》く「趣味《しゅみ》のわからない」立像がまず花南を迎えてくれるはず、だったのだが、

「こんにちは、お邪魔《じゃま》しま……はぇ?」

扉を開けると同時に、目に入ってきたものに、花南は目を奪《うば》われると同時に、間の抜《ぬ》けた声を上げてしまう。

そこには確かに、花南の記憶《きおく》通り様々なポーズの、等身大より一回り大きい立像が並んでい

たが、なぜか今日は皆《みな》その手に紅白の旗を持たされているのだった。

花南はしばらく呆然《ぼうぜん》とそれを見上げ、いったいどんな理由があるのか考えてみた。

「……わ、わかりません。あとでどなたかにお尋《たず》ねしてみましょう」

しかし、考えても答えは導き出せず、花南は、かのう様という銀髪金瞳《ぎんぱつきんとう》の美しい神も含《ふく》めて、和家はやはり変わっている、という思いを強くする。まあ、花南の所属する〝羽黒〟も普通《ふつう》とは言えないけれども。

とにかく気を取り直すと、花南は改めて周囲に目をやった。

いつもならば、この辺りでメイドの出迎《でむか》えがあるのだが、今日はそれが無い上、人影《ひとかげ》自体まばらな気がした。

「あの……すみません」

そして、ようやく和家お仕着せの黒のワンピースに白いエプロン姿の二人を見つけて声をかけたが、彼女達は花南の姿を見ると軽く目を見開き、何か囁《ささや》き交《か》わして。

「あ……ら、羽黒様」

「いらっしゃいませ。ごきげんよう」

それが終わると、花南に軽く会釈《えしやく》だけして足早に立ち去ってしまった。

少々不審《ふしん》な態度に、けれど花南は理由を考えるよりも先に、胸にわずかな痛みを覚えて目を伏《ふ》せた。

なぜか、花南を避《さ》けるようにひそひそと話をしていた昨日の多加良達の姿が、メイド達の姿に重なってしまって。

でも、それはきっと自分の気のせいだと思うことにして、花南は思考を切り替《か》え、メイドの態度について考えることにした。

「……今日は他《ほか》にお客様でもあるんでしょうか？」

と、羽黒の頭に浮《う》かんだのはそんな推測だった。

だとすると、花南の「声探し」はメイド達の仕事の妨《さまた》げとなってしまうかもしれない。いくら気になるものを感じるとはいえ、任務ではなく、好奇心《こうきしん》からの行動を続けていいものかと、花南はそこで躊躇《ためら》いを抱《いだ》いた。

するとまるでそれを感じ取ったように、あの声が再び耳に届いて。

ひどく細くて、吐息《といき》のように声の形さえなしていないそれを、その声の持ち主をやはり花南は無視することが出来ないと思う。

そうして、小さく嘆息《たんそく》すると、花南は声のする方へと自らの舵《かじ》をとったのだった。


エントランスホールを抜けて右方向へ進めば、そこからは広い廊下《ろうか》と、マホガニーだろう扉《とびら》が二十メートル以上奥まで続いていた。

それを目にして花南は、話に聞く、ミラーハウスという物に迷い込んでしまったような気がした。

そして、この広い本館——恐《おそ》らく、叶野学園の校舎が一棟は軽く入ってしまう規模だ——でどこからか聞こえる、たった一つの声を探し出すのは中々困難だろうと今更《いまさら》ながら悟《さと》る。

けれどもう知りたいという気持ちが萎《な》えることはなく、唇《くちびる》を軽く結ぶと花南は感覚を研《と》ぎ澄《す》まして、声に耳を傾《かたむ》けた。

「……奥の方から、聞こえるような」

そうすれば、確かに何かを感じ取れたものの、叶野市では頼《たよ》りの霊感《れいかん》が半分程度に制限されてしまう為《ため》、いまひとつ確信がもてなくて、呟く声にもその自信の無さが滲《にじ》んでしまった。

「とにかく、行ってみましょう」

でも、迷って立ち竦《すく》むよりは動いた方がいいと、多加良方式で考えると、花南は長い廊下へ改めて一歩を踏《ふ》み出した。

通り過ぎる扉にも念のため気を配りつつ、羽黒は綺麗《きれい》に磨《みが》かれた飴色《あめいろ》の廊下を進んだ。

約束の時間までもうあまり猶予《ゆうよ》が無いので、自然と早足になり、勢い余って、花南はいつも通り、足をもつれさせて転びそうになる。

「は、わっ、わわ」

腕《うで》をばたばたと動かして、なんとかバランスをとろうとしたものの、上手《うま》くいかず、花南は床《ゆか》に激突《げきとつ》することを覚悟《かくご》した。

「……え、ちょっと。うわっとぉ」

が、そこで何者かに抱き留められ、花南は何とか転倒《てんとう》を免《まぬか》れた。

「す、すみません！　ありがとうございます。助かりまし……は？」

羞恥《しゅうち》に顔を赤くしながらも花南は慌《あわ》てて顔を上げると礼を言い、しかし相手の顔を見た瞬《しゅん》間《かん》、声を失ってしまう。

「いやいや、無事で何よりですよ、お嬢《じょう》さん」

一方、相手の方は、花南の驚《おどろ》きなどまったく意に介《かい》さず、静かに言葉を返してくる。くぐもってはいるが、その穏《おだ》やかな声に花南は我に返ると同時に親しみを覚え、

「あの、どうしてそんな格好をなさっているんですか、尾田さん？」

目の前の着ぐるみに、そう問いかけた。

「ち、違《ちが》います！　ぼ、わたくしは尾田君とやらではなく、通りすがりのホームズ犬です！」

しかし、犬の着ぐるみの上に更《さら》にインバネスコートと鹿撃《しかう》ち帽《ぼう》を身につけた中の人物は力《ちから》一杯《いっぱい》否定する。

「え？　でも気配が尾田さん……」

「違う！　ぼくはホームズ犬だからっ！」

花南が「尾田」と呼ぶ度《たび》に重たそうな頭を懸命《けんめい》に振《ふ》って否定する姿はあまりに必死で、これ以上名前を繰《く》り返すのも悪い気がして、花南は代わりに確かめるように尋《たず》ねた。

「……そう、ホームズ犬なんです、ね？」

「そうです」

すると、着ぐるみ姿の尾田は力一杯頷《うなず》いて、花南はひとまずこの状況《じょうきょう》を受け入れることにし

た。

「そうですか。ホームズ犬という種類の犬は斑《ぶち》模様なんですね」

次いで、また一つ勉強になったと思いながらそう言うと、

「いや、いやいやいや。このホームズはシャーロック・ホームズのホームズですから！」

さっきまでの動揺《どうよう》が嘘《うそ》のように、速攻《そっこう》で突《つ》っ込みが入った。

そのタイミングも間違《まちが》いなく尾田だったが、自分の間違いが恥《は》ずかしかったこともあって、花南はその名を呼ばず俯《うつむ》いた。

「そ、そういえば、ホームズ犬さんは……何の用事で和邸《てい》に？」

そして、そのまま話題の転換《てんかん》を計る。自分と同じ用事があるのはわかっていたが、集合時間前にいる理由の方を花南は尋ねた。

「あ、ええと……うん。そう、私はこの和邸の書庫を拝見しに来たのですよ」

そうすれば、ホームズ犬もまた、つい地が出てしまったのを取り繕《つくろ》うように花南に話を合わせると、その部屋の方向を指で示した。

「書庫……勉強の為ですか？」

以前潜入《せんにゅう》した際、その部屋にも入った気がするが、本と聞くと楽しむものというより、勉強する道具という認識《にんしき》の花南は、ホームズ犬の言葉にそう問い返す。

「いや……あ、そうそうだよ、勉強勉強。ところで、お嬢さん、何の為の勉強か知りたくありませんか？」

ホームズ犬は花南の問いに大きく頷《うなず》くと共に、モフモフとした手をぽふっと一つ打って、首を傾《かし》げて見せた。

「試験勉強じゃないんですか？」

「違うんだよ……私はね、なんと！　〝全日本推理小説甲子園《こうしえん》〟の勉強の為に来たんだ！」

それに花南が声を返せば、どこかぎこちなくはあるが、着ぐるみの中の人物としては精一杯芝居《しばい》がかった仕草でもって、そう声を上げたのだが。

両手を大きく広げたホームズ犬の前で、花南はまたも沈黙《ちんもく》してしまう。

ホームズ犬としては、部活や大会といった単語に何かと興味を見せる花南に、急場しのぎとはいえ、打って付けの話題を振ったつもりだった。だが、予想外の無反応振《ぶ》りに、失敗を悟って肩《かた》を落としたその時だった。

「推理小説甲子園！　そんな大会があるんですか!!　いったい何時《いつ》どこで行われるんですか!!　尾田……ホームズ犬さんも出場するんですか！」

どうやら、興奮のあまり花南は沈黙していたらしい。

一度口を開くと、花南は矢《や》継ぎ早にホームズ犬に質問を重ね、思いつきで口にしたホームズ犬は答えを考える為《ため》に、思わずありもしないポケットを着ぐるみの体に探《さぐ》ってしまう。

「えーと、正式日程は決まっていないけど、全国大会は夏だ、うん。で、私はまず予選に出場するつもりだ。予選は……来月だよ」

ホームズ犬が必死に頭を回転させて、ひねり出した設定に花南はいちいち頷き、その度に目を輝《かがや》かせていく。

「そうですか！　絶対応援《おうえん》に行きますね！」

とどめのように純粋《じゅんすい》な目でそう言われれば、ホームズ犬は良心の呵責《かしゃく》にさいなまれ着ぐるみの中で、花南から目を逸《そ》らした。

「……それで、私は和邸の書庫に来たんだ。なんとあのシャーロック・ホームズシリーズの初版本があるっていうんだからね、お嬢さん。知ってるかい？　時価百万円するものもあるんだよ？」

だが、花南を足止めするという責務を果たすため、ホームズ犬は心を鬼《おに》にして話を続ける。

一方、ホームズのくだりから、段々と声を高くしていくホームズ犬に、花南はこれは間違いなく尾田だと確信したが、その名前を呼ぶのは我慢《がまん》した。

「百万円！　本当ですか!?　わたしにはとても買えません」

そして、尾田の口から最後に出た金額に心底驚いて、花南はため息を吐《つ》いた。

「私だって、無理だよ。でも、見るだけなら無料《ただ》だ。というわけで、ここで会ったのも何かの縁《えん》。お嬢さん、一緒《いっしょ》に書庫に行きませんか？」

そんな花南を見てホームズ犬は肩を竦《すく》めると、思い出したように着ぐるみらしく腰《こし》に手を当てて、花南を誘《さそ》う言葉を口にした。

「あ、すみませんが、ちょっと調べたいことがあって、先を急いでいるんです」

確かに百万円の本に興味はそそられたが、迷うことなく首を振《ふ》ると、花南は自分もまた目的があって動いているのだとホームズ犬に伝えた。

「調べ物？　それこそ書庫で……」

「いえ……何かのなき声が和邸の中で聞こえていまして、それを追跡《ついせき》中なんです」

だが、ホームズ犬はなおも花南を書庫に誘おうとして、それを少々訝《いぶか》しく思いながらも納得《なっとく》して貰《もら》うために花南は再度説明をした。すると、それを聞いた瞬間《しゅんかん》、ホームズ犬が体を硬《かた》くしたのが、着ぐるみ越《こ》しでもわかった。

「屋敷《やしき》の中から、鳴き声が？」

やはり硬い声でホームズ犬が繰《く》り返すのに花南が頷けば、

「……それはまずい」

ぼそりとホームズ犬は呟《つぶや》きを落とした。その小さな声が花南に届くことはなかったが、何となく気配がさっきまでより真剣《しんけん》みを増したような気がして、花南はホームズ犬の目をじっと見つめてみる。

そうしたところで、着ぐるみの向こうの尾田の目は見えないとわかっていたけれど、それでも彼が自分の眼差《まなざ》しを確かに受け止めてくれたと花南は感じた。

「じゃあ……一回だけ推理小説甲子園の為の練習試合に付き合ってよ。それに羽黒さんが勝ったら、この先に進んでもいいよ」

けれど、次いで尾田の口から出たのはそんな台詞《せりふ》で、その上、尾田は両腕《りょううで》を広げて廊下《ろうか》に立ち塞《ふさ》がった。

尾田にしては強引《ごういん》と感じる物言いと行動に花南は戸惑《とまど》い首を傾げた。

でも、花南がそんな表情を見せても、尾田はその場から動かず、その理由は全然わからなかったけれど、その真剣さだけはちゃんと感じ取ることが出来たから。

「わかりました。一回だけなら構いません」

結局花南は尾田の申し出を受け入れた。

「ありがとう……じゃあ、さっそく説明するよ。ここに二冊のミステリ小説がある。どちらも同じ著者の作品だ。これからそれぞれ第二章までを読んで、その時点で犯人を推理して、当たっていた方を勝ちとする」

花南が話を受けると、ホームズ犬はわずかに体から力を抜《ぬ》いて、どこからか二冊の文庫本を取り出し、花南にその試合の方法を説明してくれた。

「推理小説甲子園では、そんな勝負をするんですか……と、ルールはわかりましたが、あの、本を読むのは時間がかかりますよね？」

それこそが尾田の目的なのだが、そうとは知らない花南は尾田が掲《かか》げる本と腕時計を見比べて、当然の懸念《けねん》をぶつける。

「大丈夫《だいじょうぶ》。これは短編集だから。それにこの著者の本はどれも面白《おもしろ》いよ」

尾田は尾田でその反論を予想していたのだろう。淀《よど》みない答えに面白いという折り紙までつけて、花南の眼前に二冊の本を近付け揺《ゆ》らす尾田に、これ以上譲《ゆず》る気持ちがないのは明らかだった。

「……面白い本、ですか」

それに、いままでそんな風に本を読んでこなかった花南は、その言葉にも背中を押されて、結局また頷《うなず》いていた。

「読むのはお互《たが》い第一話だけど……羽黒さん、どっちを選ぶ？　どっちも、昨日図書館で借りたばかりだけど」

そして尾田は花南の気が変わらない内にとでもいうように、話を先に進めると、それぞれ本を持った手を交互《こうご》に上げて見せた。

尾田が右手に持っている本の表紙には足を組んだ白黒の男性の絵が、左手には同じく足を組んだ女性の絵が描《えが》かれていた。

出来れば少しでも謎解《なぞと》きが簡単な方を選びたかったが、花南は結局、自分と同じ女性だからという理由で、

「では『ミツノツミ』の方にします」

左手の本を選んだのだった。

「本当にそれでいい？　『ミツノツミ』の方が『モノクロノモノ』より難しいらしいけど？」

すると尾田はいつもの優《やさ》しさをのぞかせてそう言ってくれたが、でも花南は自分の選択《せんたく》を信じることにした。

「……はい、最初に選んだ方でお願いします」

そうすれば、尾田もそれ以上訊くことはせず、花南にその本を渡《わた》してくれて、

「じゃあ、用意……スタート」

廊下に並んで腰を下ろすと、尾田の号令で二人は同時に本を開いたのだった。

正直勝負は、尾田の方が着ぐるみの手で本のページをめくるのが大変だとしても、読む速度の遅い《おそ》花南の方が不利と思われた。

が、しかし。

「あの……もう、犯人がわかってしまったのですが」

わずか一ページ目にして、声と手を挙げたのは花南だった。既《すで》に本に没頭《ぼっとう》していた尾田の耳にその台詞が届くまで少し時間を要し、

「……………は、ええっ！　もう!!」

やがて、それが届けば、当然尾田は驚《おどろ》き、慌《あわ》てて本から目を上げると、事の真偽《しんぎ》を確かめるように、着ぐるみの顔を花南に近付けた。

直接顔が見えなくても、尾田の勝負に対する真剣さは花南にも伝わってきて、それだけに申し訳ないような気持ちに襲《おそ》われる。

「……はい。犯人はこの、皇帝《こうてい》ペンギンさん、です」

だが、このままそれを告げないわけにもいかなくて、花南は覚悟《かくご》を決めると、本の一ページ目を指で示しながら重い口を開いた。

「………………うん、確かに間違《まちが》いないみたいだね」

しばしの沈黙《ちんもく》の後に発した尾田の声は静かで、でもわずかに震《ふる》えていて。

「しかしっ！　これはミステリ小説に対する冒瀆《ぼうとく》だ！　はっははは―、どこの誰《だれ》の仕業《しわざ》か知らないけどね、許さないよ？　羽黒さん、その本貸してっ！」

そして、唐突《とうとつ》に、尾田の怒《いか》りに火がついた。

立ち上がると、尾田は着ぐるみの頭部《あたま》を脱《ぬ》ぎ捨て、殆《ほとん》ど奪《うば》うようにして花南の手から本を受け取った。

「人物紹介《しょうかい》っていうのはさ、作家さんの善意だよ？　そこにこれから探す真犯人を書き込むって言うのはいったいどういう了見《りょうけん》だ？」

そうして現れた尾田の表情は花南の予想以上で、花南は呆気《あっけ》に取られてしまう。

だが、目を丸くして、彼を見上げている花南の姿など、「コレが犯人だ」という書き込みがされた登場人物紹介のページに釘《くぎ》付けとなっている尾田の目にはもう映っていない。

「ふ、ふふ……必ずや、必ずや、この暴挙を行った犯人は突《つ》き止める……ママンの名にかけて！」

一番好きな小説の主人公の決め台詞を叫《さけ》びながら、あらぬ方向を見据《みす》える尾田の顔は、これまで花南が見たことがないほど凶悪《きょうあく》で、同時に瞳《ひとみ》は熱を帯びて輝《かがや》いていた。

「……尾田さんは、本当にミステリ小説が好きなんですね」

だから、尾田のその思いがけない表情を見た驚きから醒《さ》めた時、花南は自然にそう呟《つぶや》いていた。

「うん、だからこの犯人を許すわけにはいかないんだよ。ふふ、どんなお仕置きをしてやろう？」

尾田もまた花南の言葉にごく自然に頷いて、ただし続く台詞《せりふ》と共にその目に危険な光が宿ったのを見て、

「み、ミステリ小説ってそんなに面白《おもしろ》いんですか？」

花南は慌てて問いを続けた。

「うん、面白いよ。例えば事件の犯人が自分の予想通りだったら爽快《そうかい》だし、逆に予想を裏切られたら、やられたっていう妙《みょう》な快感があって……それと、ミステリだけじゃなくて、いい本を読んだ後は、誰かと話したくなるんだよ」

花南の問いに、尾田は丁寧《ていねい》に答えてくれて、上辺だけではないその思いに触《ふ》れて、花南は何だか嬉《うれ》しくなってしまう。

「本の面白さ……私も知りたいです。今度、オススメの本を教えてくださいね、尾田さん！」

そして、気付けばその気持ちのまま、花南は尾田の横顔に微笑《ほほえ》みを向けていた。

「うん、羽黒さん……って、ああっ、しまった！　着ぐるみっ！」

尾田もまた花南に笑顔《えがお》で応《こた》え、と、そこでようやく自分が素顔《すがお》を晒《さら》していることに気付き、慌てて落ちていた頭部を抱《かか》え上げた、が。

「ええと……もう、遅いです、よ」

「だよね」

少しだけ迷った後、花南がそう伝えれば、尾田は苦笑《くしょう》して、一度は抱えた頭部を床《ゆか》に下ろし

たのだった。

「あの、それで、練習にはならなかったと思いますが、勝負はわたしの勝ちということでいいですか？」

そうして尾田が落ち着いたと見て取ると、花南は尾田に問いかけた。出来ればこのまま通して欲しいという思いを込《こ》めて。

「うん、それでいいよ」

正直、勝負以前の問題だったが、花南の真っ直《す》ぐな視線を受け止めると共に、尾田はその申し出も受け入れてくれたのだった。

「ありがとうございます。では、わたしは行きますね」

穏《おだ》やかな表情を取り戻《もど》した尾田に、花南は頭を下げると、再び声を探して歩き出すべく踵《きびす》を返した。

「あ……羽黒さん、ちょっと待って。一つだけ確認《かくにん》」

だが、そこで尾田はあることを思い出し、羽黒の背中に声をかけた。

「はい、何でしょう？」

「あのさ、羽黒さん、今日の……話し合いの集合時間は何時だっけ？」

羽黒は素直に振《ふ》り向いたものの、尾田の問いには訝《いぶか》しげに首を傾《かし》げた。しかし、尾田に同じように見つめ返されれば、なんだか不安になってきて、

「あの……十三時ですよ、ね？」

答える声は自信の無いものになり、眉《まゆ》は八の字に寄っていき。

「いや、いやいやいや。うわー、まさかの落とし穴だ……あのね、集合時間は十三時じゃなくて、午後の三時、だよ」

花南の答えに尾田は額に手を当てると、どこか疲《つか》れた声でそれを伝えたのだった。

「……え、ええええええっ！　三時！」

一方花南は、一瞬《いっしゅん》きょとんとして、それから自分の聞き間違いを理解すると、自分のうっかりに泣きそうになった。でもそこを堪《こら》えて時計に目を落とせば、あと十分足らずで十三時《いち》になるところ。

「十三時と三時か……羽黒さんらしいよね」

もはや呆《あき》れを通り越《こ》して、憐《あわ》れむような優《やさ》しい眼差《まなざ》しが尾田から注がれていることに気付くと、花南は逆に更《さら》なる羞恥《しゅうち》と居たたまれない気持ちに同時に襲《おそ》われて。

「ど……どうやら、時間はまだあるようですね。では、わたしはお先にっ！」

ついに花南は耐《た》えきれなくなって、言い訳めいた台詞と共に再び背を向けると、逃《に》げるように駆《か》け出した。

「うん、気をつけて……多加良、ごめん」

そして尾田は、三つ編みが揺《ゆ》れるその背中を静かに見送って、小さく呟いたのだった。

「だめだ……この部屋にもいない」

「昼間は派手に動かないでいるはずだけど」

じゃんけんの結果、尾田がトップバッターとして——しかも、梅隊メイドによる変装を施《ほどこ》され——出て行った後、すぐに多加良達はアレの捜索《そうさく》を始めていた。

しかし、その成果はまだ上がっていない。

と、そこでデニムのポケットで携帯《けいたい》が震《ふる》え、多加良は楽観的な期待を抱《いだ》きながらそれを取り出した。

「どこかでアレが見つかったか……ん、尾田？」

しかし、着信名を確認すると同時に嫌《いや》な予感を覚えて、多加良はわずかに眉を寄せながら電話を受けた。

「ごめん、多加良。羽黒さん、一階廊下《ろうか》を通過した」

「……そうか。こっちもまだ見つからない」

嫌な予感ほどよく当たる——そう思いながらも、尾田の第一声を冷静に受け止めた。それからいくつかの報告と共に、この後合流する算段をつけて、多加良は電話を切った。

「羽黒は一階を通過した。それと……集合時間を十三時と間違《まちが》えていたらしい」

尾田のミッション失敗を告げれば、桑田も彩波も表情を曇《くも》らせたが、花南の思い違いを聞いた瞬間だけは、思わず頬《ほお》を緩《ゆる》めてしまう。

でも、それは束《つか》の間のことで、すぐに皆《みな》、難しい顔に戻ると、

「けど、アレが見つかっていない以上、まだ花南ちゃんを足止めしないといけないわね」

桑田の言葉に異論を発することもなく頷《うなず》いた。

「ああ。じゃあ次は……」

「彩波が行くよっ！　だって、アレが逃げたのは彩波のせいだから」

そのまま、多加良が早速次の選定にかかろうとした時、自ら手を挙げたのは彩波だった。

その声に視線をやれば、彩波は唇《くちびる》をきゅっと結んで、思い詰《つ》めた表情をしていた。

恐《おそ》らく彩波はアレを逃がしてしまったのは自分だと、ずっと責任を感じていたのだろう。けれど、誰も彩波を責めないから、彩波自身が自分を責めていたということに、多加良はそこで気付いた。

「じゃあ、彩波、頼《たの》む」

その意を汲《く》むと、多加良は目元を和《やわ》らげて彩波を見つめつつ、彼女を次の足止め役に任命した。

「うん！　彩波、頑張《がんば》るよっ！」

そうすれば彩波は破顔して、いつも通りの明るい笑顔《えがお》を多加良に向けたのだった。

「はいはーい、彩波っちが行くならぼくも行く！」

そして、二番手が彩波と決まると、そこでもう一人手を挙げる者が現れた。

その声に、多加良は睨《にら》むような視線を向けたが、向けられた人物――呼ばれてもいないのにここにいる、叶野学園生徒会長鈴木朔は、にこにこと、ある意味能天気な笑顔でその眼差しを受け止め、そのまま彩波に目を向けた。

「ね、彩波っち、ぼくも一緒《いっしょ》に行っていい？」

「うん！　鈴木くんが一緒なら、彩波は勇気百倍だよっ！」

改めて鈴木に問われた彩波は大きく頷いて、多加良は深く息を吐《つ》いた。

多加良には鈴木の同行を認めるつもりは無かったが、彩波がいいというなら仕方がない。

「いいの？　あの二人の気の合うのは事実だけど……」

多加良が鈴木を止めないとわかると、桑田は小声で問いかけてきたが、多加良はそれにも頷いた。

「二人で暴走する可能性はあるが……とにかく今は時間が惜《お》しいからな」

その不安もわかるが、タイムリミットの方が優先事項《じこう》だと告げれば、桑田はそれ以上問いを重ねはしなかった。

代わりに、〝鈴木朔さま衣装《いしょう》ルーム〟で偶然遭遇《ぐうぜんそうぐう》した時のまま、メジャーが体中に巻き付いた状態で、彩波と共にぴょんぴょんと跳《は》ねている鈴木に、

「鈴木君、これは遊びじゃないのよ。わかってるわね？」

冷たい声と眼差しで念を押す。

「もちろんわかってるよ、美名人っち！　あとはこの山口さん家《ち》の三軒隣《げんとなり》の鈴木朔にお任せあれ！」

けれど、それも意に介《かい》さず、鈴木は自信満々の様子で胸を反らしてみせる。

「ほう、もう何か手は考えてあるのか？」

期待はしていなかったが、それでも多加良が問えば、鈴木は彩波に耳打ちをして、二人は示し合わせると、

『みんなめろめろハニートラップ大作戦だよっ！』

声を揃《そろ》え、高らかに作戦名を披露《ひろう》して、そのまま身を翻《ひるがえ》し走り去ったのだった。

「……誘惑作戦《ハニートラップ》？　彩波と鈴木で？」

明らかにこの二人では力不足な作戦に思わず多加良は呟《つぶや》いたが、瞬《また》く間に遠くなる二人の背中にその声は当然届かず。

「……ものすごく不安なミッションね」

「ああ。こうなったら、一刻も早くアレを探しだそう」

桑田と多加良はしばし呆然《ぼうぜん》とした後、そんな会話を交《か》わすと、黙々《もくもく》と探索《たんさく》を再開したのだった。

3

尾田と別れた後、花南は本館一階の廊下《ろうか》を奥まで進んでみたが、結局なき声の持ち主に辿《たど》り着くことは出来なかった。

そこで花南は再び意識を集中させて、微《かす》かな声を捉《とら》えると、二階へ向かうことを決めた。

そうして、階段を昇《のぼ》りきったところで、花南はもう一度目を閉じて耳を澄《す》ませてみた。

そうすれば、確かになき声に近付いたようで、さっきまで朧気《おぼろげ》であやふやだったものに、輪《りん》郭《かく》とでも言うべきものが備わったように、声を感じ取ることが出来た。

それでもまだ声は小さくて、正体も摑《つか》めなかったけれど。

「近付いてはいるようですが……この奥なのか更《さら》に上なのか……」

一人呟きつつ、三つ編みを弄《もてあそ》びながら、数歩進んだところで、花南は困惑《こんわく》して首を傾《かし》げた。

ただしその困惑は、なき声に対してではなく、花南の足下《あしもと》に落ちている物へ向けられたものだったが。

足を止めた花南の足下には、つま先に近いところから、カラフルな飴《あめ》、ビスケット、チョコレートといったお菓子《かし》が落ちて——というよりは等間隔《とうかんかく》で並べられていた。

それは、たくさんある扉《とびら》の中の一つの前まで、まるでそこに誘《いざな》おうというように並べられていて、もしも和邸《てい》が蟻《あり》の侵入《しんにゅう》を許していたら、確実に行列が出来ていただろう。

だが、花南は黒猫《くろねこ》であっても黒蟻ではないので、甘いお菓子に引き寄せられたりしない。

「ええと……これは、拾った方がいいですよね。通行の邪魔《じゃま》になりますし」

けれど花南は善意でそう考えると、早速《さっそく》お菓子を拾うことにした。

その先の柱の陰《かげ》で、

「やった！　甘いお菓子の誘惑作戦《ハニートラップ》、第一段階成功だよっ！　鈴木くん、準備はいい？」

「うん、やったね！　第二段階の準備もばっちりだよ!!」

約二名が見つめているとも知らずに。

やがて花南は、結果だけは約二名の思惑《おもわく》通りに、件《くだん》の部屋の前まで辿り着き、そこまでくれば当然のように、扉を開けた。

「わ……あ」

そして扉を開けると同時に目に入ったものに、花南は思わず歓声《かんせい》を上げた。

部屋の中で花南が見たのは、一言で表すなら〝お菓子の家〟、それだった。テーブルの上の〝お菓子の家〟は大きさこそ違《ちが》ったが、その点を除けば、童話に出てくるそれをそのまま実現させた、見事な出来映《できば》えであった。

ウエハースで作られた屋根や、砂糖菓子の窓に、花南はただただ見とれて、感心してしまう。時々桑田にお菓子作りを教えて貰《もら》う花南だが、どれだけ上達しても、こんなお菓子の家は作れない気がする。

「これをお作りになった方は、魔法《まほう》の手の持ち主ですね」

或《あ》るいは、本当に魔法を使って作ったのかもしれない。もしもそんな魔法があるのならぜひ知りたい。

甘い香《かお》りに自然と頬《ほお》を緩《ゆる》めながら、花南はそんなことを考えつつ、改めてお菓子の家の全貌《ぜんぼう》を見て——と、そこでテーブルの端《はし》に置かれているメッセージカードに気付く。

「？　賞味期限でも書いてあるのでしょうか？」

花南はカードを手に取ると、封《ふう》もされていなかったので読んでみた。

そこには予想とは違い『おいしいお菓子の家だよ。どうぞ食べてくださいな』と、可愛《かわい》らしい文字が躍《おど》っていた。その魅力《みりょく》的な言葉に、花南はしばらくお菓子の家を見つめて、

「……せっかくですが、お昼ご飯を食べ過ぎてしまって、お腹《なか》いっぱいなんですよね。それに、ダイエットもしないと」

ため息混じりにそう呟いたのだった。

本当のところを言えば、デザートが入る余裕《よゆう》はあるが、年頃《としごろ》の乙女《おとめ》としては自分の体重のことも考えなければならないのだ。

それに、ただでさえ他《ほか》の黒猫より動きが鈍《にぶ》いのに、これ以上鈍くなったら姉から雷《かみなり》を落とされるくらいでは済まされない。

普段《ふだん》は静かな姉の怒《おこ》った時の大音声《だいおんじょう》を思い出して、花南は思わず身震《みぶる》いした。

そして、誘惑に負ける前に拾い上げたお菓子をテーブルの隅《すみ》に置き、部屋を後にしようと決めたその時だった。

「ああっ、第二作戦は失敗みたいだよっ！　こうなったら最終段階突入《とつにゅう》しかないねっ！　鈴木くん、行こう!!」

「ちょっと待っておくれやす〜」

「じゃあ、先に行くよ！」

小鳥のような可愛らしい声に続いて、どこかゆったりとした声が聞こえたかと思うと、背にしていた扉が大きく開け放たれる。

それに反射的に振《ふ》り向けば、間髪《かんはつ》入れず花南の前に影が躍り出てきて。

かと思うと軽快で、耳馴染《みみなじ》みのいい音楽が鳴りだし、それをBGMに小さな影は、

「イタズラ大好き、マジカルイロハ、ただいま参上だよっ！」

そう明るい声を上げたのだった。

「えっ、あっ、彩波さんこんにちは」

「うん、花南ちゃんこんにちはっ……と、違うよ！　今日の彩波はマジカルイロハなんだよっ！」

その登場の仕方には面食《めんく》らったものの、現れた少女に花南が折り目正しく挨拶《あいさつ》すれば、彩波はつられたように応《こた》えて、慌《あわ》てて訂正《ていせい》を入れた。

そういう彩波は、ツインテールに大振《おおぶ》りのリボン、何枚もシフォンを重ねてふわりとさせたミニスカートに加えて、ハート型のペンダントと同じ様なデザインのステッキを持っていて、確かにいつもと違う装《よそお》いだったが、花南には彩波以外の何者にも見えない。

「マジカルイロハさん、ですか。可愛らしいお洋服ですね。どこかにお出掛《でか》けですか？」

だから花南は呼び名こそ変えても、普段と同じ態度で接することにしたのだが、対する彩波の顔には焦《あせ》りと不安が交互《こうご》に浮《う》かぶ。

「違うよ花南ちゃん！　あれれ？　もしかして花南ちゃんはマジカルトゥララを知らないの？」

♪マジカルマジカルトゥリャトゥララ
♪魔法のステッキで今日も綺麗《きれい》に変身よ

♪だけどあなたのハートは撃《う》ち抜《ぬ》けないの
困惑《こんわく》を浮かべる彩波の背後では、かく言うアニメのテーマ曲が流れていたが、

「マジカルトゥララ、さん？　残念ながら知りません。あ、でも素敵《すてき》な音楽ですね。タイトルを教えてくださいますか？」

花南はその音楽にも、彩波の困惑にも心当たりが無く、ただ、いい曲だとは思ったので彩波に尋《たず》ねてみる。

「〝ラブスナイパートゥララ〟だよ……じゃあじゃあ、花南ちゃんは魔女っ娘《こ》を知らないの？」

「魔女っ娘？　ええと、魔法使いと呼ばれる方なら何人か知っていますが？　薬草に詳《くわ》しいんですよ」

彩波は律儀《りちぎ》に答えた上で、そう問いを重ねてきた。花南はそれに自分の知る情報を引き出し答えてみたが、彩波の表情は晴れるどころか更《さら》に曇《くも》ってしまい、申し訳ない気持ちになる。

「そうじゃないよぅ。花南ちゃん、魔女っ娘っていうのは変身できたり空を飛べたり、もっとファンタジーでファンシーなものなんだよぅ」

「そうなんですか。勉強不足ですみません」

一向に話の通じない花南に、彩波はステッキ片手に、涙目《なみだめ》になりながら説明したが、その手のアニメは修業タイムと重なっていたこともあり、花南が知らないのは無理もないことだった。

「うぅ、もう説明は諦《あきら》めるよぅ」

だから、肩《かた》を落としながらも、彩波が一歩退《ひ》いてくれた時、花南は正直ほっとしてしまった

のだが、

「鈴木くん、もう準備は出来た？」

「は～いどすえ～」

彩波の呼びかけに扉《とびら》の向こうからどこかのんびりとした、でも聞き覚えのある声が答えれば、安心するのはまだ早い、と悟《さと》った。

そうして彩波はステッキを振り上げながら、かけ声を出した。

「じゃあ、行くよっ！　せぇーのっ！　トリックオアトリート《お菓子をくれなきゃいたずらするぞ》!!」

「ぽっくりオアトリートどすえ～」

が、かけ声の意味無く、彩波と新たに現れたもう一人の声は見事なまでにずれていた。

というか、主に問題なのは後から現れた人物の方で、ある程度覚悟《かくご》していたにもかかわらず、その姿に花南は呆然《ぼうぜん》とするしかなかった。

それは彩波も同じで、ぽかんと口を開けて、十秒以上彼を見つめた後、

「……鈴木くん？　あの、彩波達は季節外れのハロウィンルックできめる約束だったよね？」

何度も首を傾《かし》げ、明るい色のツインテールを揺《ゆ》らしながら彩波はいつもより高いところにあるその顔を見上げ尋ねた。

「ええっ！　ハロウィンなんですかっ？」

そして、彩波の口から疑問符《ぎもんふ》と共に出た単語に、驚《おどろ》きから醒《さ》めたばかりの花南は、今度は困惑に襲《おそ》われる。

なぜなら、一応本人が「魔女《まじょ》」と言っている彩波はともかく、目の前の——多分、鈴木と思われる——彼の仕度《したく》はとてもハロウィンの扮装《ふんそう》に見えなかったから。

「そうどす〜。わてらは季節を先取るファッションリーダーにして、ハロウィンの刺客《しかく》どすえ〜。それ、ぽっくりオアトリート」

だが、鈴木だけは自分の格好に何の疑問も抱《いだ》いていない様子で、その妙《みょう》におっとりとした口調でまた同じ言葉を重ねる。

そこで花南は彩波と顔を見合わせて、

『ハロウィンでどうして舞妓《まいこ》さん？』

声を揃《そろ》えて鈴木に——顔を白く塗《ぬ》り、割れしのぶという日本髪《にほんがみ》のかつらをかぶり、いわゆる舞妓の衣装《きもの》に身を包んだ彼に、心の底からの疑問を投げかけた。

「ん？　二人とももしかして、さっきからそれで不思議そうな顔だったんどすか〜？　でも鈴《すず》奴《やっこ》は間違《まちが》っておりませんえ〜。だってハロウィンは〝ぽっくりオアトリート〟っていうんどすから」

すると鈴木はかつらが重いのかゆるゆると首を傾げながらそう言い、高さが十センチ以上ありそうなぽっくりと呼ばれる下駄《げた》を履《は》いている足を持ち上げてみせる。

「……あの、でもそれだと、お菓子をくれなきゃぽっくりになるぞ、になりますよ？」

あくまでそう信じている様子の鈴木に、真実を告げていいものか悩《なや》んだ末に花南はそう言って、眉《まゆ》を八の字に寄せながら鈴木を見上げた。

ちなみに舞妓の履き物は形は同じでもぽっくりではなく「おぼこ」と呼ばれるのだが、そのことは黙《だま》っておく。

「そうだよ鈴木くん、〝トリックオアトリート〟なんだよ！」

一方彩波も花南に続いて口を開くと魔法のステッキを振《ふ》り回しながら、鈴木に力説した。

「……ええっ！　ぽっくりじゃなかったの！　あれっ、鈴奴ってば大失敗どすか～？」

二人の説明に、ようやく自分の間違いを悟った鈴木は慌《あわ》てた声を上げると、着物の袖《そで》で恥《は》ずかしそうに顔を隠《かく》した。

「あ、あの、聞き間違いってよくあることですから」

そんな鈴木の姿を見るのは初めてで、花南はびっくりしながらも、慌てて慰《なぐさ》めの言葉をかける。

「ありがとう、花南っち。うん、そうだよね。三時を十三時って聞き間違える子もいるんだから」

そうすれば、鈴木はあっさりと顔を現し、その際彼が引き合いに出したのは明らかに自分のことで、花南はほんの少しだけ慰めたことを後悔《こうかい》する。

「とにかく、気を取り直して……行くよ、彩波っち！」

「うん、鈴木くん！」

そして、あっという間に元気を取り戻《もど》した鈴木は、ステッキならぬ扇子《せんす》を取り出すと、文字通り彩波を扇動して。

『トリックオアトリート！　お菓子がないなら今すぐ橋の傍《そば》のくくる屋さんで……』

今度こそ二人は声を揃えて花南に迫《せま》った——彼らのハニートラップ作戦の成功を確信しながら。

「あ、はい。どうぞ。こんなものしかありませんけど」

だが、花南は慌てず騒《さわ》がず、殆《ほとん》ど間髪《かんはつ》入れずに、提《さ》げていたトートバッグの中から、いくつもお菓子を取り出した。

それは、先程廊下《さきほどろうか》に落ちていた物でも、ましてやお菓子の家のパーツでもなくて。

「なぜかわからないんですけど、今日、出がけに寮母《りょうぼ》さんがくださったんです。お口に合えばいいんですけど」

花南が取り出した菓子類を前に、鈴木と彩波は、互《たが》いの側頭部を合わせるように首を傾げて、そのまましばし黙り込む。

その様子に、花南が、もしや彩波と鈴木はこの手のお菓子を知らないのだろうかと、不安を覚えた時だった。

「す、鈴木くん、このラインナップは……」

まず、声を震《ふる》わせながら彩波が身を乗り出した。

「うまい棒にベビースター、梅ジャムせんべい……変わり玉」

続いて、どこかうっとりと鈴木は菓子の名前を読み上げ、彩波と見つめ合い。

『駄菓子《だがし》だっ！』

次の瞬間《しゅんかん》、二人はさっきよりも統一感のある声と動きで、花南が出した菓子に飛びついた。

その勢いに、花南は思わず一歩引いてしまったが、二人は気にせず駄菓子の封《ふう》を切る。

「おおっ、彩波っち、すごいぞ！　このてりやき味とテリヤキバーガー味のうまい棒！　どう違《ちが》うのかわからないっ！」

「うん、すごいねっ！　でもこの梅ジャムせんべいもおいしいよっ！」

目を輝《かがや》かせ、声を弾《はず》ませながらお菓子を頬張《ほおば》る二人に、最初は驚いていた花南も、次第《しだい》に微笑《ほほえ》ましいものを感じて、気付けば口許《くちもと》を緩《ゆる》めていた。

でも、鈴木はともかく彩波まで駄菓子を前にはしゃぐのは少し意外に思えて、

「あの、彩波さんはこういったお菓子がお好きなんですか？」

次のお菓子の選別に入っている彩波の横顔にそう尋《たず》ねてみた。

「うんっ！　うちのおやつもデザートもおいしいんだけどね、ジャンクフードはワカナちゃん達がだめって言うからあんまり食べられないんだよ」

「うちもそうなんだよねぇー。あんまり体によくないっていうのはわかってるんだけど、食べたくなるんだよねー」

すると彩波と共に鈴木もそんな答えを寄越《よこ》して、二人は子どもの様な笑顔を浮《う》かべつつ肩《かた》を竦《すく》めた。

その答えを聞いて、二人とも半分は物珍《ものめずら》しさから喜んでいるのだと花南は判断した。

「そうですね……こういう、色鮮《いろあざ》やかな物って、なぜだかおいしそうに見えるんですよね」

　そして、子どもの頃《ころ》、数回行ったことのあるお祭りで、いつも花南が心惹《こころひ》かれたのは、ブルーハワイ味の真っ青なかき氷だったことを思い出す。

「あ……そう言えば、ブルーハワイって結局何味なのか、お二人は知ってますか？」

　ついでにその頃抱《ころいだ》いていた疑問も思い出して、まさにその味のプチゼリーを手にしている鈴木に花南は尋ねてみた。

「え？　考えてもみなかったけど、そういえばブルーハワイなんて食べ物はないね」

「ブルーハワイ味のかき氷を食べた後は舌がモンスターみたいになって楽しいけど……何味かなぁ？」

　だが、鈴木も彩波も知らないと首を傾《かし》げ、三人でしばらくプチゼリーを見つめ続けたが、

『何味だろうねぇ？』

　結局答えは出ず、三人は仲良く首を傾げて、どこかしみじみと呟《つぶや》いたのだった。

「何だかとっても知りたくなったので、今度調べてみますね」

　そして、花南はその言葉を契機《けいき》に部屋を後にすることにして、

「では、わたしは先を急ぎますのでこれで。お二人はごゆっくりどうぞ」

　そう言うと、まだお菓子を食べながらくつろいでいる二人に背を向けた。

　今の自分の目的はブルーハワイ味の真相究明ではなく、なき声の正体を知ることなのだから、と胸の中でそれを確認《かくにん》して。

「うん、花南ちゃん、いってらっしゃい……ん？　あれ？　あれあれあれ？　あの、鈴木くん、

もしかして彩波達……」

「んんん？　彩波っち、もしや、ハニートラップ作戦、失敗？」

どこか凜《りん》としたその背中を笑顔《えがお》で見送りかけた彩波と鈴木だが、ふとそのことに気付いて、二人は笑顔を凍《こお》りつかせた。

そうして、部屋を出ようとしていた花南は、ばったーん、という音を背後に聞いて、慌《あわ》てて振《ふ》り返った。

そこに折り重なるように倒《たお》れる鈴木と彩波の姿を見つけて、

「だ、大丈夫《だいじょうぶ》ですか⁉」

花南は急いで二人に駆《か》け寄ろうとした。

だが、そこで鈴木が、花南の動きを制するように倒れたまま手を上げて、花南はひとまずその場に留《とど》まる。

「大丈夫大丈夫……だから花南っちはぼくらの屍《しかばね》を越《こ》えて先へ行っておくれ」

そのままの体勢で鈴木がそう言えば、

「うん、花南ちゃんは行っていいよ。彩波達はお菓子を食べながら作戦失敗の反省会だから……ね」

どこかうつろな目で、魔法《まほう》のステッキ片手に彩波も頷《うなず》き、けれど花南は二人の言葉に引っかかりを覚えた。

作戦失敗——という言葉と共に、自分を見送ろうとする姿に、先程《さきほど》の尾田の姿が重なって。

もしかして、彼らは自分をこの場に留めようとしていたのではないか、という疑念が花南の中にふいに湧《わ》きあがる。

「あの……お二人とも、何かわたしに隠《かく》していませんか？」

その疑問を、花南は彩波と鈴木の顔を見比べながら、まずはそんな風に尋ねてみる。

「な、何も隠してないよ！」

「そうそう、隠してるのはかつらの中のへそくりくらいだって！」

そうすれば、二人は明らかに何かを隠している動揺《どうよう》を見せたものの、首を振るばかりで、そんな二人を更《さら》に問い詰《つ》めることは花南には出来なかった。

問い詰めるだけの材料が無かったこともあるが、それが自分が昨日多加良達を見ていて抱いた不安な気持ちを裏付けてしまうことが怖《こわ》くて。

でも、そんな気持ちを振り払《はら》うように花南は首を振ると、背筋を伸《の》ばした。

そして、今はなき声に集中するのだと自分に言い聞かせて、

「……では、今度こそ失礼します」

花南は彩波と鈴木の許《もと》を離《はな》れたのだった。

「お菓子の誘惑作戦《ハニートラップ》、失敗なさったようです」

彩波と鈴木の作戦失敗を多加良達はシアタールームで受け取った。ワカナから伝えられたそ

れはほぼ予想通りの結果だったので、多加良と桑田は静かに受け止めると、捜索《そうさく》に戻《もど》った。

つまり、彼らが血眼《ちまなこ》で探すアレ、はまだ見つかっていないということだ。

「やっぱり、あの二人はハニートラップを甘いものの誘惑と捉《とら》えてたか」

そして多加良はある意味、それで良かったと思いながら、小さく息を吐《は》いた。

「でも、二十分近く保《も》ったんだから、あの二人にしては大健闘《だいけんとう》ね」

一方桑田は、百席はある座席の下を一つ一つ覗《のぞ》き込みながら、珍《めずら》しく彩波と鈴木を褒《ほ》める台詞《せりふ》を口にする。

「そうだな……逆に俺達の方がさっぱりだ」

それに相づちを打ちながら多加良はスクリーンの陰《かげ》を覗き込み、そこにも目当てのアレがないとわかると、浮《う》かない表情で肩《かた》を落とした。

「メイドのマドカは、本館二階で目撃《もくげき》したって言うんだけどな」

更なる情報収集の結果、多加良達は二階を調べることにして、ずっと施錠《せじよう》されていた部屋を除いてメイドと共に十部屋以上調べたのだが、未《いま》だ成果は上がらない。

「でも、よく階段を使えたものね」

多加良が呟けば、桑田は腰《こし》を伸ばし、顔を上げつつ、どこか感心したようにそう言った。

「本当にそうですわね。でも、階段が使えたなら、監視《かんし》の目をくぐって外に出る、ということも出来そうに思えてきましたわ」

桑田の言葉を受けて、表情は静かだが、声に憂《うれ》いを滲《にじ》ませてワカナはそう懸念《けねん》を示す。ただし、多加良達と違《ちが》い、彼女の憂うのはアレが見つからない場合に彩波が悲しむことだ。

「……万が一、外に出たところで猫《ねこ》にでも出くわしたら、ひとたまりもないな」

なかなかアレが見つからないこともあって、ワカナの発言に、多加良の思考もついマイナス方向に流れ出した時——またも、ポケットで携帯《けいたい》が震《ふる》えた。

「……もしもし？」

覚えのない電話番号に多加良は一瞬躊躇《いっしゅんためら》いを覚えたものの、結局出てみれば、耳に入ってきたのは雑音で、多加良は眉《まゆ》を寄せた。

「いたずら電話か？」

暇人《ひまじん》のいたずらと判断し、多加良が電話を切ろうとしたところで、ふいに音声がクリアになった。

「し……もしもし。秋庭多加良の携帯か？」

そして聞こえてきたのは、聞き慣れた花南の声をワントーン落としたようなそれで。

「羽黒……凛音《りおん》か？　どうして俺の電話番号を知っている？」

その声を花南の姉であり、〝羽黒〟という組織のナンバースリーである女性の顔——花南から柔《やわ》らかさを取ったような、凛としたその容貌《ようぼう》を頭に浮かべながら、多加良は少々不機嫌《ふきげん》な声で問う。

「裏のルートを使えばすぐにわかる……というのは嘘《うそ》で、花南のアドレスをコピーした」

裏ルートという単語に剣呑《けんのん》なものを感じて、多加良は電話を持つ手に力を込《こ》めたが、それが凛音なりの冗談《じょうだん》だとわかると、脱力感《だつりょくかん》に襲《おそ》われた。

「それで、何か用か？　こっちはいま取り込み中なんだ」

おそらくそのアドレスのコピーは無断だと確信しながら、多加良はとにかく凛音に話を促《うなが》した。

「そうか。ならば手短に……すま、す」

そうすれば、凛音は話を始めたのだが、それと同時にまたノイズが混ざり出す。

「おい、外からかけてるのか？」

「ああ……で、な。今日はその、花南の……だから。それで、今日は和邸《てい》の方に……その黒猫《くろねこ》……を……送……た」

ノイズは次第《しだい》に大きくなり、多加良は凛音の言葉を断片《だんぺん》的にしか聞き取れなくなる。

「猫っ？　おい、よく聞こえない、もう一度」

だが、自分を焦《じ》らせる単語をその中に聞き取って、多加良は慌《あわ》ててもう一度繰《く》り返すよう凛音に求めたが、そこで音声《でんわ》はぶつりと切れてしまった。

急いでかけ直しても電話は繋《つな》がらず、多加良は再び電話をポケットに押し込むと、重いため息を吐き出した。

「秋庭君？　凛音さんからだったんでしょう？　いったい何て？」

すると桑田は少しだけ眉を寄せながら多加良にそう尋《たず》ねてきた。珍しい相手と、電話を切った後の多加良の表情から問題の匂《にお》いをかぎ取ったのだろう。

「……凛音は、羽黒に黒猫を送ったそうだ。しかもそれは和邸に届く」

多加良はわずかに頰《ほお》をひきつらせながら、凛音の言葉を頭の中で繋ぎ合わせたものを、桑田に伝えた。

それを聞けば、桑田もワカナも表情を硬《かた》くして、息を飲む。

「もしもその猫が逃《に》げてみろ……アレはひとたまりもないぞ」

「ええ、そうね」

想像に過ぎなかった最悪の事態がふいに現実味を帯びて、多加良と桑田はさっきまでは少しはあった余裕《よゆう》を急速に失っていく。

「とにかく、事態は一刻を争う」

「報告です！　羽黒様は五分以内に三階に到着《とうちゃく》する模様です」

そして、駆《か》け込んできたメイドの報告に、多加良の顔にははっきりと焦燥《しょうそう》が浮かんだ。

「……次は私が行くわ。だから、秋庭君はその間に必ずアレを確保して。花南ちゃんの為《ため》にも、ね」

そんな多加良を落ち着かせるように、桑田は自身の焦《あせ》りは抑《おさ》えて、静かに語りかけた。

その声を聞くと多加良は桑田の目を見つめ返し、それから目を閉じて深く息を吐《つ》いた。

「ああ、わかった……じゃあ、羽黒の方は頼《たの》む」

そうして、目を開けた時には多加良はいつもの冷静さを取り戻《もど》し、強い声と眼差《まなざ》しで桑田にそう言った。

桑田はそれに頼もしく頷《うなず》くと、踵《きびす》を返し、花南の許《もと》へと向かったのだった。

4

彩波と鈴木と別れると、花南は再び先を急ごうと足を速めた。

不安な気持ちはそれで後ろに追いやってしまうつもりで。

けれど、二階の廊下《ろうか》をしばらく進んだところで、目指していた声がふいに大きくなって、花南は急ブレーキを踏《ふ》むように足を止めた。

そうして、その場で目を閉じ、耳を澄《す》ませば、やはりさっきよりもずっとはっきりと声が聞こえて。

それは、どこか悲しそうな、切ない響《ひび》きを宿していて――まるで、自分の不安に呼応しているようなその声に、気付けば花南は両手で胸元《むなもと》を押さえていた。

「いったい……何が悲しいんです？　どうして、わたしを呼ぶんですか？」

感じたまま花南は空中に声を投げてみたが、応《こた》える声はなく、代わりに細く開いた窓から風が吹《ふ》いて。

花南は身を翻《ひるがえ》すと、一度来た廊下を走って戻り、三階へと続く階段を目指すことにした。

答えを知る方法は、一刻も早く声の主の許《もと》へ辿《たど》り着くこと、それだけなのだから。

だが、急ごうとすればするほどスカートが足に絡《から》まって、花南は不自由さを感じた。

そもそも、なぜ今日はロングスカートなのかといえば、昨日桑田に強く勧《すす》められたからなのだが、今更《いまさら》ながら花南はその理由に疑問を抱《いだ》く。

「確かにかわいいんですけど、背の低いわたしにはちょっと危険な服です」

裾《すそ》を摘《つま》み上げて走りながら、花南は小さく嘆息《たんそく》した。

〝黒猫〟としては小回りが利《き》くのは良いことだが、パンツの裾上げの時には自分の身長が切なくなって、せめて桑田くらいの身長が欲しいと花南はいつも思うのだ。

以前は180センチは欲しいと思っていた。その理由はと言えば、洋服の問題だけではなくて、空に近いから、だったのだけれど。

そんなことを考えていた自分を振《ふ》り返って、花南は小さく笑った。

がしゃん。

と、そんなことを考えながらも三階へと続く階段に差し掛《か》かろうとしたところで花南は、陶《とう》器《き》の類《たぐい》が割れた音を聞いた。

そして急いでそちらに目を向ければ、ボブカットのメイドの後ろ姿と、足下《あしもと》に散らばった破《は》片《へん》が目に入り、花南は慌てて彼女の許へ駆け寄った。

「大丈夫《だいじょうぶ》ですか？　お怪我《けが》は？」

「ええ、私は大丈夫です。そちらこそ破片に気をつけて……」

花南が気遣《きづか》いながら近寄っていくと、メイドの女性はゆっくりと振り向いて、

「み、みみ、美名人ちゃん！」

花南はパニックに近い驚《おどろ》きに見舞《みま》われた。

振り向いたその顔は見間違《みまちが》えようがなかったが、身につけているのが和家お仕着せのメイド服であることに、花南は目を丸くしたまま二の句が継《つ》げない。

「あら、花南ちゃん」

一方、桑田の方はいつも通り、実に落ち着いた様子で、花南を呼んだ。

いつもと変わらず、凪《な》いだ湖のような桑田の双眸《そうぼう》を見つめている内に、花南の気持ちも徐々《じょじょ》に静まっていく。

「あ……の、美名人ちゃん、その格好、は？」

けれど、ようやく声を取り戻した花南の口をついて出たのはそんな問いで──なぜ、美名人まで集合時間前に和邸《てい》にいるのか、という疑問は花南の中から抜《ぬ》け落ちてしまっていた。

「ああ、最近になって和家のメイドさんにお花やお茶といった所作を習い始めてね、今日も集合時間まで教授を受けているの。メイドの格好は実践《じっせん》で学ぶ一環《いっかん》として着ているのよ」

緩《ゆる》みがあるのかヘッドドレスを手で直しつつ、桑田は丁寧《ていねい》にメイド服の理由を花南に説明してくれた。

「そうだったんですか」

教授を受けているのは初耳だったが、でも桑田のメイド衣装《いしょう》にちゃんとした理由があったことに花南はようやく安堵《あんど》し、ほっと胸を撫《な》で下ろす。

「まだまだ修業が足りないみたいだけどね」

そうすれば、桑田は花南と対照的に眉《まゆ》を曇《くも》らせ、ため息混じりに呟《つぶや》きながら散った破片を拾い始める。

「あ、手伝います」

「ありがとう。……でも、困ったわ」

「どうしました？　あ、もしかしてこの……花瓶《かびん》を弁償《べんしょう》しないといけないんですか？」

一緒《いっしょ》に破片を拾っていると、桑田は更に声にも憂《うれ》いを滲《にじ》ませ、花南は心配になってその横顔を見つめた。

花南の視線に気が付いた桑田は、大丈夫だというように目許《めもと》を緩めてみせたけれど。

「確かに弁償のことも憂鬱《ゆううつ》だけど、それ以前に花瓶が割れてしまったことが問題……あのね、私はいま〝花を生ける〟っていう課題の最中だったの」

言いながら視線をスライドさせ、それを止めたところで、桑田の瞳《ひとみ》には再び憂いの色が射《さ》した。

花南もまたその目線を追いかけてみれば、そこにはたくさんの花に埋もれた部屋。

「あの……今日は華道《かどう》の大会でもあるんですか？」

まるで春の野原を部屋の中に運び入れてしまったようだと思いながら、花南はあふれんばかりの花を指さし、おそるおそる桑田に問いかける。

「大会は無いわね。この花は和邸に飾《かざ》る物で、これを三時までにすべて生けるっていうのが今日の課題なんだけど……どういうわけか花瓶が殆《ほとん》どなくて」

「……これを全部、ですか？」

返ってきた答えに驚愕《きょうがく》して、花南が更に問いを重ねれば、桑田は深く頷《うなず》いた。

「でも、なんとか、やりとげないとね」

そして桑田は自分自身を鼓舞《こぶ》するように強い言葉を発した。でも、その割に揺《ゆ》れる瞳に、花南はまだ何かある気がして、見つめることで桑田の声を促《うなが》す。

「……もし、時間内に終えられなかったら、お仕置きが……竹隊《たけたい》隊長の笹世《ささよ》さんのお仕置きが待っているのよ」

やがて桑田はエプロンを握《にぎ》り締《し》めながら重い口を開き、その言葉が耳に届いた瞬間《しゅんかん》、花南は青ざめる。

和家のメイドの雇用《こよう》条件は一芸――特に武芸――に秀《ひい》でていることだというが、そういう面々の中でも三人の隊長は別格だ。それは実力ばかりでなく、性格面にも言えることで、一癖《ひとくせ》も二癖《ふたくせ》もある笹世のことを思い出すと同時に、そのお仕置きを想像して、花南は震《ふる》えた。

「そ、それは大変です！　早く、早く課題にとりかかってください！」

事の重大さを理解した花南は立ち上がると、わたわたと腕《うで》を振《ふ》り回しながら、とにかく桑田に急ぐように言った。

「急ぎたいのは山々だけど、でも、花瓶の数は足りないし……」

花南に急《せ》かされ、桑田もまた腰《こし》を上げたが、隠《かく》すことを止《や》めた分、その面《おもて》にはさっきよりも濃《こ》い憂いの影《かげ》が窺《うかが》えて。

「では、わたしが花瓶を探してきますから、美名人ちゃんはいまある分を使ってお花を生けていてください！」

「……花南ちゃん、手伝ってくれるの？」

「はい、お任せ下さい！」

花南はそう言うと、桑田の不安を少しでも拭《ぬぐ》おうと、胸を反らして、ぽんっと叩《たた》いてみせた。

花南のおどけた仕草に桑田は狙《ねら》い通り、ほんのわずかだが微笑《ほほえ》んで、

「じゃあ、私は私のやるべきことをやるから、花瓶の方はお願いします」

心のこもった礼を花南にした後、その背筋はいつも通りぴんと伸《の》びていた。

花南はそれを見届けると、三つ編みごとくるりと体を反《かえ》して、桑田の為《ため》に走り出したのだった。

けれど、花南の背中を見送る桑田の横顔には、憂いに変わって苦渋《くじゅう》の表情が浮《う》かんでいた。

それは、この二階から、すべての花瓶が撤収《てっしゅう》されていると知っていて、花南を行かせたからだったが、

「……花南ちゃん、ごめんね」

謝罪の声が花南の耳に届かぬように呟いたが、その事実を花南が知ることはなかった。

「ここにも花瓶は、ありませんね」

また一つ、調べ終えた部屋の扉《とびら》を閉《と》ざして、花南はため息を吐《つ》いた。

施錠《せじょう》された部屋は別として、既《すで》に四つの部屋を調べ終えたのだが、

「おかしいですね」

桑田にあんな課題を出しておいて、花瓶の類《たぐい》が一つも見つからない状況《じょうきょう》に、さすがに花南も不審《ふしん》を抱《いだ》き始めていた。

「はじめから、美名人ちゃんに課題をクリアさせる気がない……んでしょうか？」

そして、花南はそうとは知らず、殆ど正解と言える憶測《おくそく》を口にした。

「いえ、いくら笹世さんでもそんなことはしません、よ」

ただし、ぎこちない笑《え》みと共に花南が脳裏《のうり》に思い浮かべた人物は答えと違《ちが》っていたが。

そんな風に呟《つぶや》きながらも花南は隣《となり》の部屋へと向かい、扉を開けた。

「……ここには絶対ありませんね」

が、開けた瞬間に、即《そく》結論を出すと、花南はその部屋の扉をしっかりと閉じた――燦然《さんぜん》と輝《かがや》くキリン柄《がら》のコートが、一度は多加良の摘発《てきはつ》を受けた〝鈴木朔さま衣装《いしょう》ルーム〟であることを主張していたから。

気を取り直して、花南は足早に更《さら》に隣の部屋の扉に手をかけた。

「ここにも無かったら、どうしましょう……もし美名人ちゃんが座敷牢《ざしきろう》に入れられたりしたら、秋庭さんにも会えなくなってしまいますよね」

その状態のまま花南は、過去の自分と重ねて桑田がお仕置きされているところを想像して、

慌《あわ》てて首を振った。

そうして、嫌《いや》な映像を振り払《はら》うと、花南は勢いよく扉を開けたのだが、そこにも花南の求める物はなかった。

その部屋には、壁《かべ》に沿って食器棚《だな》がいくつも置かれていて、そこに収まりきらない物は箱――段ボールとは違う、木や革《かわ》で出来た物――に収められた上で、床《ゆか》に積み重ねられていた。

念のため調べてみようと、室内に足を踏《ふ》み入れながら、花南はいまこの瞬間《しゅんかん》、地震《じしん》が起ることのないよう心の中で祈《いの》っておく。

それから花南は、そろりそろりと慎重《しんちょう》に足を進めていった。知らず三つ編みを握り締めながら。

なぜ、それほど慎重になるかと言えば、自分が転びやすい体質だという自覚が一応あるからだ。ちなみに三つ編みを二本にしたら少しはバランスがとれるかと思って、そう変えてみたこともあるが、効果は無かった。

とにかく慎重に進みながら、花南は箱書きを確かめていったが、やはり花瓶《かびん》や花器といった表記は見つからず、この部屋は食器だけの部屋だと花南は結論を出した。

たくさんの部屋を有効利用する為か、はたまた他《ほか》に深遠なる理由があるのか、和家の収納ルールに、花南は感嘆《かんたん》すべきか、呆《あき》れるべきか少々迷って腕を組み首を傾《かし》げた。

「花瓶も食器も、素材は同じだと思うんですけど……」

と、そこで、花南は自ら呟いた台詞《せりふ》にわずかに目を見開いて――次の瞬間、その脳裏には今朝、寮《りょう》の食堂で見た光景が甦《よみがえ》っていた。

「もし……お花を生ける物《もの》が花瓶に限定されていなければ、いいはずですよね」

三つ編みの先を指で弄《もてあそ》びながら、花南は声に出すことで、自分のアイディアに自信を深める。

「うん、まずはやってみましょう」

それから花南は自分にそうかけ声をかけると、食器棚からまずはサラダボウルとティーポットを取り出して胸に抱《かか》えた。

それと同時に、気を引き締《し》める。

何しろたった一枚皿を割っただけでも、和家から高額な請求《せいきゅう》が来ることを花南は知っているのだ。

〝黒猫騒動《くろねこそうどう》〟の後、壊《こわ》した物品の請求書が回ってきた時、たまたま居合わせた花南は、姉が、

「何の冗談《じょうだん》だ？」

と、呟きながら頬《ほお》をひきつらせたのを見ているのだから。

その映像を再び思い出して身震《みぶる》いすると、花南は入って来た時と同じように、そろそろと足を動かして、美名人の許《もと》へ向かったのだった。

部屋に戻《もど》ってみると、桑田はちょうど黄色いミモザの花を花瓶に生けているところだった。

依然として順番待ちの花の量が勝《まさ》っている状況ではあったが、桑田は額に汗《あせ》を浮かべながら

奮闘《ふんとう》していた。

「なんだか、黄色いお花が多いですね」

一生懸命頑張《けんめいがんば》っている桑田を見て、花南は自分が持ってきた物が役立てばいいと思いながら、その背中に明るく声をかけた。

桑田は既に花南の気配を察していたのだろう、ゆっくり振《ふ》り向くと、

「花南ちゃん、早かったわね。でも……その手の中の物、花瓶には見えないけど？」

頬に手をあてながら、当然の疑問を口にした。

そんな桑田の姿を見て、やけにメイド服が似合っているなぁ、などと改めて思いつつ、花南はその言葉に頷《うなず》く。

「はい、わかっていますよ。これが花瓶でないことは」

そして、そう肯定《こうてい》した上で、花南は慎重に歩を進めて、作業テーブルの上に青いサラダボウルと白いティーポットを静かに置いた。

「ええと……このお花にしましょう」

それから水差しの水を、まずはティーポットに注ぎ、ガーベラの花を一本手に取るとそれを注ぎ口に差し、次いで開けておいた蓋《ふた》のところに数本まとめて生ける。

桑田が黙《だま》って見守る中、花南は素早《すばや》く作業を終えると、

「どうですか？　美名人ちゃんみたいに上手ではないですけど、花を生ける、課題ならこれでクリアできませんか？」

その判断を仰《あお》ぎ、桑田の顔を見た。

すると桑田は目を瞬《しばた》かせながら花南の顔を見返した後、花南が生けた花にじっと眼差《まなざ》しを注いだ。

その真剣《しんけん》な眼差しに、花南は自分の方が審査《しんさ》を受ける側になったような緊張《きんちょう》と錯覚《さっかく》を覚えてしまう。

それに出来るなら桑田のがっかりする顔を見たくなくて——そんな風に思いながらの検分の時間はやけに長く感じられた。

「……予想外、だわ」

そうして、ようやく桑田の口をついて出てきた言葉は、待っている間に花南が予想したどの台詞とも違《ちが》い、また、その横顔には微《かす》かだが動揺《どうよう》が浮《う》かんでいるように見えて。

「あの、美名人ちゃん?」

思わず名を呼べば、桑田は弾《はじ》かれた様に顔を上げ、花南を見た。

「あ、うん。食器を花瓶代わりにするなんてすごく良いアイディアだと思うわ。これなら綺麗《きれい》に生けられそう」

その顔には、花南がついさっき見たはずの動揺は既《すで》に無く、花南は合格を得たことにひとまず胸を撫《な》で下ろす。

「そうですか、お役に立てて良かった! では、食器ならたくさん見つけましたから、これから一緒《いっしょ》に運びましょう!」

そして、桑田の力になれたことが嬉《うれ》しくて、弾《はず》んだ気分のまま花南はその腕《うで》を引くと、一緒に歩き出そうとしたのだが、

「あ、花南ちゃん……ちょっと待って」

ヘッドドレスがまたも緩《ゆる》んで視界を塞《ふさ》いだため、桑田は足を止めた。

「もう少し、きつく結んでおけば良かったかしら？」

小さく呟《つぶや》きながら桑田はそのままヘッドドレスを元の位置まで引き上げようとする。でも、それにはヘアバンドのような伸縮性《しんしゅく》が無かったため、桑田の前髪《まえがみ》まで一緒に引き上げてしまって。

「わわっ、美名人ちゃんのおでこ、初めて見ました！」

露《あら》わになったその額を見て、花南は思考を同時に声にしていた。

「え……やだっ!?」

一方の桑田は、花南の視線に気付くと、慌《あわ》てて額を隠《かく》す。

「あっ！ どうして隠すんですか？」

「だ、だって、なんだか恥《は》ずかしくって……その、子どもっぽく見えない？」

「そんなことありませんよ！ とってもかわいいです！」

恥じらう美名人に、花南が力一杯《ちからいっぱい》そう言えば、桑田は目許《めもと》を赤く染めたまま小さく首を傾《かし》げる。

「かわい……い？」

「はい。おでこを出していると美名人ちゃんがかわいいなんて、今日まで知りませんでしたけど、本当ですよ!!」

花南は嘘偽《うそいつわ》りなくそう繰《く》り返した。

前髪を下ろしている普段《ふだん》の桑田は、その立ち居振《ふ》る舞《ま》いのせいもあって、同級生の中では大人びて見える。でも、つるりと丸みを帯びた額が現れたら、恥ずかしそうにうろたえている姿と相まって、本当に可愛らしいのだ。

「今度、秋庭さんにも見せてあげたらいいと思います」

だから、その台詞《せりふ》もからかうようなつもりはなく、まったくの善意から言ったのだけれど、それを聞いた途端《とたん》、桑田はヘッドドレスを外してしまった。

「……おでこを出すと、可愛い」

でも、前髪を直しながら小さく呟くその声は、決して怒《おこ》っていなかったから、花南は安心して微笑《ほほえ》むと、

「じゃあ……内緒《ないしょ》にしておきます」

囁《ささや》くようにそう告げ、桑田は小さく頷いたのだった。

「では……美名人ちゃん、気を取り直して行きましょう!」

「ええ、でもまだ三十分しか足止め出来て……」

そして花南は改めて桑田の手を取ったのだが、まだ完全に冷静さを取り戻《もど》していなかった桑田の口からは、そんな言葉が転がりだして。

花南の中の疑念を起こすには、それで十分だった。

「……美名人ちゃんも、わたしを足止めしようとしていたんですか？」

「あ……足止め？　何のこと？」

その双眸《そうぼう》をひたと見据《みす》えて問えば、桑田は目許と口許を意図的にやわらげて見せ――いくら、普段の桑田が表情豊かとはいえないといっても、そんな誤魔化《ごまか》しが花南に通用するはずが無かった。

「どうして、みなさん、わたしを足止めしようとするんですか？」

だから、花南はさっきよりも強い意志を込《こ》めて桑田の目を見つめると、もう一度問うた。

そうすれば、桑田は今度はその眼差しから逃《に》げず、背筋を伸《の》ばした。

「ちゃんと理由はあるわ……でも、今は言えないのよ」

でも、それでも桑田はその理由を語ってくれなくて、花南は複雑な気持ちになる。

桑田の目を見れば、それは確かに〝秘密《ひみつ》〟なだけで〝嘘《うそ》〟ではないのだとわかる。

けれど、その〝秘密〟を自分だけ――尾田や桑田が知っている以上、その先頭に立つ多加良が知らないはずがない――知らされず、共有できないことが、泣きたくなるほど花南は寂《さび》しい。

このまま感情に身を任せて、その気持ちを美名人にぶつけたいと花南は思った。

「……美名人ちゃんの言うことはわかりました。でも、わたしにも知りたいことがあって、それはこの先にあるんです……だから、行きます」

でも、結局花南はそうせず、寂しさを飲み込むと、そう宣言した。

ただ、表情からその寂しさを消すことまでは出来ていなくて、

「わかったわ、花南ちゃん。作戦も失敗したことだし、私はもう止めない」

じっとその顔を見つめた後、桑田はわずかに眉《まゆ》を寄せながらも、深く頷《うなず》いた。

「……では、わたしは行きます」

そして、それを合図に花南は美名人に背を向けて、再び歩き出す。

「ただね、花南ちゃん……私達の秘密は、花南ちゃんを寂しい気持ちにさせるようなものじゃないとだけは、言っておくわ」

その背中に桑田はそう声をかけてくれたけれど、花南は振《ふ》り向くことをしなかった。


花南が桑田の為《ため》に、花瓶《かびん》を探していた頃《ころ》。

その頭上の三階フロアでは小さな事件が起こっていた。

その報《しら》せが届いた時、多加良はアレ捜索《そうさく》戦線に復帰した尾田、彩波、鈴木――もちろん鈴木以外は変装を解いている――と共にいかにもアレが好みそうなコーナーに目を凝《こ》らしていた。

「彩波さま、秋庭さま、ちょっと急いで来てくださいませ」

と、そこに小走りに駆《か》けてきたのは、今日の会場の準備を行っている松隊《まったい》のメイドのスミカだった。

「なぁに、スミカちゃん？　会場の方に問題発生？」

焦《あせ》っているスミカに対してわざとなのか、彩波はゆっくりと首を巡《めぐ》らせてから問いかける。

「はい、問題発生です。会場にネズミが入り込んだのを捕《と》らえました！」

すると、スミカはあっさりとそう肯定《こうてい》してくれて、

「ネズミ？　アレじゃなくて？」

多加良の問いにも大きく頷いた。

「ええ、運び込んだカナッペがごっそりやられてしまいました」

「カナッペ……ってことはそのネズミは人間、か？」

正直、カナッペという料理をちゃんと思い浮《う》かべることは出来なかったが、スミカの言葉から多加良はすぐにそう当たりをつける。

「ええ。そして秋庭さまを呼べというので……ですから、早くいらしてください」

ネズミに心当たりは無いが、再度スミカに促《うなが》され、尾田と鈴木をその場に残し、多加良と彩波はその会場に急いで向かうことになったのだった。

「……キャビアって、てげおいしいっちゃ！」

だが、本日の会場とされた広い一室に入ると同時に、多加良達の耳に届いたのは聞き覚えのある声で、その姿を目にするまでもなく、ネズミの正体はわかった。

「あれは、ネズミじゃなくて黒猫《くろねこ》、だろ」

「確かにそうだよねっ」

多加良がため息混じりに呟《つぶや》けば、彩波はそれに相づちを打って、顔を綻《ほころ》ばせた。

「あっ、来たね来たね、秋庭多加良！　和彩波……ちゃん、久し振《ぶ》りだもん！」

そして、黒猫こと知暁《ちあき》は多加良達に気付くと声を上げ、手を振る代わりに体を揺《ゆ》らした――なぜかといえば、ロープで縛《しば》り上げられていたからだ。

それでも知暁という少女は八重歯《やえば》をのぞかせながら笑っていたが。

「うん、知暁ちゃん久し振りっ……でも、どうして掴《つか》まってるのかな？」

かつてかのう様を間に挟《はさ》んで対立したというのに、いつ仲良くなったのか、彩波は笑顔《えがお》を向け、それから問いかけた。

「う〜ん、今回はちゃんと正門から入ったんだけど、どうしてなのかあたしだってわからないんだもんね」

その問いに知暁は、心底不思議そうな顔をして首を傾《かし》げ、

「それはな、俺達のところに真っ直《す》ぐにこないで、寄り道ならぬつまみ食いをしたからだ」

多加良は本気で理由がわかっていないらしい知暁にきっぱりとした口調でそう告げた。

「……あ、そうだったんだ。ごめんなさい」

そうすれば知暁はようやくわかったという顔をすると同時に、素直《すなお》に謝罪の言葉を口にした。

「うん、謝ってくれればいいよ。じゃあ、スミカちゃん、知暁ちゃんを放《はな》してあげてねっ」

彩波もまた素直にそれを受け入れれば、知暁を見張っていたメイド達に否《いな》やはなく、スミカも命じられた通り知暁の縄《なわ》を解きにかかった。

「ふぅー、助かった」

そうして自由になると、知暁は猫のように手足を伸ばし、その目もまた猫のように細めて息を吐いた。

「で、知暁。お前は凛音の使いで来たんだろう?」

多加良はその顔を見てそれを思い出すと、改めて知暁と向き合い、尋《たず》ねた。

「あ、うん。そうそうお使いだったんだもん……ええと荷物荷物。あ、あった!」

多加良が水を向ければ、知暁もそれで本来の目的を思い出したのか、辺りを見回していたかと思うと、一時預かりとなっていた荷物を取り戻《もど》しに行く。

「その箱の中に猫がいるのか……くれぐれも放すなよ」

「そうだよ、いまにゃんこはだめなんだよ」

そして、知暁が腕《うで》に抱《かか》えてきた箱を前に、多加良と彩波は十分に警戒《けいかい》しながらそう告げた。

「猫って? ここにいる黒猫はあたしだけだし、箱の中は猫じゃないもん」

だが、そんな二人に対し、知暁はきょとんとした表情を浮かべると、彼らの言葉を否定した。

「は? 猫じゃない? だって、凛音は電話でそう言ってたぞ」

「えー、ほんとにそう言ってた? あたしが見た時は〝黒猫にプレゼントを持たせて送り出した〟って言ってるみたいだったけどね?」

多加良が繰《く》り返し言えば、少し先の映像《みらい》を見る能力の持ち主である知暁はそう言い、二人の間にはしばし沈黙《ちんもく》が落ちて。

多加良はその間に、断片《だんぺん》的にしか聞こえなかった凛音の台詞《せりふ》を頭の中で再生し、もう一度繋《つな》ぎ合わせてみる。

黒猫（にプレゼント）を（持たせて）送（り出し）った——確かに、そうも繋げられる。

その事実に、多加良は安堵《あんど》すると同時に、これまでの焦燥《しょうそう》に満ちた時間を返して欲しいという腹立ちに見舞《みま》われて、

「携帯《けいたい》電話はもっと電波状況《じょうきょう》のいいところからかけるよう、凜音に言っておけ」

二つの感情がせめぎ合った結果、それだけは凜音に伝言するよう、知暁に言ったのだった。

「ねえねえ、じゃあその箱の中には何が入っているの？」

一方、純粋《じゅんすい》に安堵のみした彩波は緊張《きんちょう》を緩《ゆる》めると、好奇《こうき》心《しん》を発動させて知暁に問いかける。

「ん、コレだもん、彩波ちゃん」

すると知暁は問われるまま、箱をそっと開いて見せ、多加良も便乗して彩波と共に中を覗《のぞ》き込んだ。

「あ、多加良ちゃん、同じだよっ！」

「ああ、本当だ。偶然《ぐうぜん》だな、俺達も同じものを選んだんだ」

そうして、箱の中身を確認《かくにん》すると、二人は驚《おどろ》きに目を見開き、顔を見合わせた。

「へぇー、びっくりだね。あ、やっぱり似てるからかな？」

知暁にその点を追及《ついきゅう》されると、深く大きく頷《うなず》いた。

「すごく似ているのを見つけてな……でも、俺達のは現在逃亡《とうぼう》中だ」

そして、そのことを思い出すと、多加良は時計を見て、気が滅入《めい》る現実にため息を吐いた。

「……ああ、それでさっき見えたやつは箱の中に入っていなかったんだ」

だが、知暁が何気ない調子で口にした台詞に、多加良は弾《はじ》かれたように顔を上げた。

「知暁、お前、アレが見えたのかっ⁉」

更《さら》に勢い込んで尋ねれば、知暁は実にあっさりと頷いて。

「うん、見えたよ。えーとね、なんかホテルとかの待合室みたいな部屋で、でもなんか変な銅像がいっぱいある部屋を走ってたもん」

多加良達が一番欲《ほっ》していた情報を何でもないことのように語ってくれた。

この三時間あまりのことを思えば、複雑な心境だったが、多加良はひとまずそれは頭の隅《すみ》に追いやった。

「た、多加良ちゃん、知暁ちゃんが言ってるお部屋って中ホールの前の……」

多加良と同じように知暁の話からその場所を察した彩波は声を上擦《うわず》らせながら多加良を見上げた。

「ああ、そうだろうな。アレは準備万端《ばんたん》であそこで俺達を待ち構えるってわけだ」

彩波に応《こた》えながら、ある意味、盲点《もうてん》を突《つ》かれたような事実に、体長十センチにも満たないアレが自分達を嘲笑《あざわら》っているような気がして、多加良は拳《こぶし》を握《にぎ》りしめた。

「あっちがその気なら、こっちもそれなりの態度で臨まないとな……ああ、今度こそハニートラップ作戦がいいだろう」

そうして、多加良は低く低く呟《つぶや》くと、多加良は視線を知暁が抱える箱へともう一度向け、企《たくら》みに満ちた笑《え》みを口許《くちもと》に浮《う》かべ——それは目にしてしまった彩波が動悸《どうき》と目眩《めまい》を覚え倒《たお》れそうになる程《ほど》、ただでさえ端整《たんせい》な多加良の顔に魅力《みりょく》を添《そ》える笑みだった。

「ええっと、あたしにハニートラップはまだ無理だもん！　それにあたしはこれから維芳《いほう》くんをお友達のところまで、迎《むか》えにいかないといけないんだもん」

知暁もまた軽いパニックに見舞《みま》われ、その視線を勘違《かんちが》いして慌《あわ》てたが、それは当然黙殺《もくさつ》された。

5

ひどく悲しく、寂《さび》しいはずなのに、叫《さけ》ぶことはせず、押し殺されたなき声に、胸を締《し》め付けられながら、花南は三階の廊下《ろうか》を進んでいた。

いまは自分を呼んでいるのだとはっきりわかる声の元へと、ひたすら急ぐ。

なぜ、このなき声が自分を呼ぶのか、いったい何者なのか、それは手に取るみたいに声がはっきりと聞こえるようになってもわからない。

けれど、わからないからこそ花南はなき声の元へと辿《たど》り着き、それを明らかにして知りたいと思う。

そして、それが多加良達の〝秘密〟とどんな関係があるのか、あったとしたら、どうして自分には知らされなかったのか——花南は知りたい、否《いな》、知らなければならない。

「……それが、わたしの望まない結果でも、です」

廊下を進みながら、花南はその覚悟《かくご》だけは決めたのだった。

そうして、覚悟を決めた花南が辿り着いたその部屋の前には、林檎《りんご》をくわえた二頭のライオン像が門番のように置かれていた。

「……この先は静かに、ということですか？」

花南はライオン像の意味をそう読み解いてみたが、周囲に人影《ひとかげ》はなく、当然花南の声に反応は無い。

それでも花南は足音をしのばせて、近付くと、他《ほか》の部屋に比べて豪奢《ごうしゃ》な彫刻《ちょうこく》が施《ほどこ》された扉《とびら》のノブに手をかけた。

するとノブはあっさりと動いて、鍵《かぎ》がかかっていると予想していた花南は、そのままノブを回すことを一瞬躊躇《いっしゅんためら》ってしまう。

でも、この扉を開けなければ始まらないし、終わらない——そう考えると、この先にあるものすべてに立ち向かう勇気を固め、花南は一気にノブを回して、

「……桑田？」

扉が開いたと思った瞬間、花南の視線はちょうど背後を振《ふ》り向いた彼とぶつかっていた。

お互《たが》い、相手が和邸《てい》にいるのは承知していたが、いま、このタイミングで出会ったことにあまりに驚いたため、多加良と花南はたっぷり十秒は見つめ合ってしまう。

「……鍵をかけ忘れるとはな」

やがて、そんな台詞《せりふ》と共に、先に目を逸《そ》らしたのは多加良だった。

「やっぱり、秋庭さんも時間より早くお着きになっていたんですね」

それに合わせて花南もようやく瞬《まばた》きをして、それから確信に満ちた声を向ければ、多加良は逃《に》げることなく一つ頷《うなず》く。

「まあな」

次いで短く声も寄越《よこ》した。

最初の驚《おどろ》きから醒《さ》めた多加良の顔はもう冷静で、性格上、彼が逃げることはないとわかっていたが、その落ち着き払《はら》った声に花南ははぐらかされる危険性を感じた。

「それに……尾田さんも美名人ちゃんもいて、彩波さんや鈴木さんまでいらっしゃって。そしてみなさん、わたしを足止めしようとしました。……秋庭さん、この部屋の奥にいったい何があるんですか？」

だから花南は思い切って、いきなり核心《かくしん》を衝《つ》く問いを発した。

すると多加良はわずかに目を見開いて、ほんの束《つか》の間、その眼差《まなざ》しを足下《あしもと》に落とし、二人の間には沈黙《ちんもく》が落ちた。

「多加良、そっちの準備は……」

「秋庭君、花南ちゃんは」

と、その静寂《せいじゃく》をまるで狙《ねら》い澄《す》ましていたようなタイミングで、多加良の背後と、花南が閉めたばかりの扉が開く。

二枚の扉から現れたのは、尾田と桑田で、花南は二人の顔をそれぞれ一瞥《いちべつ》した後、再び多加良に眼差しを戻《もど》した。

そうすれば、多加良もまた二人に目配せを送った後、今度は正面から花南の視線を受け止めて。

「悪いが、この奥には通せない……まだ」

「そうですか、やっぱりわたしには秘密なんですね」

花南は、まだ、という多加良の声に被《かぶ》せるようにそう言って、どうしようもなく不安な気持ちと共に唇《くちびる》を嚙《か》みしめた。

そのまま、花南は尾田と桑田にも問う眼差しを向けてみた。

そんな花南の顔を見ても、多加良は前言を翻《ひるがえ》さず、それは桑田達も同じで、固く統一された三人の意志に、花南はひとりだけ置いてけぼりにされたような寂しさを感じる。

「でも、わたしは……この奥の部屋に何があるのか知りたいんです！　それを知ることは、わたしのゲームなんです!!」

それでも、花南は、いまも聞こえるその声に応《こた》える為《ため》に、目に力を込《こ》めると、精一杯《せいいっぱい》強い声で宣言した。

多加良は花南の宣戦布告に一瞬息を飲み、それから、その覚悟が本物かどうか確かめるように花南の黒い双眸《そうぼう》をひたと見据《みす》えた。

花南はその目から逃げなかった。

そのまま多加良と花南は睨《にら》み合うように互いの目を見つめ続け。

「……わかった。そこまで言うなら、通してもいい」

やがて、多加良は深く息を吐《つ》きながらそう言ったのだった。

「秋庭君、本当にいいの？　だってアレはまだ……」

多加良の言葉に、すぐに桑田はそう問いを発したけれど、一瞥すると途中《とちゅう》でその言葉を遮《さえ》ぎってしまう。

「いいんだ。でも羽黒、お前はいま、ゲームだと言った。だったらここを通る為に必要なことはわかるよな？」

代わりに真摯《しんし》な眼差しと共に花南に静かに問いかけた。

「……はい。みなさんとのゲームに勝つこと、ですね」

そして花南は、多加良の眼差しを受け止めるのと同時に、そのゲームを承諾《しょうだく》したのだった。

「その通り。さあ、これから俺達と〝だるまさんがころんだ〟ゲームで勝負だ」

潔《いさぎよ》いまでの花南の返事に、多加良は嬉《うれ》しそうに少しだけ唇の端《はし》を持ち上げると、さっそくゲームを定めて、花南に告げたのだった。

「ちょっと多加良、どうしてここで〝だるまさんがころんだ〟なわけ？」

「そうね、私もそれは聞いておきたいわ」

作戦タイムと称《しょう》して部屋の片隅《かたすみ》に移動するなり、尾田と桑田は多加良にそう問いかけた。

「だるまさんがころんだ、って楽しいけど、彩波もわからないよ?」

「鈴木もわからんどすー」

更《さら》に、ついさっき合流したばかりの彩波と、まだ顔と頭だけ舞妓《まいこ》仕様の鈴木にも本気を問う
ような言葉を向けられて、多加良は一つ息を吐いた。

それから、四人の顔をゆっくりと順に見回して、

「これは、作戦だ」

おもむろに口を開いて、一言告げると、次いで室内を見渡《みわた》した。

多加良達がいま居る二十畳《じょう》ほどのこの部屋は、能力でそれを見た知暁が言ったように、奥に
続く部屋の前室、つまり待合室だった。

床《ゆか》にはペルシャ絨毯《じゅうたん》が敷《し》かれ、ソファなどの家具に交って正直邪魔《じゃま》なレベルで和家の収集物
――金のボディービルダー像や剥製《はくせい》と見せかけた巨大《きょだい》なひぐまのぬいぐるみなど――が飾《かざ》られ
ているが、見取り図にも間違《まちが》いなく「待合室」と記されている場所だ。

そうして皆がその視線を追う中、やがて多加良はある一画で視線を止めた。

待合室と奥の部屋を仕切る三枚の扉《とびら》があり、その中の右端《みぎはし》の扉――正確にはその下に、やが
て多加良の目線は固定される。

そこには先程《さきほど》知暁が持ち込んだ箱が置かれていた。もちろん中身もそのままだ。

「いいか、既《すで》にハニートラップ作戦はスタートしている。恐《おそ》らく……アレが罠《わな》にかかるのは時

間の問題だ」

その箱を見つめながら多加良は確信に満ちた声で、皆に語りかけた。

多加良は、箱の中のものとアレが同じ生き物であることに目をつけ、ならばきっとアレは仲間の匂《にお》いに惹《ひ》かれ、現れると踏《ふ》んだ——そう、これぞ正しき誘惑作戦《ハニートラップ》というわけだ。

が、自信満々の多加良に対し、いまのところ成果を上げていない作戦に尾田をはじめとする三人はアイコンタクトをかわすと、多加良が次の言葉を発するまで無言を貫《つらぬ》くことにした。

「えー、ほんとに罠にかかるかなぁ？」

鈴木だけはそう声を上げたが、いつも通り、多加良はきっぱりと無視して流す。

「とにかく、アレはいまこの部屋にいる。そして、必ずハニートラップに引っかかって姿を現す。でも、アレを捕獲《ほかく》する姿を羽黒に見られたくはない」

そして多加良はそう言葉を続けると、手持ちぶさたで三つ編みを弄《もてあそ》んでいる花南に、気付かれないようちらっと視線を投げた。

「それは確かに」

「せっかくここまで秘密にしてきたんだものね」

「そうだよ。花南ちゃんに寂《さび》しい顔をさせちゃってまで、秘密にしたんだよ」

「ぼくにも秘密だったけどさ……でも、そうだよね」

それぞれ多加良に倣《なら》って花南を見てから、今度は全員が賛同の声を上げ、再び多加良に視線を集中させた。

「だから、だるまさんがころんだ、なんだ。いいか、あの遊びは鬼《おに》は必ず顔を伏《ふ》せる。とにかく羽黒を鬼にして、顔を伏せている間にアレを探して捕獲するんだ」

多加良はそれを受け止めると、そう語って聞かせ、そこで皆《みな》はようやくそのゲームが選ばれた理由を理解した。

「話はわかったけど……」

「できるかなぁ？」

しかし、理屈《りくつ》は理解出来ても、尾田と彩波は、不安の色を浮《う》かべた。

「でも、ここまできたら、確かにそれしかないわね」

「うん、花南っちの為《ため》にも頑張《がんば》ろうよ！」

けれど、桑田と鈴木が強い口調でそう言えば、二人もまた頷《うなず》いたのだった。

こうして五人の心が一つになったところで、多加良は息を吸い込んだ。

「さあ、羽黒の為にみんな、もうひと頑張りだ!!」

『おー！』

そして多加良の声に合わせて——一応小声で——叫《さけ》ぶと彼らは拳《こぶし》を振《ふ》り上げたのだった。

「なるほど、わかりました」

〝だるまさんがころんだ〟の説明を桑田から聞き——最初に花南が「だるまさんがころんだと

いうゲームは、もしかしてだるまさまのように手足を縛《しば》って行うんですか？」と訊《き》いた他《ほか》は——

——問題なくゲームを理解すると、花南は一つ頷いた。

一対五という人数比からみて、鬼の役割を振られたことにも納得《なっとく》して、花南は指定された鬼の陣地《じんち》へと向かった。

そうして、入口の扉の近くに並んだ多加良達と向かい合った時、花南はあの春の日を思い出していた。

みんなと手を繋《つな》いだあの日のことを。

あの時と状況《じょうきょう》は違《ちが》うが、あの日繋いだ手がいま離《はな》れていることを、花南は寂しく感じて。

でも、すぐに自分がいま立っている場所のことを考えて、花南はその寂しさを追いやる。

花南が立っているのは、奥の部屋へと続く扉の前だった。

それはつまり、多加良達はこのゲームに勝たない限り、花南が一人で扉の向こうに行くことはないと信じてくれているということだ。

だから、何の迷いもなくこの場所を指定された時、それだけで花南の心は随分《ずいぶん》軽くなっていた。

だからこそ、花南はこのゲームに精一杯《せいいっぱい》挑《いど》むことを改めて胸に誓《ちか》う。

「じゃあ、みなさん、始めますよ」

『了解《りょうかい》』

そして、彼らの声を合図に、花南はみんなに背を向け、額を腕《うで》に当てるようにして顔を伏せ、

「だ・る・ま・さ・ん・が・こ・ろ・ん・だ」

ゆっくりと第一声を発したのだった。

間違えることなくその呪文《じゅもん》を言い終えると、やはりゆっくりと花南は振り返った。

すると、多加良をはじめ五人が五人とも床《ゆか》に近い、這《は》うような体勢で動きを止めていて、花南はいきなり面食《めんく》らう。

桑田から受けた説明では、多加良達は花南が顔を伏せている間に近付いてきて、花南の体のどこかにタッチできれば彼らの勝ちとなるということだった。

「あの……みなさんは匍匐《ほふく》前進で進む、というルールでしたか？」

けれど、みんなの姿勢を見て花南は不安になり、誰ともなしに問いかけた。

「ん〜、ぼくが知る限りそんなルールはありませんえ〜」

花南の声に答えたのは、いまだ頭部だけ舞妓《まいこ》仕様で、やはり匍匐前進にしか見えない体勢で静止したままの鈴木だった。

それを聞いていた多加良達にも目で肯定《こうてい》を示されれば、花南は納得するほかない。

花南はこくんと一つ頷くと、再び彼らに背を向けて、

「だ・る・ま・さ・ん・が・こ・ろ・ん・だ」

先程《さきほど》よりも少し滑《なめ》らかな口調でもう一度初めからその呪文を唱えることにした。

一方、花南が背を向けた瞬間《しゅんかん》、多加良達は一斉《いっせい》に、いまや障害物としか思えないブロンズ像や、家具の下の隙間《すきま》に目を凝《こ》らす。

もしもいま花南が振り向いたら、間違いなく彼らに不審《ふしん》を覚えただろう。

だが、間隙《かんげき》を突《つ》くような作戦に必死な多加良達に、なりふり構っている余裕《よゆう》は無かった。

「早く出ておいでー」

彩波もまた一生懸命《けんめい》に目を凝らしながら、膝《ひざ》を使って少しだけ前に進みつつ、囁《ささや》き声で呼びかけた。でも、応じる声は無く、花南の呪文詠唱《じゅもんえいしょう》が終わりそうだったので、彩波はひとまず動きを止めることにした。

しかし、その瞬間、視界の隅《すみ》を小さな影《かげ》が走っていった気がして、彩波は慌《あわ》てて首を巡《めぐ》らせた。

「あ、彩波さん、動きました」

その途端《とたん》、花南に名前を呼ばれて、彩波は一瞬《じょうきょう》状況を理解出来ず、瞬《まばた》きを繰《く》り返し、

「あぅー、動いちゃったよー」

ようやく事態を理解した時には、彩波の目は涙《なみだ》に潤《うる》んでいた。

多加良から大丈夫《だいじょうぶ》だ、というような優《やさ》しい眼差《まなざ》しを向けられれば、なんとか涙が溢《あふ》れるのは堪《こら》えられたけれど。

「えへへ、花南ちゃんの手はふわふわだね」

「彩波さんの手はあったかくてやわらかいですよ」

そして、捕虜《ほりよ》として花南と手を繋げば、その柔《やわ》らかさと微笑《ほほえ》みにくすぐったいような気分になって、気付けば彩波は笑っていたのだった。

そうして、花南は彩波の手をしっかりと握《にぎ》ると、今度は少し緩急《かんきゅう》をつけて、その決められた呪文を紡《つむ》ぎ始める。

「だ〜るまさ〜んが」

と同時に、先程、彩波と同じ影を捕捉《ほそく》していた尾田は、腕で反動をつけて体を起こし、立体的な目と鼻が貼《は》り付けられた不気味な花瓶《かびん》の元まで一気に走り抜《ぬ》け、その影を再び視界に捉《とら》えた。

「ころんだっ！」

だが、そこでいきなり花南は早口になり、尾田は左手と右足を目一杯《めいっぱい》伸ばした、まるでバレリーナのような格好で静止することを余儀《よぎ》なくされた。

三度《みたび》振り返った花南は、バランスをとるのがすごく大変そうな状態で止まっている尾田と、それを気遣《きづか》うように——ただし、こちらは優雅《ゆうが》に、仲良くソファにかけている——横目で彼を見ている多加良達三人を見て、再び困惑《こんわく》してしまう。

そのまま花南は本当にこれがこのゲームの正しい形なのかという疑問を考え始めてしまう。

その間、歯を食いしばって耐《た》えている尾田は完全に花南の意識の外に置かれてしまい、

「羽黒さん、早く続き……あっ、いた！」

救いを求めるその声に花南が我に返るのは、ほんの少し遅《おそ》すぎた。

「え、ああっ、尾田さん！　大丈夫ですかっ!!」

花南が尾田の方へ意識を戻《もど》した時には、尾田はもうバランスを崩《くず》して倒《たお》れていた。

「いたいたいたた……うん、だけどもう大丈夫、だ」

尾田は足がつったようにしばらく絨毯《じゆうたん》の上でもがいていたが、慌てて花南が駆《か》け寄ろうとするとそれを手で制し、ゆっくりと立ち上がった——その際彼が多加良に目配せしたのに、花南は気付かない。

「あの、すみませんでした。ほんとうに大丈夫ですか？」

「うん……まあ、捕虜になって繋《つな》がれちゃうけどね」

そして、花南の許へ辿《たど》り着くと、尾田は心配そうに自分の顔を下から覗《のぞ》き込む花南に苦笑《くしよう》しながらそう言って。

「はい、尾田ちゃん、彩波と手を繋いでね」

何事もなかったかのように、彩波の小さな手を取ったのだった。

「次からはぼんやりしないよう、気をつけます」

一方、花南は眉《まゆ》を寄せながら反省の弁を口にして、申し訳なさそうにもう一度尾田を見た後、顔を伏《ふ》せたのだった。

「だ・る・ま・さ・ん・が」

花南が反省しながら背を向け、また呪文を紡ぎはじめると、多加良と桑田、それに鈴木は一斉に部屋の左側に置かれたローチェストの方に顔を向けた。

それは、まさしく倒れた時に尾田がダイイングメッセージよろしく指先で示していた方向だった。

「あの隙間、危険どすえ〜」

そして鈴木は口パクでその危険を指摘《してき》すると——確かに、アレにその隙間に逃《に》げ込まれてしまうと面倒《めんどう》だ——素早《すばや》く次の行動に移った。

即《すなわ》ち、体で隙間を塞《ふさ》ぐ、という鈴木にしては的確な判断に、多加良と桑田は驚愕《きょうがく》したものの、すぐに彼の後を追って動いた。

「こ〜ろんだ〜」

尾田の転倒《てんとう》の直後だったため、少々ゆっくりと言葉を言い終えて、顔を上げた花南は、さっきよりも全員前進しているものの、なぜか自分よりも壁《かべ》に近い位置にいることを不審《ふしん》に思う。

でも、それ以上に不可解な鈴木の姿に、抱《いだ》いた疑問は頭の隅に追いやられてしまった。

鈴木はローチェストにもたれているのだが、踵《かかと》と踵を合わせた、これまたバレエの基本ポーズのような格好で、その上、白塗《しろぬ》りで微妙《びみょう》に美人な顔には、妙《みょう》に気障《きざ》っぽい笑顔を浮《う》かべていて。

いつもの、ただそこにいることが嬉《うれ》しそうな笑顔とあまりに違《ちが》っていて、花南は違和感《いわかん》を覚えた。

もしや、どこかにカメラでもあるのかと、花南は首を巡らせたが、それを見つけることは出来なかった。

「羽黒さん、どうかした？」

でも、きょろきょろと辺りを見回していると、尾田に不思議そうに見つめられ、と同時に花南は先程《さきほど》の失敗を思い出し、慌てて腕《うで》に額を押しつけた。

そうしながら、多加良達の位置をもう一度頭の中で確認《かくにん》する。

とにかく、多加良も桑田も鈴木も最初より確実に自分に迫《せま》ってきているのは確かだ。

それを念頭に置いて、次からは呪文詠唱《じゅもんえいしょう》に上手《うま》く緩急《かんきゅう》をつけなければならない。振《ふ》り向くタイミングもなるべく早く——そう作戦を組み立てて、一人頷《うなず》いた。

多加良達が、真に迫ろうとしているのは花南ではなく、別の物だと気付かないまま。

そして、花南が少し長く顔を伏せている間に、多加良と桑田は、予想通りローチェストの隙間に隠《かく》れようとして、隠れられなかったアレの姿をついにはっきりと捉えたのだった。

足下《あしもと》をチョロチョロと動くアレを鈴木は咄嗟《とっさ》に捕《つか》まえようと腕を伸《の》ばしたが、

「動くな！」

声にこそならなかったが、空気の震《ふる》えで多加良の指示を正しく受け取った鈴木はすぐに動きを止めた。

その遣《や》り取りの間に、桑田は速《すみ》やかにアレとの間合いを詰《つ》めたが、一歩及《およ》ばずアレは桑田の足下を通過していく。

「だ～るまさんが～ころんだ！」

けれど、そのもう一歩を踏《ふ》み込む前に、花南は呪文を言い終えていた。

花南もだんだんとこのゲームの要領を飲み込んできているようだと気付いて、多加良はこの先は少し慎重《しんちょう》に動いていく必要があると、判断したのだが。

しかし、このゲームのルールではなく本能で動いているアレは、多加良の作戦などおかまいなしで、絨毯の上を時折埋《う》もれそうになりながらも、問答無用で駆けていく。

そのまま進めば、確実に花南の視界に入る進路を取りながら。

もしここで、アレが花南に見つかれば、多加良達のこれまでの努力はその瞬間《しゅんかん》、水泡《すいほう》に帰す。

だからといって動けばゲームオーバーになるという状況《じょうきょう》に、多加良はどうするべきか逡巡《しゅんじゅん》した。

「秋庭君、あとはまかせたわ」

決断は、桑田の方が早かった。

多加良がその声に視線を動かした時には、桑田は金のボディービル像に置いていた手が、いかにも滑《すべ》ったというような振りをして、アレの姿を花南の目から隠せる位置まで動いていた。

「あ、美名人ちゃん、動きました」

アレが完全に花南の視界を外れると同時に、桑田は名を呼ばれたが、その表情は静かで、多加良はその犠牲《ぎせい》に心の中で感謝を捧《ささ》げた。

「あっ、鈴木さんも!」

と、次いで、鈴木の名も呼ばれ、多加良は一瞬そちらにも目線をやったが、

「う、うう……上腕《じょうわん》二頭筋がつったどす〜」

きつそうな位置に固定された足よりも、頭上でクロスさせただけの腕がつってリタイアした者に、多加良はもちろん感謝はおろか同情も覚えなかった。

「……あとは、秋庭さんだけですね」

そうして、桑田と鈴木もアウトとなり、あとは二人の勝負だと花南は暗に告げる。

勝敗をきちんと決する為《ため》に少々のアレンジが加えられたルールでは、全員を捕虜《ほりょ》と出来れば花南の勝ちとなる。

逆に、その前に多加良が花南に触《ふ》れられたら、その場合は多加良の勝ちだ。

「ああ、そうだな」

体こそ向き合っていないが、対峙《たいじ》する二人の双眸《そうぼう》に宿る光はどちらも強く、それぞれが胸に定めた目的の為、譲《ゆず》らないことは明らかだった。

「多加良ちゃん頑張《がんば》って！」

「多加良、あと少しだよ」

ただ、心強い応援《おうえん》がある分、多加良の方が有利かもしれないと、手を繋《つな》いでいても自分の味方ではない彩波達を見て花南は弱気に襲《おそ》われる。

そして、自身の弱気に気付くと、そんな気持ちを鎮《しず》める為に花南は深呼吸を一つして、それで冷静になるとまず、多加良との距離《きょり》を目測した。

多加良と自分との距離はあと三メートルもない。多加良ならば恐《おそ》らくすぐに詰めることの出来る距離だ。でも、それを許した時点で花南の負けは決まる。

ゲームに勝つためには、多加良の脚力《きゃくりょく》を上回る速さで、決められた言葉を言い切るしかない。

尾田と桑田が、桑田と鈴木が、自分へと続く手を繋《つな》いだのを見ながら、花南はもう一度深呼吸をすると、次で勝負に出ると決めて、軽く唇《くちびる》をしめらせた。

花南の表情が引き締《し》まるのを見るまでもなく、多加良の方も当然、次が勝負になるとわかっていた。

――ハニートラップは成功している。

アレのこれまでの進路から、そう確信を深めながら、多加良はアレが最終的に目指す場所、その箱の位置を確認した。

アレは昼間は動きが鈍《にぶ》いかと思ったが、その先に仲間《ハニー》がいるからか、いまも懸命《けんめい》に足を動かし進んでいる。でも、花南は未《いま》だアレに気付いていない。

――ならば、チャンスはアレがぎりぎりまで箱に近付いたところ。

アレが到達《とうたつ》する時は近いが、多加良から箱までの距離は三メートル以上ある。でも、幸いにもコースに障害物は無く、ならば一気に詰められないものではない。

スタートさえ上手く切れればいけるはず、そう自分の力を信じて、多加良は思いを定めた。


そして、花南は多加良に一瞥《いちべつ》をくれると顔を伏《ふ》せ。

多加良は、花南の顔が見えなくなった瞬間、強く床《ゆか》を蹴《け》り。

花南は可能な限り速く、その呪文を声と成し。

多加良は息を止めて、駆《か》け抜《ぬ》けた――

結果、花南が言葉を言い終えて顔を上げるより、多加良がアレの許へ到着《とうちゃく》する方がほんの少しだけ早かった。

しかし、思いがけずアレの抵抗《ていこう》を受け、捕《と》らえて両手に収めるまでに、多加良は少し手間取った。

そのため花南が呪文《じゅもん》の詠唱《えいしょう》を終えた時、多加良はまだ体勢を整えきれず、中腰《ちゅうごし》のまま、まるでスピンから体を起こしている途中《とちゅう》のスケート選手のような体勢で静止するしかなく。

最終的に、花南と多加良は息が届く距離で見つめ合う形になっていた。

顔を上げた瞬間、多加良の顔があまりに近くにあることに花南は驚《おどろ》いて、驚きのあまり動くことさえ出来なくなってしまった。

でも、驚愕《きょうがく》の隙《すき》を突《つ》くように一瞬だけ花南には冷静が訪《おとず》れて、そして花南はかつてない近さで見る多加良の瞳《ひとみ》の、その輪郭《りんかく》が緑がかっていることに気付いた。

眼鏡《めがね》の奥の瞳が黒曜石のように綺麗《きれい》なことは知っていたけれど、その瞳でいつも真っ直《す》ぐに、ともすれば射るように人を見ることも知っていたけれど。

その瞳に、こんなにも深くて柔《やわ》らかい、でも少し怖《こわ》いような色が備わっていることを、花南はいま初めて知った。

そして、いったい何を見たらこんな不思議な色が瞳に宿るのだろうと、思う。

願いの植物《はな》だろうか、それとも……。

花南はその答えが隠《かく》れてはいないだろうかと、更《さら》に近付いてその双眸を覗き込もうとして。

「花南ちゃん、秋庭君、苦しそうだから、早く次を……」

と、そこで桑田の声がして、花南は我に返った。

そうすれば、中腰の体勢で苦しげな多加良の様子に気付き、

「えっ、あ、ああっ！　すみません！」

次いで今更《いまさら》ながら近すぎる距離に、花南が体を仰《の》け反らせた、その瞬間《しゅんかん》。

しゃらんしゃりしゃん
鈴《すず》を振《ふ》る音に似た、金属の擦《こす》れる音が響《ひび》いて。

光とは違《ちが》う、銀色の輝《かがや》きが視界をよぎれば、その必要は無いのに花南は反射的に目を閉じていた。

「……かのう様、何をしにいらしたんですか？」

そして、声を発することも出来ない多加良の代わりに美名人がその名を呼べば、

「ほほ、みなが息災かどうか、ちと顔を見にきたのだのう」

からかいの色を宿した澄《す》んだ声が響いて、花南はそこでゆっくりと目を開けた。

すると目の前には太陽のような黄金《きん》の双眸に月光のような銀糸の髪《かみ》を備えた、世にも美しい
――それ故、人たり得ない存在《かみ》がいた。

かつて一族の為に求め、だが得ることの叶《かな》わなかった存在に、まったく未練が無いと言えば
嘘《うそ》になる。全身で感じられる強大な不可視の力に対する畏《おそ》れもある。

けれど、いまはかのう様の前に立ってもあの頃《ころ》のような胸苦しさは覚えない。

ていた。

「かのう様。こんにちは」

だから、花南はかのう様にも普通《ふつう》に言葉を向けられるようになっていた。

「うむ、花南はいつもよい挨拶《あいさつ》だのう」

ただ、相変わらず真意を窺《うかが》わせない微笑《ほほえ》みと共に褒《ほ》め言葉を向けられても、どう反応を返していいのかわからなかったけれど。

「かのう様っ！　彩波だってちゃんとご挨拶できるよ！　こんにちは！」

手を繋《つな》いでいる花南の戸惑《とまど》いに気付かず、嬉《うれ》しそうに彩波が彼女の神に笑顔《えがお》を向ければ、

「ごきげんようどすえ〜、かのう様」

「お邪魔《じゃま》してます」

鈴木はやはり笑顔で、尾田は若干目許《じゃっかんめもと》を歪《ゆが》めながらも、ひとまず挨拶をする。

「……見てわかるでしょうけど、私達はいま取り込み中なんです。みんな元気ですから、心配しないでさっさとお帰りください」

その一方、今度も桑田はかのう様を睨《にら》み上げる多加良の言葉を正しく代弁し、そう要求したけれど。

「ふむ。では……顔を見に来た、というのは嘘でのう。今日は朝から騒《さわ》がしかったからのう。その上午睡《ごすい》も出来ぬし……何かあるのかと思ってのう」

しかし、かのう様はいつも通り彼らの主張を聞き入れることなく、あっさりと前言を翻《ひるがえ》すと、紅《あか》い唇《くちびる》に更に深い笑みを刻んでさらりと銀糸の髪をかき上げた。

と、その意味深な笑みに、思い当たるところがあったのか、多加良達はにわかに顔に緊張《きんちょう》を走らせ、彩波と鈴木に至っては、不自然なくらい懸命《けんめい》に首を横に振る。

そんな彼らの反応を楽しむように、かのう様は小さく首を傾《かし》げると、ふわりと、まるで舞《ま》いでも舞うように——或《あ》いは背伸《せの》びの代わりに——上昇《じょうしょう》すると、白金の連環《わ》の響きをさせながらくるりと部屋を見回して。

だが、期待していたものを見つけられなかったのか、ふいに柳眉《りゅうび》を曇《くも》らせ肩《かた》を落とした。

「おや、なんと……騒ぎの原因はそこの、ただの鼠《ねずみ》だったかの」

次いで、かのう様がどこか拗《す》ねたようにそう呟《つぶや》くと、多加良達は今度は一斉《いっせい》に焦《あせ》りを浮《う》かべた。

「えっ、ね、ネズミ？　どどどこですかっ？」

けれど、その単語に以前地下水道に入り込んだ折に見た、巨大《きょだい》なドブネズミの姿を思い出した花南は多加良達どころでなくなり、慌《あわ》てふためいた。

「ほれ、花南のすぐ近くに」

「え、ひゃあああっ！」

そして、かのう様の次の台詞《せりふ》に、花南は恐慌《きょうこう》状態に陥《おちい》って、まるで炎《ほのお》の上で踊《おど》らされているようなステップをその場で踏《ふ》み、それによってスカートが足に絡《から》まり、バランスを失う。

「羽黒さん、大丈夫《だいじょうぶ》だから！　足下《あしもと》には何もいないよ！」

慌てる花南を落ち着かせる為《ため》に、尾田はそう叫《さけ》んだが、時既《すで》に遅《おそ》く。

「えっ、痛っ！」

足に疼痛《とうつう》を感じた時には、花南はもう足から転びはじめていて、彩波が必死に伸《の》ばしたその手も残念ながら間に合わず、花南は扉《とびら》の方へと倒《たお》れ込んでいた。

しかし、転倒《てんとう》の勢いはそれでも止まらず、花南がぶつかると同時に、多加良達があれ程《ほど》守ろうとした扉は開いてしまう。

途中《とちゅう》で花南は何とか体を丸めたものの、ころんころんと回転しながら部屋の中へ転がっていき、二回転の後、ようやく止まったのだった。

「花南っち！」

「花南ちゃん、大丈夫!!」

一応鍛錬《たんれん》はしている身なので、花南はすぐに体を起こすと、ばたばたと駆《か》け寄ってくる彼らに何とか笑顔を向けようとした。

けれど。

扉の向こうに広がっていた世界を目にして、花南はただただ呆然《ぼうぜん》としてしまう。

そこにあったのは、あえて一言で表すなら、パーティー会場で。随分《ずいぶん》昔に読んだ絵本の舞踏《ぶとう》会の挿絵《さしえ》を花南は思い出しながら、ゆっくりと首を動かした。

壁《かべ》やテーブルは色とりどりの花やレースで綺麗《きれい》に飾《かざ》られていて。主賓席《しゆひん》らしき場所は特に黄色い花で飾り立てられている。

部屋の中にはシャンペンタワー用に積み重ねられたグラス、それからリボンのかけられたたくさんの箱が積まれたテーブル。

花南は何度も瞬《まばた》きを繰《く》り返しながら、部屋を一通り眺《なが》め終えると、

「あの……何のパーティーがあるんですか？　それに、どうしてこの部屋を隠《かく》す必要が？」

いつの間にか、花南を囲むように立っていた多加良達に、本当に無邪気《むじゃき》に尋《たず》ねた。

その問いに、落胆《らくたん》を浮かべて、疲《つか》れたように肩を落としていた多加良達の表情は、一転、呆《あき》れたようなそれに変わった。

「……誕生日パーティーだ」

「誰《だれ》のお誕生日パーティーですか？」

そして、全員を代表して多加良がそう言い、なおも花南が問いを重ねれば、

『羽黒花南のっ！』

今度は全員に名前を呼ばれて、花南はその声の迫力《はくりょく》に反射的に身を竦《すく》めて、それから驚《おどろ》きに襲《おそ》われてしばし硬直《こうちょく》した。

そうして、ゆっくりとその強《こわ》ばりをほぐしながら、花南は自分の記憶《きおく》をさらって、確かに今日がその日であることを思い出す。

「……あ、わたしの、誕生日は、今日でした、か？」

ようやく甦《よみがえ》った記憶と共に、それでもまだ疑問符《ぎもんふ》つきで呟けば、みんなは一斉にため息を吐《つ》いた後、大きく頷《うなず》いたのだった。

「で、これが俺達四……五人からの誕生日プレゼントだ」

それからまず多加良が口を開いて、座り込んだままでいる花南の前で腰《こし》をかがめると、ずっと何かを包んでいるようだったその両手を、そっと開いて見せた。

「あ……ハムスター。可愛《かわい》い!!」

そこから現れた、小さな生き物に、花南は目を輝《かがや》かせた。

「あの、これをわたしにくださるんですか?」

「ええ。ネズミじゃなくてハムスターだから安心して可愛がってね」

花南が尋ねると、桑田は多加良の手から花南の手へと、その小さなハムスターをそっと移動させた。

すると、ハムスターはさっそく手の上でもぞもぞと動き始め、そのくすぐったさに花南が目を細めれば、

「ああ、見つかってよかったよっ! 彩波がご飯をあげたあと、箱の蓋《ふた》をちゃんと閉めなかったから逃《に》げちゃって大変だったんだよ」

彩波は安堵《あんど》に頬《ほお》を緩《ゆる》めながらそう告白した。

「なのに、羽黒さんは時間より早く屋敷《やしき》に到着《とうちゃく》しちゃうから。それでみんなで足止めをすることになったんだ」

「サプライズパーティーの予定だったんだけどねぇ」

続いて尾田も苦笑《くしょう》混じりに事の経緯《けいい》を語り、最後に鈴木がどこかのんびりとした口調で締《し》め括《くく》れば、五人のこれまでの行動の理由はすべて明らかになったのだった。

「そういえば、サプライズの予定は羽黒とお前には秘密にしておいたのに、なぜ知っているんだ、鈴木」

「ふははは、鈴木くんネットワークをあなどるなかれ！」

不敵な哄笑《こうしょう》と共に鈴木が口にした〝鈴木くんネットワーク〟の謎《なぞ》以外は。

そして、多加良達の〝秘密〟を正しく理解した花南は、またも言葉を失って、昨日から押しとどめていた涙腺《るいせん》は遂《つい》に決壊《けっかい》を迎《むか》えてしまい。

「なっ、ちょ、羽黒、どうしたっ⁉」

「花南ちゃん？　あ、足？　そういえばさっき捻《ひね》ったみたいだったわよね」

「じゃ、じゃあ湿布《しっぷ》だ！」

ついさっきまで乾《かわ》いていたその目から涙《なみだ》が溢《あふ》れ出したのを見て、多加良達は慌《あわ》てふためき、尾田は湿布を探しに走りだそうとした。

「ち、違《ちが》い、ます。わ、わたし、みなさんに嫌《きら》われてしま、ったのかと、思ってて。仲間、はずれ、なのか、と……うわ〜ん」

そんな彼らの姿を前に、花南はなんとか涙の理由を説明しようとしたのだが、結局それ以上は語れず、泣き声を上げた。

それは、とても大きな泣き声で。そんな大きな声で泣くのは花南自身も初めてのことで、でも、止めようにも止められず。

当然、初めてそれを見る多加良達は更《さら》に慌てた。

「そんな、花南ちゃんを嫌いになるなんて、そんなわけないでしょう？　大丈夫《だいじょうぶ》よ」

とにかく花南を落ち着かせようと、桑田は隣《となり》に腰を下ろすと、なだめるように何度もその背中を撫《な》でた。

「あ、ああ、そうだ。秘密にしてたのだって、羽黒が喜ぶ顔を見るためで……ったく、誰だ、サプライズパーティーなんて言いだしたのは」

「多加良だよ」

一方多加良は珍《めずら》しく焦《あせ》り顔でそう言ったところ、ぽんとその肩《かた》を叩《たた》かれると共に、尾田にそう告げられて。

「……そ、そうだ、だいたいかのうがあそこでネズミなんて言ったのが悪いんだ！　かのう、出てこい！」

そうすれば、多加良はしばし絶句して、けれど懲《こ》りずに八つ当たりめいた声を上げて、その姿を中空に探す。

「あ、かのう様なら、もういないよ」

「うん、とっくの昔に」

そんな多加良に、彩波と鈴木は屈託《くったく》のない顔でそう伝えると、肩を組んで「ねー」と声を合わせた。

そうして、みんなの——特に多加良が大慌《おおあわ》てする姿を見ている内に、花南の涙は少しだけ収まって、

「あの、わたしの為《ため》に、誕生日パーティーを設けてくださって、ありがとう、ございます。でも、もう秘密は……嫌《いや》です、から、ね？」

花南はようやくお礼と共に、少しだけ頰を膨《ふく》らませて、みんなにそう言うことが出来たのだった。

「ああ、わかった。もう、秘密は無しだ。それに来年は十分配慮《はいりょ》する」

花南の言葉に多加良は困り顔のまま、大きく頷《うなず》いて。

『ごめんなさい』

それを合図にみんなは花南に頭を下げて——その拍子《ひょうし》に鈴木の頭から、かつらが落ちた。

「……あはっ、あははは！」

その、ある意味絶妙《ぜつみょう》のタイミングに、一度は我慢《がまん》しようとしたものの、結局花南は我慢しきれず声を上げて笑い出した。

やがて、多加良達もつられるように笑い出し、パーティーが始まる前から、その場はしばらく笑いに包まれたのだった。


花南が足の手当てを終えて席に着くと同時に、シャンパンタワーにシャンパンならぬシャン◯リーが注がれて、パーティーは始まった。

結局三時を少し過ぎていたけれど、問題はなかった。

むしろ花南としてはその前に、「誕生日だから」という妙《みょう》な理由でおんぶでもって桑田に医務室に運ばれた方が問題だった。

乾杯《かんぱい》が済むと、竹隊メイドの料理と、あの〝お菓子《かし》の家〟、それから桑田のケーキが運び込まれた。

中でも花南が一番おいしいと感じたのは、桑田が作った黒猫《くろねこ》の形のチョコレートケーキで、花南はもう今日はダイエットという文字を忘れることにした。

ケーキのお代わりをしているところで、突如《とつじょ》照明が落とされ尾田がフレディのマスクを被《かぶ》って現れたのには驚《おどろ》かされたけれど、知暁と維芳もまざっての出し物は面白《おもしろ》かった。

それから、改めて誕生日プレゼントを渡《わた》されることになった。

「ペットショップで見かけた瞬間《しゅんかん》、そっくりだと思ったんだ」

という多加良のコメントに、他のみんなも頷いた時には、どう反応していいものか困ってしまったが、プレゼントのハムスターはありがたく受け取った。

「本当に可愛《かわい》いですね、大切にします……今度、間宮《まみや》さん達にも見せに行きます！」

凛音が贈《おく》ってくれたハムスターも一緒《いっしょ》に入った箱を覗《のぞ》き込みながら花南はそう言うと、改めてみんなに笑顔を向けた。

「そうだ、羽黒さん、名前をつけてあげなよ」

そして、尾田がそう提案すれば、多加良達もまた頷いたけれど、そこで花南だけは首を傾《かし》げてしまう。

「名前は、もうついているんですよね？」

「？　羽黒、何のことだ？」

すると今度は多加良が首を傾げたが、

「だってみなさんアレ、って呼んでいましたよね。ユニークで良い名前だと思います」

花南はなんの疑問も持たず、多加良達が捜索《そうさく》中に呼んでいた名前ではない指示語を口にした。

多加良達は一度は脱力《だつりょく》したものの、実に花南らしい思い込みに顔を見合わせて笑うと、結局訂正《ていせい》をしなかった。

「う〜んと、だから姉様《ねえさま》から頂いた方はソレにしましょう！」

そうして、もう一匹《ぴき》の命名に、多加良達が吹《ふ》き出す中、しゃらん、と再びその音が耳朶《じだ》を撫でていって。

その音に誘《さそ》われて視線を上げて見れば、やはりそこには、銀髪金瞳《ぎんぱつきんとう》の美しい神の姿があった。

「かのう……さっきはよくもやってくれたな。お陰《かげ》で色々と予定が狂《くる》ったぞ」

同じく、その姿を目にした多加良は早速《さっそく》そう嚙《か》みついていく。文句こそ口に出さなかったが、桑田と尾田もまた恨《うら》みがましい視線を送れば、

「いや、悪気はなかったのだがのう。その、妾《わらわ》には鼠《ねずみ》にしか見えなかっただけでのう」

珍《めずら》しくかのう様はバツが悪そうな、困ったような表情を浮《う》かべて、言い訳を口にする。

「あの、でも結局まるく収まりましたからお気になさらないでください」

だから花南はそう助け船を出したのだが、すると多加良に軽く睨《にら》まれてしまい、花南は少し

困って目を伏《ふ》せた。

「花南は優《やさ》しいのう。ほんに、多加良達も見習うべきだのう」

でもかのう様は多加良の視線など気にせず、目を細めて花南を見ると嬉《うれ》しそうにそう言って、
続いて多加良達にそんな言葉をかける。

「花南ちゃんが私達を見習うほうが良いと思うわ」

「確かに、そうだね」

しかし、すぐに桑田と尾田の逆襲《ぎゃくしゅう》に遭《あ》って、かのう様は微笑《ほほえ》みながらも一瞬黙《だま》り込む。

「まあ、それはともかく、先程《さきほど》のことは妾も悪かったと思ってのう……お詫《わ》びに誕生日ぷれぜんとを用意したからの」

だが、いつも通りかのう様はすぐに気を取り直すと、再び花南に笑みを向けながらそう言ったのだった。

「え？　プレゼントですか⁉」

「かのうが誕生日プレゼント？」

かのう様からの思いがけない言葉に目を丸くする花南の隣《となり》で、多加良はあからさまな懸念《けねん》の表情を浮かべる。

桑田に至っては、花南を守るように一歩前に踏《ふ》み出した。

「さあ、花南、空を見よ！」

けれど、かのう様はそんな二人の様子など見えていないように振《ふ》る舞《ま》うと、ひらりと着物の

袖《そで》を翻《ひるがえ》し、花南の視線を窓の外へと導いて。

花南が素直《すなお》にそちらへ体ごと視線を巡《めぐ》らせれば、さっきまで青一色だった空に、いつの間にか白い雲が一つ浮かんでいた。

「……あの、普通《ふつう》に雲があるだけですけど」

花南と共に空を見上げた尾田は、拍子抜《ひょうしぬ》けしたようにどこか呆《あき》れたような声を上げた。

「あ……でも、あの雲、手の形に見えます」

でも、花南には白い雲がそう見えて、自分の心が捉《とら》えたままをかのう様に伝える。

「その通りだのう。なれば、花南には、空に手が触《ふ》れているように見えるであろう？」

「……はい」

そして、花南が頷《うなず》けば、かのう様は紅《あか》い唇《くちびる》に満足げに笑みを刻んで。

「あれが、プレゼント？　随分手抜《ずいぶんてぬ》きのプレゼントじゃないかしら？」

「ああ。それに、本当にかのうの力とは限らないしな」

桑田と多加良が、同じく空を見上げながらその力の程《ほど》を疑っても、かのう様はその微笑みを崩《くず》さなかった。

だから、花南は、この手の形の雲がかのう様の力によるものと信じて疑わなかった。

もう一度、空に浮かんだ手を——まるで空に直《じか》に触《さわ》っているようなその手を見ると花南は、再びかのう様の顔を仰《あお》いでから、

「かのう様、素敵《すてき》なプレゼントをありがとうございました」

深く頭を下げて、心からの感謝を伝えた。

「うむ。ほんに花南は素直でいいのう……では、またの」

そうして花南が顔を上げた時には、かのう様はもう姿を消すところだった。

けれど、薄《うす》れゆきつつもかのう様が「花南にだけもう一つ」と唇を動かしながら、部屋の一画を指さしたような気がして。

「あの、わたし、飲み物を頂いてきますね」

ほんの少し考えた後、まだ空を見上げて首を傾《かし》げている多加良達にそう言い置くと、花南は一人、その一画へと向かったのだった。


かのう様が指さしたその場所は、多加良達以外から——理事長や、名前だけは知っている人達——のプレゼントがまとめて置かれているテーブルだった。

最初はなぜかのう様がそこを示したのかわからなかったが、近付いていく内に、花南にはその理由がわかってしまった。

テーブルに辿《たど》り着いた時には、胸の中にはもう確信が満ちていたから、花南は迷わず、その木箱——引き出しのような取っ手のついたそれを迷わず手にした。

なぜなら、そこから、花南が今日ずっと聞き続けていた「泣き声」がしていたから。

紐《ひも》を解《と》く代わりに、そっと取っ手を引けば、やはりそれは引き出しのように開いたのだった。

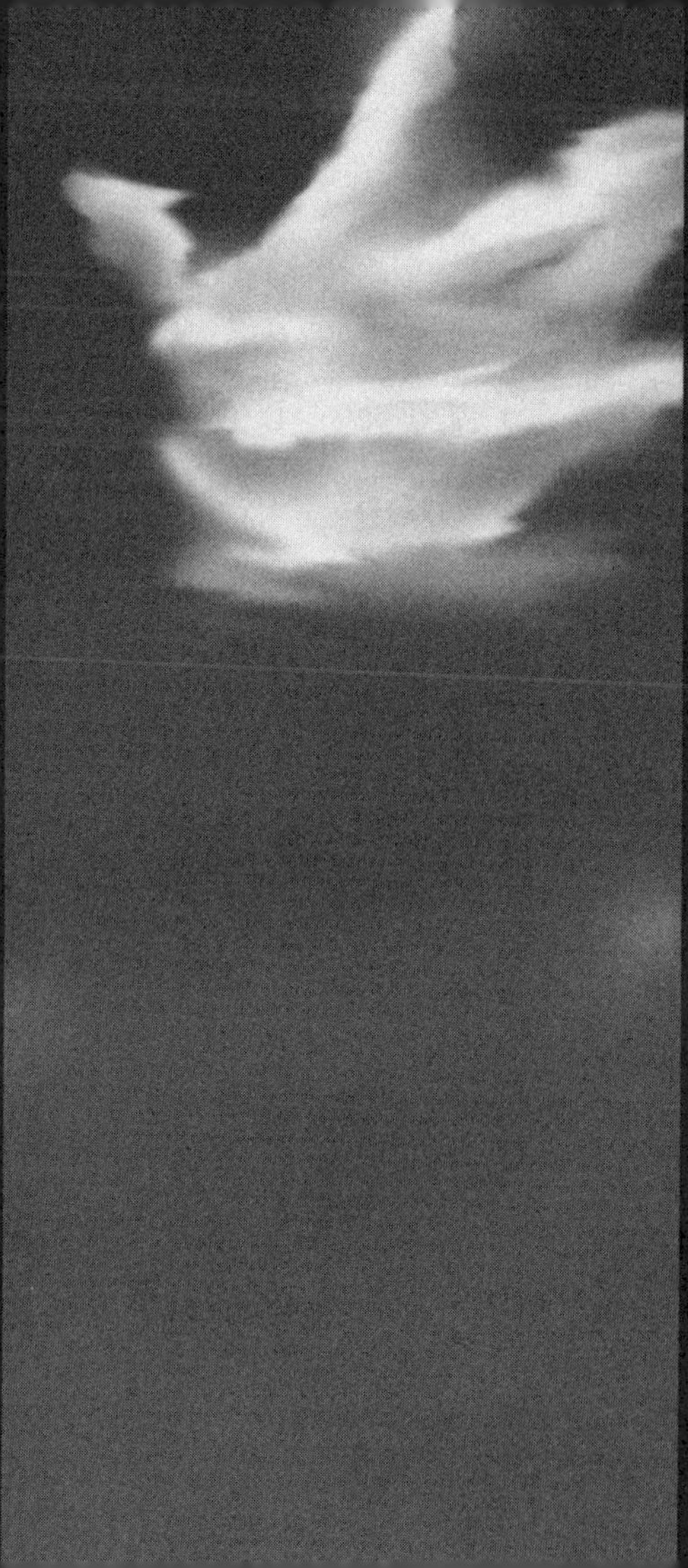

やがて、箱の中から現れたのは、あの冬の日に、暗い部屋で見た、コバルトブルーの蝶《ちょう》。

蝶はひらひらと箱の中から飛び出すと、花南の腕《うで》を掠《かす》めて、次の瞬間《しゅんかん》、花南の瞼《まぶた》の裏をある映像がよぎる。

それは、忘れたくても忘れられない、暗く狭《せま》いあの場所の記憶《きおく》。

見えない、届かない空を思って、声を押し殺して泣いていた幼い自分の姿。

そして花南は、今日一日、自分が探し求めていた声の正体を知って、自嘲《じちょう》とも、照れ笑いともとれる笑みを浮かべた。

だって、今日、花南がずっと聞いていたのはあの頃《ころ》の自分の声で、呼んでいたのはあの頃の自分だったのだから。

でも、それは決していまの自分ではない。いまの羽黒花南はこんな風に、声を押し殺して泣いたりはしない。

大きな声を上げて泣くのだ。

そして、もう、ひとりぼっちではない。

だから花南は、両手でそっと蝶を捕《と》らえると、窓の方へと向かい、空に放ったのだった。

そうすれば、蝶は花南の回りを名残惜《なごりお》しそうに、ひらひらと一度だけ旋回《せんかい》して——消えた。

花南はその青い残像が消えるまで、瞬《まばた》きもせずに、静かにその蝶を見送ったのだった。

「おーい、花南ちゃーん！　新しいお料理が届いたよっ！」

と、それが消えたタイミングで花南は彩波に呼ばれ、

「あ、はい！　いま行きます！」

感傷的な気分を振り払《はら》うと、まだ少し痛む足を引きずりながら、多加良達の待つテーブルへと急いで戻《もど》った。

が、新しい料理が届いたというのに、花南がテーブルについた時、多加良達の顔に浮《う》かんでいたのは難しい表情だった。

「あの、どうしました？」

「いや、この料理が何で作られているのか、わからなくて、な」

「創作料理、っていう話だけど、ね」

「問題は笹世さんが作ったっていうところと、この見た目、だよね」

そして、眉間《みけん》に皺《しわ》を寄せながら、全員の視線が注がれている皿に視線を落とせば、そこには黒々としたうずまき状の何かが載《の》っていた。

確かに、見た目からして怪《あや》しく、口に運ぶのを躊躇《ちゅうちょ》する一品だった。

「ここは、生徒会長のお毒味役である副会長が食べてみたらいいんじゃない？」

そこで鈴木は例によって、悪びれず、けれど確実に多加良の逆鱗《げきりん》に触《ふ》れる台詞《せりふ》を口にした。

「あははは、スズキサン。一応教えてあげますけど、そんな役目は……死んでもごめんだっ！　待ちやがれ！」

そうして、今日もまた鈴木は多加良に追われて走り出す。

「ええと、それでね。笹世ちゃんも隊長さんだから、お料理は上手なんだよ？　でも、時々変なものを作るんだ、よ」

上手《うま》く人を避《よ》けながらいつもの追いかけっこを始めた彼らを横目に見つつ、彩波は再び笹世の料理に話を戻した。

けれど、笹世の実力を知る彩波でさえも二の足を踏《ふ》む創作料理に、桑田も尾田も手を伸《の》ばさない。

「ええと、じゃあ、わたしが食べてみますね。この黒がどんな食材から出来ているのか知りたいですし」

だから花南はそう言うと、怖《おそ》れることなく手を伸ばし、それを一口齧《かじ》ってみた。

「花南ちゃん、大丈夫《だいじょうぶ》？」

「……はい、おいしいですよ。多分この黒い色は海藻《かいそう》です」

花南の大胆《だいたん》な行動に驚《おどろ》きつつも、おそるおそる桑田が問えば、花南は屈託《くったく》なくそう答えて。

「……羽黒、食べたのか」

鈴木よりも謎《なぞ》の食べ物の方が気になって早々に戻ってきた多加良は、花南の手の中の料理を見ると、そう言って目を瞬《しばたた》かせたが、それにも花南は軽く頷《うなず》いた。

「……羽黒さんって、意外と怖《こわ》いもの知らずっていうか、知りたがりだよね」

そんな花南を見て、どこかしみじみと呟《つぶや》いたのは尾田だった。

「……ああ、言われてみれば、そうだな」

　すると、多加良は記憶を探《さぐ》るように視線を彷徨《さまよ》わせながらそれを肯定《こうてい》した。

「うん……そうね」

「そうだよねっ！」

　続いて前髪《まえがみ》と一緒《いっしょ》に額を押さえながら桑田が、魔法《まほう》のステッキを振《ふ》りながら彩波も尾田の意見に賛同して、花南も言われたことを考えてみる。

　そうすれば、思い当たる節は、今日だけでもたくさんあって、花南もまた認めないわけにはいかなかった。

「……そうですね。知りたがりです。ああ……もしかしたらわたし達、〝羽黒〟が不思議な力を手に入れたのは、とても知りたがりだったからかもしれませんね。きっと、目に見えることも見えないことも、色々なことを知りたかったんです」

　そして、心に浮かんだままを言葉にして紡《つむ》いでみれば、いままで考えてみたどんな理由よりもそれは、すとんと花南の胸に落ちたのだった。

　ならば、多加良達はどう感じただろうかと、ふと気になって、花南はみんなの顔をゆっくりと見回した。

「ああ……きっと、そうだ。だから羽黒は、毎日楽しそうなんだな」

　そこには多加良をはじめとして、全員の笑顔《えがお》があって、それだけで、花南には十分みんなの気持ちが伝わってきて。

「はい、いまは毎日楽しいです……だからわたしはこれからも、この叶野市でたくさんのことを知っていきたいです」

今日一番の笑顔で、そう言ったのだった。

幸せで楽しい誕生日パーティーは八時過ぎに終わりを迎《むか》え、帰路につきながら、花南は別れ際《ぎわ》の多加良の言葉を思い出していた。

「今日は、特別な日になったか？」

そう尋《たず》ねられて、花南は迷わず頷いたが、一つ、多加良に言わなかったことがある。

それは、花南が自分の誕生日を忘れていた理由。

なぜ、花南が今日という日を忘れていたのかといえば、それは、この叶野市での日々は毎日が誕生日のように——特別な日のようにドキドキするものであったからだった。

この町に来て、半年が経《た》つというのに、毎日なにかしら発見があって、今日は今日でみんなの意外な一面を知ることが出来た。

それを一つ一つ思い出しながら、花南はふと足を止めて、夜空を見上げてみた。

でももう、手は伸ばさない。触れたくても触れられないと嘆《なげ》くこともしない。

かつて、空に伸ばしていた手はいま、この叶野市での毎日に伸ばされ、触れているとわかっているから。

そして、花南は目を閉じて、思う。

今日もまた、なかなか眠《ねむ》れないかもしれないと。
今日の日の記《き》憶《おく》に心が静まらなくて。
明日への期待に胸が膨《ふく》らんで。
明日は何を知るのだろうかと考えて。
だから今日は、ベッドに入る前に、凛音に電話をしよう。
プレゼントのお礼を言ったら、あの発見を伝えてみよう。
そう決めて、花南はゆっくりと目を開くと、誕生日の夜の、星の煌《きら》めきを瞳《ひとみ》に映した。
東の空で青く輝《かがや》くあの星の名前を今日の花南は知らない。
でも、明日の花南は、あの星の名前を知っているかもしれない。
そうして、明日の自分への期待を抱《いだ》きながら、花南は再び歩き出したのだった。

You should stretch out a hand to various things.
To the thing which does not look like a visible thing either.
In that way because we continue obtaining tomorrow.

あとがき

みなさん、こんにちは。宮﨑柊羽です。

この度《たび》は『神様でゲーム』にてお目にかかることになりました。

ええ、「と」の次は「で」だったんです。宮﨑も知りませんでした。「と」の次は「で」だなんてことは。なので、繋《つな》げていっても暗号は完成しません、残念ながら。

さて、それはさておき『神様でゲーム』は雑誌「ザ・スニーカー」に掲載《けいさい》された読み切り短編に加筆・修正を加えた三編と書き下ろし一編で構成されています。その為《ため》、サブタイトルには統一性があるものの、掲載時期はバラバラで、第一話と第三話には一年八ヵ月、書き下ろしに至っては二年近い時が流れています。

これはもう正直、振《ふ》り返るのも恐《おそ》ろしいのですが、思い切って振り返ってみま……す。

【第一話】ソラニノバステ（二〇〇五年八月号）
雑誌は長編一巻の前日に発売でした。なので人生初の短編であると同時に、初めて人目に触《ふ》れた小説でもありました。当時はとにかくどきどきしていました。
今回、一冊の本にまとめるにあたって、一番加筆・修正したのが第一話でした。その時には気付かなかった色々な拙《つたな》さが、今になって見えるようになってきたからです。

でも、この短編を書かなかったら『神様ゲーム』の三・四巻は無かったと思います。羽黒花南は単なる霊感《れいかん》少女で終わっていたかもしれません。だから大切な部分はそのままにしてありますし、この先も宮﨑にとって大切な作品で在り続けると思います。

【第二話】ホシニノバステ（二〇〇六年八月号）

これは『神様とゲーム』にまとめられた連載の後の読み切りでした。長編の四巻もなんとか書き終えたところで、なので感じに肩《かた》の力が抜《ぬ》けていたと思います。

そしてこの頃《ころ》、宮﨑はチャイナ服に魅《み》せられていて、でも自分では着られないので多加良達に着せてしまいました。かなり楽しかったので〝叶野茶館《かのうさかん》〟はまたどこかで書いてみたいです。

【第三話】カゼニノバステ（二〇〇七年四月号）

この話は、どこかの美術館で小さな部屋が見つかった、というニュースから発想を得て、そこに大好きな猫《ねこ》を絡《から》ませて、一つの物語としました。

以前にも我が家には猫が三匹《びき》いると書きましたが、宮﨑は猫が好きです。彼らにベッドを占領《せんりょう》され、夜中まで仕事をしていた私の寝《ね》る場所がなくなっていても猫が好きです。でも、犬も好きで飼っています。宮﨑が思うに犬と猫との違《ちが》いは「固い」か「柔《やわ》らかい」かです。性格も体もこれで言い表せると思います。ちなみに宮﨑は先日、犬の固さが原因でつき指をしました。

と、こんな感じで折々に読み切りを書いてきました。『神様ゲーム』シリーズではあるのですが、やはり長編とは違う楽しさや難しさがあって、毎回勉強になりました。

そして書き下ろしの第四話です。前述したようにサブタイトルには統一感を持たせて書いてきたので、最後も「ヒビニノバステ」となりました。なので『神様でゲーム』のサブタイトルは「ソラカラホシカラカゼカラヒビへ」と読んでください。長いのはもう、お約束です。

羽黒に始まり羽黒に終わるというような構成になりましたが、二年近い年月を経たからこそ書けた物語だと思います。普段《ふだん》書かない三人称《さんにんしょう》だからか暴走気味なのですが、楽しんでいただければ嬉《うれ》しいです。

とにかく二年間に書いた短編が一冊にまとまり、作中でもようやく半年が過ぎたので、次の長編では多分「衣替《ころもが》え」です。夏服ですよ、夏服！　宮崎の妄想《もうそう》と願望を七草さんが見事に絵にしてくださいますので、お楽しみに!!

そして妄想といえば――『神様ゲーム』がコミック化されます!!　月刊「Ａｓｕｋａ」〇八年一月号（十一月二十四日発売）より連載開始です!!

いつかコミック化されたらいいなぁ、という妄想はしていたのですが、それが現実になると聞かされた時にはとにかく驚《おどろ》きました。正直まだ驚いていますが、コミック版を描《えが》いてくださる吉村工さんはとても素敵《すてき》な絵を描かれるので、皆《みな》さん期待していて下さい。

「Ａｓｕｋａ」は女子向けの雑誌なので、女子の園《その》に入れることが宮崎は楽しみです。（ん？　何となくダメ人間な文ですか？　そんなことはありません）

　ということで、嬉しいお知らせが出来たところで謝辞に移らせていただきます。

　担当の山口女史。いつもありがとうございます。初めての短編がようやく一冊の本に入りました。山口さんと出会ってからは三年が経《た》ちますが、これからもよろしくお願いします。

　イラストの七草様。毎回素敵なイラストをありがとうございました。今回の表紙はもちろんのこと口絵イラストにも素敵な絵をいただき、本当にありがとうございました。これからもよろしくお付き合い願います。そして夏服、今から楽しみにしております。

　友人、知人、家族、その他この本を作るために力を貸してくださった全ての方にも感謝いたします。本当にいつもありがとうございます。

　そして、いつも読んでくださる読者の皆さん。本当にありがとうございます。

　皆さんが読んで、応援《おうえん》してくださるので、二年に亘《わた》って書き続けることができ、またコミック化も現実となりました。

　これからも長編も短編も少しでも面白《おもしろ》いと感じていただけるよう書いていきますので、どうぞよろしくお願いいたします。

　次は来年の早い内に、長編にてお目にかかれると思います。

　それでは、少し早いですが、皆さん、良いお年を！

●初出一覧

ソラニノバステ……………「ザ・スニーカー」二〇〇五年八月号
ホシニノバステ……………「ザ・スニーカー」二〇〇六年八月号
カゼニノバステ……………「ザ・スニーカー」二〇〇七年四月号
ヒビニノバステ……………書き下ろし

神《かみ》様《さま》でゲーム

ソラ／ホシ／カゼ／ヒビ

宮《みや》﨑《ざき》柊羽《しゅう》

角川文庫　14908

平成十九年十一月一日　初版発行
平成二十年十月二十日　再版発行

発行者—井上伸一郎
発行所—株式会社角川書店
東京都千代田区富士見二—十三—三
電話・編集（〇三）三二三八—八六九四
〒一〇二—八〇七八
発売元—株式会社角川グループパブリッシング
東京都千代田区富士見二—十三—三
電話・営業（〇三）三二三八—八五二一
〒一〇二—八一七七
http://www.kadokawa.co.jp
印刷所—旭印刷　製本所—本間製本
装幀者—杉浦康平

定価はカバーに明記してあります。

S188-8　ISBN978-4-04-471408-6　C0193

角川文庫発刊に際して

角川源義

第二次世界大戦の敗北は、軍事力の敗北であった以上に、私たちの若い文化力の敗退であった。私たちの文化が戦争に対して如何に無力であり、単なるあだ花に過ぎなかったかを、私たちは身を以て体験し痛感した。西洋近代文化の摂取にとって、明治以後八十年の歳月は決して短かすぎたとは言えない。にもかかわらず、近代文化の伝統を確立し、自由な批判と柔軟な良識に富む文化層として自らを形成することに私たちは失敗して来た。そしてこれは、各層への文化の普及滲透を任務とする出版人の責任でもあった。

一九四五年以来、私たちは再び振出しに戻り、第一歩から踏み出すことを余儀なくされた。これは大きな不幸ではあるが、反面、これまでの混沌・未熟・歪曲の中にあった我が国の文化に秩序と確たる基礎を齎らすためには絶好の機会でもある。角川書店は、このような祖国の文化的危機にあたり、微力をも顧みず再建の礎石たるべき抱負と決意とをもって出発したが、ここに創立以来の念願を果すべく角川文庫を発刊する。これまで刊行されたあらゆる全集叢書文庫類の長所と短所とを検討し、古今東西の不朽の典籍を、良心的編集のもとに、廉価に、そして書架にふさわしい美本として、多くのひとびとに提供しようとする。しかし私たちは徒らに百科全書的な知識のジレッタントを作ることを目的とせず、あくまで祖国の文化に秩序と再建への道を示し、この文庫を角川書店の栄ある事業として、今後永久に継続発展せしめ、学芸と教養との殿堂として大成せんことを期したい。多くの読書子の愛情ある忠言と支持とによって、この希望と抱負とを完遂せしめられんことを願う。

一九四九年五月三日

冒険、愛、友情、ファンタジー……。
無限に広がる、
夢と感動のノベル・ワールド！

スニーカー文庫
SNEAKER BUNKO

いつも「スニーカー文庫」を
ご愛読いただきありがとうございます。
今回の作品はいかがでしたか？
ぜひ、ご感想をお送りください。

〈ファンレターのあて先〉
〒102-8078 東京都千代田区富士見2-13-3
角川書店 スニーカー編集部気付
「宮﨑柊羽先生」係

は暴走中!
著／谷川 流
イラスト／いとうのいぢ
スニーカー文庫

涼宮ハルヒ
超ポジティヴワガママ娘が
巻き起こす非日常系
学園ストーリー!!
大人気シリーズ
好評既刊!!
涼宮ハルヒの憂鬱
涼宮ハルヒの溜息
涼宮ハルヒの退屈
涼宮ハルヒの消失
涼宮ハルヒの暴走
涼宮ハルヒの動揺
涼宮ハルヒの陰謀
涼宮ハルヒの憤慨
涼宮ハルヒの分裂（以下続巻）

怪造学
角川スニーカー文庫

それは最高で最悪の
ボーイ・ミーツ・ガールズ！
好評発売中！
01.夢みる蛍
02.夢叫ぶ火蛾
03.夢はばたく翼
04.夢燃える楽園
05.夢さまよう蛹
06.夢導く旅人
07.夢遊ぶ魔王
08.夢時めく刻印
09.夢贖う魔法使い
00.夢の始まり
(以下続刊)
スニーカー文庫